妖怪旅館營業中
五

敵營中的救世小廚娘

友麻碧

輕文學
Light Literature

目錄

第一話 天神屋的使者

這裡是隱世。來自南方國度的午後微風，正吹拂著臨海的「折尾屋」舊館。

連接廚房的後門出入口附近有一棵松樹，我——津場木葵——正在樹下燻製某些食材。

將中式炒鍋擺在篝火上，鍋子上架著一張網了……

「津場木葵，妳在做什麼？」

「妳用中式炒鍋在燻什麼？」

折尾屋的料理長雙鶴童子朝我走來，肩上揹著裝滿各種食材的竹簍。

兩兄弟之中黑髮的是戒，白髮的則是明。

他們將食材擺在廚房後，分別湊往我左右，觀察我的一舉一動。

「是自製的速成煙燻培根，一天就能搞定，現在正在進行燻製。」

「速成煙燻培根……」

「讓我們看看裡頭。」

雙胞胎雖然一臉懶洋洋的表情，卻好奇地晃動著身軀，還抓著我的肩膀搖呀搖的。被他們這樣一求，我也無法拒絕。

於是我打開鍋蓋。他們倆湊上前去，嗅著從縫隙中冉冉升起的濃煙，結果還被嗆到。

嗯～真是可愛的一對寶……

「咳咳……是豬肉塊，油脂滴滴答答地滴下來，散發出陣陣香氣……」

「咳咳……還有櫻木的煙燻味……咳咳！」

排列在網架上的是兩條五花肉，表面已燻成恰到好處的焦黃色。

順便擺在旁邊的是起司、豆類，以及魚貝類的乾貨。

等雙胞胎一邊忍著嗆人的燻煙，一邊親眼確認完內容物之後，我便再次闔上鍋蓋。

「正如你們所見，我正在用櫻木的木屑燻食材。櫻木屑燻出的風味特別濃郁，拿來製作煙燻培根是最適合不過的燻材。這可是銀次先生拚了命才幫我弄到手的。」

「這要怎麼做？」

「看起來已經可以吃了啊？」

「等等，你們別心急。再多燻一會兒更夠味啦，等到點心時間應該就能吃了……至於做法呢，雖然得花點工夫，不過還頗簡單的喔。」

只要能把材料湊齊，在短時間內做出手工燻製的培根其實很簡單。

首先得挑到一條肥瘦比例滿意的豬五花，抹上鹽、砂糖、蒜以及香草，再將肉條用一反木綿所經營的和服店「八幡屋」所販售的「（料理用）封布」包起來靜置半天。接著泡水洗去鹽分，再度抹上蒜頭與香草，整整風乾一天的時間。由於外層的封布經過特殊處理，是不透氣的薄布材質，在需要用到現世所謂「保鮮膜」的場合時，可以做為代替品。

至於燻製作業，就如同我正在進行的工作。由於沒辦法即時找到專門的煙燻爐，所以就把櫻木屑倒入中式炒鍋內，架好網子擺上風乾的豬五花，以篝火慢慢燻製。

其實正統的燻肉需要花費超過一週的時間慢工出細活，不過這次我挑戰試做一天內完成的速成版燻培根。雖說是速成版本，不過自己燻製的簡易版本也是別具風味吧。

「不好意思，會議拖得有點晚，我來遲了！」

「啊，銀次先生，辛苦了。」

到本館開會的九尾狐妖銀次先生，正好在燻培根大功告成的此刻回到舊館的廚房。

他肩上的竹簍塞滿了從各地調度過來的食材與調味料，還有折尾屋裡販售的紀念土產品。大家總是幫我弄來各式各樣的東西……

「哇～～好香的煙燻味呢，這培根燻得真不錯。」

「呵呵。晚點來試吃看看吧。」

「葵小姐，之前訂購的東西也都順利調來了唷。」

銀次先生將竹簍內的物品一一取出擺在桌面上，裡頭有這一帶難以入手的奶油、數種起司與鮮奶油等乳製品，另外還有高低筋麵粉。

「太好了。有了這些材料，能做的料理範圍也更廣了。」

其他還有為數眾多的海鮮加工品，有乾海帶芽、鹽漬昆布、海苔醬、蟹肉棒、乾昆布絲與花枝昆布香鬆等，看起來全是緊鄰旅館的土產店會賣的商品。

在等待燻好的食材冷卻之際，我們一群人走上廚房旁的架高地板，圍在矮圓桌前召開會議。

「該是時候提出酒席的菜單了。葵小姐，您似乎已經有些想法了是嗎？」

「嗯嗯。不過擔心食材的籌措上會有難度……」

——海寶珍饈。

為了款待百年一度現身於南方大地的「海坊主」所準備的宴席料理。

接下這項任務的我，正留在這間折尾屋準備相關工作；而銀次先生與雙胞胎也為了約莫一週後即將到來的這場宴席，給予我各種協助。

「酒席的菜色……我想準備數道菜餚，再加上甜品。」

首先是等待料理上桌時的開胃菜。

接著是必備的燒烤類、炸物、燉煮料理，收尾的料理……再以甜滋滋的甜點畫下句點。

大致上應該就這樣吧？

「由於是酒席，所以也不能沿用以往的套餐形式，老實說……是我從未涉獵的領域呢。」

話雖如此，從以往儀式所準備過的菜色之中，我也得到了一定的收穫。

我先前已確認過折尾屋至今為止款待海坊主的菜色清單。

上頭的內容十分詳實，不但記錄了哪一道料理海坊主吃了多少，甚至連滿意度都記載其上。

「海坊主這個人，看起來口味上非常愛恨分明呢……」

至今所準備的菜色，想當然都是宴會料理。

從紀錄看來，可以想像全是手藝了得的大廚所張羅的佳餚，而且道道都很下酒。不過……

「你看，一百年前的紀錄上顯示，對於料理的滿意度比兩百年前還低。」

「是……百年前的那一次儀式，『海寶珍饈』的評價確實差強人意。」

「怎麼說呢……感覺是不是有點老派？感覺好像老牌居酒屋會端出的傳統料理，或者應該說口味比較適合貪杯的成年男性。這樣的菜色很挑人。」

或許是著重於「下酒」這一點，當年的菜色走分量少而種類豐富的路線，清單整體看來全是下酒小菜。

黃芥末烤蓮藕、乾燒鰤魚、綜合天婦羅炸物、牛肉鍋、烤海膽、柚香清湯、醋味噌拌螺肉、綜合生魚片、貝類握壽司……種類非常多。

哇……這菜單看起來可真美味。

不愧是海產資源豐富的土地，能盡情使用各種海味入菜。

逐行看下來的我，光是在腦中想像這些佳餚，肚子便開始餓了起來。不過海坊主似乎對這一桌好菜不太領情。

「其中還包含了牛肉鍋……是指壽喜燒對吧？根據上頭記載，這道菜似乎深得對方歡心耶。雖然主題是『海寶珍饈』，但看來並不需要拘泥於海鮮料理囉？」

「『壽喜燒』是嗎……我記得是折尾屋當時有個廚師在現世吃過壽喜燒，大力稱讚其美味，所以後來才納入菜色之中的。否則在那之前，牛肉料理在隱世是很少見的。」

「原來是這樣啊……」

我想壽喜燒這道料理，大多數沒吃過的人在第一次品嘗時就會被其美味打動，這就是一道不挑人的大眾菜色，男女老少都會喜歡。

尤其壽喜燒的調味還使用了妖怪最愛的甜鹹醬油味，不難理解為何能打中海坊主的心。這是個很好的參考。

「這些菜色裡我完全沒碰過的，大概就是醋味噌拌螺肉，還有貝類握壽司了。可能我本來就不喜歡貝類吧。」

「南方大地這裡的貝類可好吃的呢！」

「就是說啊！」

雙胞胎惋惜地說著。看來他們對這地區的貝類評價相當高吧。

先不論原因是否出在我個人對貝類的偏見，據說蠑螺的螺肝帶點苦，確實是下酒的好味道，不過討厭的人就完全無法接受這一味。

貝類的握壽司……不知道用的是哪種貝肉。畢竟貝類也有千百種啊。

「不過烤海膽這道似乎也大獲好評，海膽也是很挑人的食材就是了。」

「是呀，我們這地方的海膽可是非常鮮甜，不帶腥味唷。」

「嗯。所以常聽說原本不喜歡吃海膽的小孩子，來到這裡就變得能接受了。」

雙胞胎提供了這樣的資訊。

小孩子是嗎……的確，我小時候，也不太喜歡海膽呢。

我認為會不會討厭海膽，關鍵在於新鮮度上。假設第一次吃到的海膽是超市賣的盒裝平價壽司，那種苦味跟腥味可是會讓人深受打擊，從此將海膽列為拒絕往來戶。

但是新鮮的海膽不但毫無腥臭味，鮮味醇厚，那種至上的甘甜能帶給人無與倫比的感動。南方大地這裡的海膽，一定也很新鮮又美味吧……

「我認為若是使用海膽料理，或以上次獲得好評的牛肉鍋為參考來變化，似乎是不錯的選項。不過最難的就在於，料理和天狗祕酒的滋味搭不搭了……」

聽說天狗祕酒在儀式前需要先進行淨化步驟，要等到後天才能試飲。

若問我儀式最困難的關卡是什麼，就在這裡了。

——不嗜酒的我，要如何分辨出美酒與美食之間的絕妙搭配？

「雖然多少有點安慰成分在，不過我把水雲酒『霧雨』帶來了。這被認為是口味最接近天狗祕酒的一款酒了。」

銀次先生往竹簍裡東翻西找，取出一只透明的酒瓶。

純白的外包裝看起來價值不斐，上頭以纖細的字體寫著「水雲酒　霧雨」這幾個字。

「哦？天狗的祕酒原來是水雲酒啊。」

「那喝起來就不嗆囉，反而還帶點微甘對吧。」

「呃，啥？水雲酒是啥？」

雙胞胎馬上就融會貫通，留我一個人鴨子聽雷。

「所謂水雲酒，是使用一種高地的水生果實『水雲果』，讓池塘本身轉化為酒池。天狗祕酒是來自朱門山的靈氣與山頂清澈的湧泉所做出的酒泉；而野生於泉水中的水雲果所自然釀成的水雲酒，被認為凝聚了隱世之中純度最高的靈力。」

「哇！」

「水雲酒原本需要得天獨厚的靈秀之地才釀得出來，不過最近出現眾多品牌，以人工技術模擬出相符的環境來製造水雲酒。這瓶霧雨也是人工的產品，相較於純天然水雲酒，內含的靈力雖然有一定程度的品質落差，不過味道嘗起來倒是不遜色……要試試看嗎？」

「要要要！」

「水雲酒喝起來很順口，無論拿來搭配什麼料理都合適喔。」

雙胞胎相當興致勃勃。雖然剛聽完這種酒特殊的製造過程讓我啞口無言，不過一聽見適合入菜，我也突然湧出一股好奇心。

銀次先生依照人數拿出小玻璃杯，每杯分別放入一顆預先準備好的冰柱女冰球，再將這瓶水雲酒注入杯中少許。

酒色透明，真的清澈如水。

我們互相舉杯輕碰，玻璃杯發出清脆聲響，我將酒送入口中品嘗。

銀次先生喝得一派自然，感覺像個老手；雙胞胎則露出專業人士的神情品味著，而我……則小心翼翼地用舌尖一點一點輕嘗……

「……嗯……嗯？咦？好順口。我還以為喝起來會更有酒味，結果帶點氣泡感，非常爽口耶……這，是酒沒錯吧？啊啊啊，而且甘甜又充滿香氣。」

試飲一口之後，我相當震驚。

最初入喉時味道清淡爽口，並沒有覺得特別甜，但隨後一陣果香味貫穿鼻腔，非常迷人。感覺就類似桃子的香氣。

然而這股甜美香氣卻像曇花一現，轉瞬便消失無蹤，不留一絲餘韻。

「水雲酒的特色就在於這股回甘。香氣宛如新鮮水嫩的果實，微帶氣泡的口感近似棉花糖——據說這就是命名的由來。後味則十分清爽，甘甜感不會殘留太久，因此與調味大多偏甜的隱世料理也很搭。真要說的話，也許算是較受女性歡迎的一款酒吧。」

「天狗祕酒喝起來也是這種風味嗎？」

「據葉鳥先生所說，兩款喝起來十分相似。不過……天狗祕酒是從朱門山那座靈山的泉水所取得的天然靈酒，跟這種經由人工製造的產品相比，其中散發的靈力以及微醺時的感覺，據說是天差地別……」

原來酒也有靈力，而且微醺時的感覺還不一樣嗎……

連一般酒精飲料都不熟的我，還要去了解妖怪世界裡獨有的靈酒。一想到這裡，我就對酒這種飲料越來越沒個概念了呢，畢竟我連喝醉的經驗都沒有……

「不過……原來如此。若是這種水果風味的酒，與其搭配老饕才懂的老派下酒菜，也許選擇調味更大眾、更豐盛的料理比較搭吧。這樣感覺才是在現代的大眾居酒屋裡會受歡迎的路線。」

「沒錯，我也有同感。從海坊主所偏好的下酒菜看來的確有這樣的傾向。」

一口黃湯下肚，酒席菜色也漸漸有了方向。

「是時候該把培根火烤一下，拿來試試是否適合下酒囉。其實燻完靜置整整一天才是比較入味的做法，不過剛燻完的培根也有另一種美味。」

於是我將一整條培根肉從邊緣切成厚片，下平底鍋將兩面煎至焦黃。

「唔哇，不得了，煙燻的強勁香氣撲鼻而來……」

「在上班時間吃這種好料，真的沒問題嗎……」

雙胞胎嘴上如此說著，卻已嗑起了放在一旁的燻蠶豆。

「這個絕對很下酒的！」

不顧現在還是上班時間，銀次先生滿心想品嘗下酒菜。

我們認真的神情簡直就像下一秒即將踏上沙場，各自拿著起鍋的培根厚片咬下。

「……」

嗯，鹹味恰到好處，口感充滿彈性。

豐沛的肉汁加上煙燻風味，是一般肉類料理所嘗不到的美味。

接著喝一口水雲酒看看……這股充滿幸福的感覺是怎麼回事？

「唔唔……天啊。」

「油花的鹹味與鮮甜被完美襯托出來了。」

雙胞胎看起來相當驚慌，急忙又吃了一口培根下肚。

「咦咦……酒的風味又更上一層樓了。」

銀次先生的表情寫著驚愕兩字，拿著玻璃杯的手還懸在半空中。

「培根表面煎得焦香脆，令人難以抗拒呢。該說是燻肉特有的強烈風味被襯托得更明顯了嗎……這實在非常下酒呢。」

「嗯嗯。培根煎過表面之後能逼出油脂，吃起來更多汁。應該說是原本封入肉塊中的調味料與香氣也隨之徹底釋放嗎？爺爺他以前什麼食材都拿來燻過之後配酒，所以我一直覺得煙燻類的料理應該很下酒吧……不過這實在超乎我的想像。」

以我個人來說，也從未想過燻培根竟能如此帶出水雲酒的美味。

也許因為水雲酒本身口味清爽，所以能成為這種重口味料理的良伴。

「不、不、不好啦～～」

就在此時，在折尾屋負責打雜的夜雀——太一來到我們所在的舊館廚房。

怎麼覺得這畫面好熟悉，讓我想到天神屋裡老是被派來夕顏傳話的春日。

「太一，怎麼了？看起來一副慌慌張張的樣子。」

「妳還問我怎麼了！妳妳妳、妳們的同夥，找上門來了！天神屋的人來啦！」

「……嗯？」

這又是個似曾相識的狀況，我與銀次先生面面相覷。

宴席料理的提案會議暫時中止，我被太一拉著前往本館去。

「快點，快過來！那傢伙絕對是刺客啦！畢竟眼神看起來就絕非善類！」

「刺、刺客？絕非善類？這……」

到底是誰？會從天神屋跑來這間折尾屋……

「別說些有的沒的，快讓我入住折尾屋！你們不知道我是誰嗎？」

「妳是天神屋的女二掌櫃吧？」

「噢呵呵呵！你笨蛋嗎？我已經不是女二掌櫃，只是普通的接待員好嗎？降級了喔！」

「但妳確實是前任女二掌櫃吧！說起來有誰會這樣大聲嚷嚷自己被貶職這種事啊！」

「哎呀你吵夠了沒！聽好了，我說我要在這間折尾屋住宿。你管我是敵對旅館的員工還是誰，你們那兒的葉鳥跟首席溫泉師時彥光臨時，我們可是有好好款待喔！你們旅館沒有這種職業素養嗎？」

「唔、這……」

「我只不過想利用難得的三連休假期來這裡享受一下，除此之外並沒有打其他算盤。連個幹部都不是的我這種小員工來訪，就在那邊大小聲，實在讓人受不了。真是隻膽子比螞蟻還要小的猴子啊！」

「……唔、唔唔……」

在折尾屋的櫃檯前高聲大笑，朝著這裡的小老闆口出惡言的，正是天神屋前任女二掌櫃，現為一般接待員的雪女阿涼。

絕非善類的眼神……喔喔，原來如此。

看起來也許的確壞得讓太一心生警戒沒錯……

「喂，葉鳥！全怪你隨便跑去天神屋那種地方逍遙快活，才被敵人見縫插針了啦！」

單方面接受阿涼砲轟的秀吉，揪著櫃檯內的葉鳥先生領口發飆，葉鳥先生卻一臉置身事外。

「好、好了啦，秀吉。正如阿涼本人所說，她現在也不是天神屋的高層幹部了……對不對？我想現在就老實幫她安排房間比較好吧？」

「就算不是幹部，很明顯也是來探查敵情啊！你果然是站在天神屋那邊的吧！再說她根本沒預約，現在旅館也還沒開門做生意！」

「好嘛，你先冷靜冷靜。好了好了。」

葉鳥先生使盡全力安撫秀吉的怒氣。

折尾屋的櫃檯現在陷入小小的混亂，為了該如何處置阿涼這個客人而起了糾紛，旅館內的員工們也群起騷動。簡直就像葉鳥先生與時彥先生來訪天神屋那一次。

「欸，阿涼妳在這做什麼？」

「啊！葵！一週不見了，妳還好嗎？我還擔心妳會不會被他們吃了一兩隻胳臂，不過目前看來似乎平安無事呢。」

「妳喔……人類如果少了一兩隻胳臂，哪還有這種閒情逸致跟妳打招呼。」

「小老闆也安然無恙呢，您在老東家沒被霸凌嗎？」

「呃，是……不用擔心。」

阿涼整個人就像在跟許久不見的好姊妹與上司寒暄。

不過的確是。也才不過一個星期，卻有好久不見的感覺，甚至覺得有點想念她。

我竟然也已經習慣了有阿涼陪伴的生活呢。

囉嗦的秀吉在一旁嘮叨著：「你們在別人的地盤上演什麼重逢的戲碼啊！」

「喂。」

這聲音讓現場散漫的氣氛為之緊繃。抬起臉，我看見的是狛犬的身影——亂丸在櫃檯樓上露出相當難看的表情。

亂丸，也就是擔任這間折尾屋「大老闆」之職的妖怪。

他用看著垃圾還是廚餘般的眼神交互打量著阿涼與我，隨後對葉鳥先生下令。

「沒辦法，畢竟我們家員工之前也承蒙照顧了。葉鳥，幫她安排客房。」

「我們家員工，不就我本人嗎……你是在等我吐嘈這句？」

「料理就交給雙胞胎來負責張羅……秀吉，你過來。」

亂丸直接忽略葉鳥先生的吐嘈，快步消失在旅館的深處。被分派替阿涼備餐的雙胞胎則望向彼此，被點名的秀吉也慌慌張張爬上樓梯。

咦？我還以為那雙緊迫盯人的眼神會吐出更過分的話。亂丸並沒有像往常一樣口出惡言，這一點反而讓我的預期落空了。

而阿涼則是露出充滿少女心的表情喊著：「哎呀討厭啦！」

「人家還以為折尾屋的大老闆會更蠻橫無禮的……看來也不是不通情理嘛。而且仔細一瞧，有張俊俏的臉龐呢。」

「阿涼……那種人是妳喜歡的型啊？妳不是喜歡大老闆嗎？」

「充滿男子氣魄與魅力，而且有錢有勢的男人我都喜歡啦。」

「……」

真虧她好意思如此直言不諱，一點都沒有要委婉的意思……

「欸！天神屋的雪女！」

一陣尖銳的做作嗓音，響徹了之前曾經被天狗弄破，現在臨時補起來的天花板。

折尾屋的接待員從兩旁整齊地一字排開。

位於正中央的則是身為女二掌櫃的火鼠寧寧。

「就算得到亂丸大人的許可，也不准妳得意忘形！我可不會讓妳胡作非為的！」

「哎呀，這不是折尾屋乳臭未乾的小老鼠嗎？」

阿涼的口氣與眼神變得不太一樣。

這……跟我剛到天神屋時所遭受的對待一樣，是阿涼面對敵（女）人時的態度！

「乳、乳臭未乾……我跟妳這種上了年紀的中年雪女可不一樣！而且聽說妳被拔掉了女二掌櫃的頭銜！我可清楚得很喔！」

「中年！妳說我中年？欸，妳剛才說了中年是吧！」

「中年雪女中年雪女中年雪女！」

「呷～看我不把妳那Q彈的年輕肌膚凍出凍瘡！」

「妳才給我小心點，亂碰我可是會燙傷的！」

勢不兩立的冰火對決，前任與現任女二掌櫃之間壯烈而醜陋的一場女人戰役已經展開。

在場其他人都倒退三步，遲遲不敢介入。此時大掌櫃葉鳥先生勇敢地從中緩頰，喊著：「好了好了。」然而……

「廢物天狗別插嘴！」

「呃啊！」

葉鳥先生同時吃了阿涼與寧寧揮出的一記上勾拳，整個人飛往櫃檯裡。

葉鳥先生……我深感遺憾……

「哼，好吧。既然是亂丸大人許可的客人，我就好心幫妳準備客房吧。不過澡堂在營業時間前可沒開放。要是放妳在大廳閒晃也礙眼得不得了，所以給我好好待在房裡。」

「哈！我本來就這麼打算。」

「……那麼容我為您帶路，客人。行李交給我就可以了。」

「啊啊，真期待今晚的料理，畢竟南方大地的魚可是很美味的。」

也許是因為剛才賞了葉鳥先生一記上勾拳而消氣的關係，兩人間的唇槍舌戰熄火，完全進入旅館女二掌櫃與房客的應對模式。這兩個女人開關切換得也太快……

「不知道阿涼來這裡的目的是什麼？」

「……也許是出自大老闆的考量吧。」

「……」

「阿涼小姐當過女二掌櫃，擁有高級幹部的能力，目前立場又不受職務拘束，是最方便出面的一位了。」

此時我回想起的，是幾天前在海邊道別的大老闆身影。

他在背後支援接下海寶珍饈這項任務的我，然後回天神屋去了。

他在檯面下策動著什麼嗎？

……從那次道別以來，便沒機會再見他呢。

煙燻手工培根。
這東西稍微炙烤一下就很好吃，不過若再多一道工夫，就能享受到截然不同的美味。
我構思著能拿這培根做些什麼下酒菜，然後想出了一道實驗菜色：將煙燻培根裹滿蜂蜜後小火慢烤到焦香酥脆，再搭配鬆軟馬鈴薯一起拌炒。
這道菜出奇地適合搭配水雲酒一起享用。
帶有胡椒嗆辣的調味加上培根的油脂和鹹味，全被蜂蜜甘醇的甜味所包覆。
雖然是口味比較重的料理，不過配上爽口的氣泡酒一起入喉，餘韻清爽得令人讚嘆。
我也跟銀次先生討論過，這款水雲酒適合搭配以濃厚香辛料調味的料理，口味偏甜偏鹹不是問題。與其說重口味，應該說是透過與香辛料的搭配組合，更能帶出食材鮮味。最符合這一點的就是煙燻食品了。
反過來說，若是口味偏淡，也就是主要品嘗食材原味的那種料理，我想就不怎麼適合了。
我打算把這道實驗性的下酒菜拿去給折尾屋幹部們試吃，不過聽說亂丸已在前往妖都的路上。明明剛才還在旅館裡的，據說此行是為了把儀式所需的最後一項寶物「蓬萊玉枝」弄到手。

在亂丸外出期間，旅館內的各種權限就由小老闆秀吉一手掌管。

我想那不如就找他來試吃，於是跟銀次先生一起端著這道蜂蜜培根炒馬鈴薯往本館前進。

我們兩人來到員工專用的後門出入口，從這裡進入本館，結果發現女接待員與負責庶務的員工們腳步頗為倉促地穿梭來往。

「今天客人很多嗎？」

「這……是這樣沒錯，但這種慌亂的程度似乎不太對勁呢。」

銀次先生從急忙穿梭於旅館內的員工身上，察覺到不尋常的氣氛。

我們趕緊前往櫃檯，向一臉愁眉苦臉的葉鳥先生詢問事情原委。

「喔喔。是因為啊……有一批有點麻煩的團體客上門，是一群大商人，不知道他們從哪打聽到的，說願意把『蓬萊玉枝』賣給我們旅館，代價就是要在這裡好好款待他們一番。」

「蓬萊玉枝？可是亂丸不就是為了這寶物，正在前往妖都的路上嗎？」

「可是小姐呀，誰能百分之百保證亂丸一定能順利弄回來呢。話雖這麼說，也不知道那群商人打算賣給我們的是不是真貨就是了。」

「所以現在正愁該怎麼處置才好？」

「沒錯沒錯。銀次，就是這麼一回事。」

蓬萊玉枝……

聽說那種樹枝取自常世的寶樹。寶樹原本生長於宮中，然而在老早以前就因為妖都的一場大火而焚毀，只留下殘枝，而且流散隱世各地。

這傳說中的夢幻逸品，在市面上也有眾多贗品流通，因此不論要入手還是鑑定真偽，都有相當的難度。

「三百年前……我們曾致力於把蓬萊玉枝弄到手，但被大量的贗品給擺了一道。直到最後依然未能找到真品，儀式因此以失敗收場……」

「……銀次先生。」

他的表情十分凝重，也許是回想起當時的記憶。

「絕不能容許那種疏失發生第二次。秀吉先生他怎麼判斷？」

「姑且先順著對方的要求，招待他們住宿。雖然是贗品的可能性很高，不過若萬一是真貨，他應該會視交涉情形考慮收購吧。目前秀吉和女二掌櫃寧寧正在接待對方，只不過……那位商人啊，他以前也光顧過我們旅館，喝起酒來脾氣就變得很差，我想光憑寧寧應該應付不來。」

「女掌櫃呢？折尾屋也有這個職務吧？雖然我目前還沒見過本人。」

「我們家女掌櫃現在正代替大老闆接待雷獸與其他預約房客，分身乏術。再說我們旅館本來就是採預約制……不管是阿涼還是那位大商人也真是的，這些稀客專挑這麼忙的時候上門。」

「葉鳥先生還不是沒預約就直闖天神屋。拜你所賜，我原本要入住的客房就這麼飛了。」

「咦咦？啊哈哈……嗯，世事難預料嘛！」

葉鳥先生絕口不提自己的事，巧妙地敷衍了過去，開始和藹可親地接待剛上門的狸妖客人。

我繼續抱著裝了下酒菜的方盒，與銀次先生一同前往傳聞中那位大商人所在的宴會廳，小心翼翼地往裡頭窺探。

宴會廳內坐著的是一群外表貌似蟾蜍的魁梧大漢，趾高氣昂地後仰著上身擺架子，手中拿著大酒杯暢飲，喝得滿臉紅冬冬的。

女接待員們要負責端料理與斟酒，不然就是被喝得爛醉如泥的男子們糾纏，看起來個個忙得不可開交。雖然是臨時上門的客人，但似乎非常需要調派人手過來幫忙。此時我才終於明白剛才旅館內部為何會雞飛狗跳了。

啊，坐在宴會廳深處正中央的，是一隻塊頭非常大的褐色蟾蜍妖怪，看起來似乎是老大。怎麼看都充滿了暴發戶的氣質。不知道他是否特別中意寧寧，要她在身邊陪侍，幫自己斟酒。而秀吉在褐色大蟾蜍的面前，體型看起來整整小了一圈，他正竭盡所能搓著手陪笑，與對方展開交涉。

大蟾蜍首領的身後擺著一盆類似盆栽的東西，體積小巧，閃爍著耀眼光輝。盆栽被收在玻璃盒之中，枝梢上垂吊著珊瑚色的寶石，非常動人。

……那就是蓬萊玉枝。

「啊，寧寧……」

在交涉的過程中，我特別在意陪侍於大蟾蜍首領身旁的寧寧。

她發現一名年輕女接待員獨自吃力地端著一大盤燉煮料理，連步伐都踩不穩，於是打算起身上前幫忙，然而喝醉的大蟾蜍抓著她的手大喊一聲：「妳要去哪！」便把她強拉了回去。

「啊！」

那股力道太強，讓寧寧重心不穩而跌了一跤。結果被寧寧絆到的年輕女接待員也跟著跌倒，接連的慘況好似骨牌效應。

一大盤燉煮料理完美劃過空中。

接著就像漫畫劇情一樣，整盤命中大蟾蜍的頭部，演變成慘烈的悲劇。

「……」

現場氣氛一瞬間降至冰點。

歡愉的音樂聲停了下來，服務員們個個臉色鐵青。

引發這場意外的那位年輕服務員，現在也露出泫然欲泣的表情。

這也是當然的，實在太可憐了。

「非……非常抱歉！」

原本正在交涉蓬萊玉枝這筆生意的秀吉，當場跪地賠罪。

跌倒的寧寧與服務員也迅速站起身子，從懷中拿出手巾替大蟾蜍擦拭頭部。然而對方褐色的面孔已氣得通紅，扯開嗓子怒罵著。

雖然真要歸咎起來，全怪他強拉寧寧才招致如此下場，但他卻遷怒於跌倒後馬上起身的寧寧，舉起偌大的手掌打算朝她臉上猛力一摑。

「！」

身手矯健的秀吉馬上站起身，代替寧寧挨下這一掌。

面對大蟾蜍粗暴無禮的舉止，秀吉怒喊了一聲：「你這個……」差點就露出本性開口大罵。然而他還是保持小老闆的風範，咬牙忍了下來。

「你那是什麼眼神！小心我不跟你們做蓬萊玉枝這筆生意囉！」

大蟾蜍首領端出蓬萊玉枝的名字，威脅了一番。

寧寧隨即往地上一跪，低著頭頻頻賠罪：「真的非常抱歉！對不起！」

那副拚命的模樣，和我對寧寧原本的印象有點落差。

「叫折尾屋的大老闆出來！你們這些下人不夠格跟我談！」

大蟾蜍囂張跋扈的態度，讓我想踏入宴會廳，卻被銀次先生一句「不可以」拉住了手阻止。

「可、可是……」

「葵小姐您是人類，人類姑娘萬萬不可與那種妖怪扯上關係。」

銀次先生以責備的語氣說道，隨後便要我乖乖待在原地，一個人急忙進入宴會廳。他下令指示那些群起騷動、站在一旁不知所措的女招待員們收拾現場，然後跟秀吉與寧寧三個人站成一排，一股勁兒低頭陪罪。

這樣的畫面，在天神屋也屢見不鮮。

說起來在宴會這種氣氛高漲的場合，這樣的光景本來就不稀奇吧。

不管再怎麼不合理，員工們永遠只有向客人陪罪的份。

不知怎麼地，這狀況總讓我覺得心頭一陣煩悶。我把裝了下酒菜的方盒緊緊抱在胸前。

雖然我不是這裡的員工，但我還是一起出面道歉好了。儘管銀次先生要我待在原地，但無能為力的感覺令我焦躁……

而此刻拉住我肩膀的，是身穿折尾屋浴衣的阿涼。

「葵，這不是妳該多管閒事的場面。這裡就交給我吧。」

「阿涼？妳……」

阿涼一副剛出浴的模樣，臉上妝容卻完美無瑕，可見她今天狀況絕佳。

她露出自信滿滿的表情，把我懷裡裝了培根下酒菜的方盒抱了過去，大搖大擺地闖入宴會廳。也不想想自己分明是個局外人。

「哎呀呀，這可真是！這位不是大蟾蜍油吉先生嗎？您究竟是怎麼啦？滿臉通紅的。」

阿涼用爽朗的口吻向對方搭話，講得好像自己是湊巧路過一樣。

折尾屋的員工們個個啞口無言。

「妳是……天神屋的？」

「我是阿涼呀，天神屋的阿涼，感謝您去年冬天大駕光臨。哎呀，您又對女員工動手動腳了是嗎？做這種事情，就算再多金也不會受女生歡迎喔。」

「妳、妳這女人！」

秀吉急忙試圖阻止阿涼繼續擺出放肆的態度，卻被銀次先生用眼神制止了。

「好了好了，別這麼生氣嘛，好不好？我這裡有個好東西要給您喔，聽說是現世口味的下酒菜。這味道可不錯喔，您有興趣嚐嚐嗎？啊，女接待員們，把酒通通端上來！」

場面在巧妙的節奏下轉換，宛若行雲流水。

趁對方還一頭霧水時，立刻切換至下一個話題。

大蟾蜍首領已經完全被阿涼牽著鼻子走，抓不到時機對折尾屋員工發怒。

這、這真不愧是前任女二掌櫃，阿涼果然有兩把刷子啊……

「呼……不愧是阿涼小姐，論應付醉漢的技巧，實在無人能出其右。」

銀次先生的神情彷彿徹底鬆了一口氣，朝我走回來。

「她會極力維護員工的尊嚴，避免單方而道歉。這全是憑藉她那流暢的轉換氣氛技巧與熟練巧妙的口才所賜，實在幹得漂亮！」

「的、的確很厲害呢……雖然很難說她的動機是良好的。」

「不想道歉」這一點，該說真像阿涼的作風嗎？

多虧她來到折尾屋，眼前場面總算完美收拾，宴會再次開始。

這次借助了天神屋前幹部的幫忙，秀吉與寧寧的心情似乎感到很複雜。

尤其是寧寧，看起來打從心底覺得不甘心，那雙緊皺的眉頭同時卻又帶著無盡的失落，露出了喪氣的神情……

那樣的她讓我有點掛心。

結果我的下酒菜變成阿涼拿來圓場的道具。

也因此，這道菜沒能讓其他人幫忙試試口味。不過這也是沒辦法的事，既然還是有派上用場就算囉。

後來銀次先生直接回歸崗位，去忙折尾屋的工作。我則是一個人往熟悉的舊館廚房前進。

「唷！晚安。」

「？」

明明走在毫無人煙的走廊上，背後卻突然傳來一陣近在耳邊的細語。

我瞬間感到背脊發涼。我看見金色的髮絲，滑順地垂落在我的肩膀上……

一個男人從正上方俯視著我。

「哇啊！」

我不顧形象地發出慘叫，顫抖地倉促竄逃。我的後背緊緊貼在牆上，從正面直直瞪著對方。

窄小的下巴加上妖豔的五官，讓那張瞇著眼睛的笑容看起來更加可疑了。

這傢伙……對了，他就是雷獸！

「何必如此大吃一驚呢。雖然妖怪本來就是駭人之物沒錯。」

「被、被你用那種方式叫住，不論是誰都會嚇得大叫啊！你、你幹嘛從正上方看我啊！」

我全身微微打著顫。只要一靠近這男人，我就不由自主發抖。

一定是因為這傢伙是雷獸……是我最害怕的「雷」。

「妳在害怕嗎？真可愛。就妖都週刊的報導看來，我還以為天神屋鬼妻是會更粗神經耶。」

「那是什麼報導，全胡謅的。」

我應該問寫那篇報導的記者究竟是從哪挖到我的個人情報的……

雷獸伸出纖長的手指撥開我的瀏海，用難以形容的詭異手勢觸碰著我的臉頰。

一陣類似靜電的刺痛感傳來，讓我不由自主聳起了肩。

「不過話說回來，妳跟那個津場木史郎還真是一個模子刻出來的耶，嚇了我一跳。連眼睛跟嘴巴都……啊啊，不過那傢伙是男的，渾身都是骨頭，看起來就很難吃；妳是女孩子，所以肉質好像很軟嫩。感覺很美味呢。」

「哇啊～～」

變態啊啊啊啊啊啊啊！變態！變態！

性騷擾性騷擾！這根本是性騷擾！

我感受到的只有滿滿的恐懼。反應過度的我扯開嗓子大呼小叫，趁對方傻眼時像隻脫兔般拔腿就逃。

「等等啊～～津場木小葵～～」

「惡妖退散惡妖退散惡妖退散……」

我不行了。那種妖怪實在是我的罩門。

對方連連呼喚我的名字裝熟，卻沒有追上來的意思。也許是因為我用吃奶的力氣逃掉了。

「呼……剛真是遇到怪東西了。不過都跑來舊館廚房這裡了，總算能逃過一劫了吧……」

大概多虧剛才一陣緊張，傍晚時試飲酒品的微醺感已經徹底煙消雲散。

「葵小姐，您怎麼惹？」

總是跑去海邊快活的小不點，正把貝殼與海玻璃擺在矮圓桌上欣賞。聽說是他來到折尾屋這段時間，去海邊撿回來的收藏品。

「我遇到了怪裡怪氣的妖怪。我覺得對方根本是變態。」

「妖怪哪有不變態滴，畢竟都經過變態啊。」

「我想我們對變態的定義可能不一樣。」

唉……我深深嘆息。小不點雖然靠不住，但總比沒人陪伴好。

這種緊要關頭，如果大老闆能再次悄悄現身該有多好……

「我、我這是在胡思亂想什麼啊我！大老闆也是很忙的。」

我拍響自己的雙頰。以前明明從來沒有這種向他求救的念頭啊。

重新打起精神，我必須完成自己的任務才行。

今天大受好評的煙燻培根，為了追加分量，我將豬五花條抹上調味料之後用封布裹起來，確實完成前置準備。這次再多花點時間慢慢風乾好了。

接下來繼續忙完各種工作後，我抬頭望向牆上的時鐘。

時間已經超過午夜十二點。這時間對妖怪來說，一天才剛要正式開始。

「呼啊……不過我已經睏啦。明天跑一趟港都採購比較好吧……」

確認了一下冰箱，把想做的料理所需的食材記在紙上。隨後我便回去現在用來睡覺的本館地牢裡，洗個澡便早早進入夢鄉了。

此時的我早已徹底忘記，稍早與雷獸相遇時所感受的那股惡寒。

隔天我起了個大早，前往折尾屋櫃檯所在之處，也就是大廳。

目的是找到在亂丸外出期間代理職權的秀吉，或是大掌櫃葉鳥先生，請他們其中一人批准我外出，然而……

「秀吉，你在幹嘛？」

眼前是一隻二尾妖猴，嬌小的體型加上一頭褐色短髮，有一雙兇惡的眼神。

身為折尾屋小老闆的他整個人趴在地上，盯著大廳桌子與沙發底下的縫隙，姿勢非常詭異。

「呃，天神屋的鬼妻。」

「叫我津場木葵啦，別用那種稱呼了。」

「嘖！這種小事隨便啦。」

「你在做什麼？在找客人的遺失物還什麼嗎？」

「才不是啦。是像這樣……紅紅的又毛絨絨的……圓圓的……」

「紅紅的又毛絨絨的？那是什麼？」

我還沒能想像出個模樣，秀吉探頭往盆栽的背面一看，便大喊：「啊，竟然藏在這種地方！」並伸手拉出搜索目標。

「啊……還真的紅紅的，毛絨絨又圓圓的。」

被秀吉捧在手中的小東西，正是他所說的神祕毛球。

毛球非常非常小，那是什麼……

「寧寧！只不過是一點小小的失敗，不許妳這麼垂頭喪氣！」

「咦！這就是那個折尾屋的女二掌櫃？」

我嚇呆了。那個聲音總是高八度，長得很偶像系的女二掌櫃寧寧……就是這團毛球？

然而平時霸凌我的威風姿態已不復在，化為原形的她只是隻小老鼠，縮得像顆紅色小毛球一樣發著抖。

「亂丸大人現在不在，儀式也迫在眉睫，這種緊要關頭妳不振作起來怎麼行！都怪妳這傢伙中途變回原形逃跑，讓女接待員們也忙得雞飛狗跳！不過還好有天神屋的雪女幫忙應付那隻臭蟾蜍，才沒釀成大禍就是了……」

秀吉一提到昨晚發生的那場騷動，寧寧便站起顫抖的身子，朝他的手指狠狠一咬。

「痛死人啦！」

秀吉的慘叫聲響徹現場。寧寧輕巧地從他手中跳了下來，呈現著火的炸毛狀態，就像顆熊熊燃燒的火球。她發出吱吱吱的威嚇聲。

「這麼一說才想到，她是隻火鼠來著？哇～～原來是這樣的妖怪啊。」

「妳在那邊悠哉觀察什麼啦。寧寧只要自尊心受挫就會馬上變成這副德性，要再變回人形可難了。但這樣我們就頭大啦。喂！寧寧，妳給我振作點！女二掌櫃可是重要的幹部啊！」

「你這隻蠢猴吵死了！」

寧寧回以惡毒的咒罵。

「要是能輕鬆變回去我早就變啦！閃一邊去啦你！」

「妳這傢伙！我把妳扔進海裡喔！」

「你敢扔就儘管扔啊！蠢猴！蠢猴！」

「呃、好了啦……」

折尾屋的小老闆與女二掌櫃開始像小孩子一樣鬥起嘴，我毫無插話的餘地。

嗯……寧寧情緒會這麼低落，果然是因為昨天那件事吧。身為女二掌櫃就要拿出專業，所以被訓一頓也是可以理解沒錯……

「寧寧妳夠了沒！從昨天開始就什麼也沒吃對吧！不好好吃飯哪有力氣變回人形。好了，快去食堂吃飯！不然上工時間就要到了。」

「不要！人家不要就是不要！要我以這副德性示人，還不如去死一死。」

「說什麼蠢話，要是嫌妳那小不點的模樣難看，就快點打起精神變回來啊。」

「猴子吵死了啦！去死！圓形禿！」

「啊！妳！我就說我才沒有圓形禿！咦，沒有吧？欸我沒有圓形禿吧……」

秀吉這時候卻擔心了起來，把頭頂給我看。

呃，是沒有啦。

「欸欸，別一大清早就大小聲嘛。要是吵醒客人怎麼辦，到時人家來客訴可是我受罪耶。」

「啊，葉鳥先生早。」

「早安呀，小姐。昨晚睡得好嗎？」

天狗葉鳥先生不知何時已站在櫃檯內隔岸觀火。

雖然總是一副吊兒郎當的態度，不過跟寧寧與秀吉相比之下竟覺得他有點沉著可靠，真是不可置信……

「寧寧呀，妳今天可以徹底放一天假。」

「咦！可是，這樣怎麼行……」

「我連絡過亂丸了，他覺得這樣比較好。寧寧妳一定累壞了，畢竟妳很久沒有休假了吧？」

維持火鼠外貌的寧寧感到相當困惑。

她整個人猛打哆嗦，簡直就像身體裡面裝了震動器。

「意思是說，這裡已經不需要我了嗎？我被亂丸大人開除了嗎？」

「不不，不是這個意思啦。有妳在當然比較好，但煙火大會少了女二掌櫃可萬萬不行。」

「可是……可是……」

「喂，葉鳥。那今天要怎麼開門做生意？雖然我也認為寧寧今天休假比較好……」

秀吉嘀咕著。

「今天也只能靠值班的大家互相照應，將就一下囉。寧寧妳不用逞強，好好休息就行了。」

葉鳥先生擺出一臉帥氣的表情，然後拋了個他最擅長的媚眼，然而寧寧似乎不怎麼吃這套。不知道她究竟在不滿什麼，也朝葉鳥先生的手指狠狠咬了一口。

不過葉鳥先生果然歷練豐富多了，仍帶著笑容一邊揉著被咬的手指，對我喊了一聲：「我說小姐呀……」心情絲毫不受影響。

「方便的話，今天可以麻煩妳照顧寧寧嗎？」

「咦？我？」

「我當然知道小姐妳忙著準備酒席……讓她幫忙也可以，只要別放她一個人就好了。啊，對了。可以的話就讓她吃點東西吧，負責幫忙試菜之類的都行。吃了妳做的料理，也許寧寧也能勉強有點精神。」

葉鳥先生合起雙掌對我說了一聲「拜託妳了」，皺著眉頭再度拋了個媚眼，展現一氣呵成的完美連續技。

反觀寧寧則任性地抗議：「為什麼我得關禁閉？誰要跟天神屋的鬼妻在一起啊！」不過她才鬧完脾氣又縮成一顆毛球發著抖，情緒不穩定的狀況連我都看不下去。

「我是沒差啦……不過我今天要去港口那邊採買喔。」

「噢！那不是正好嗎？把寧寧也一起帶出門吧。別看她這副模樣，其實是個家裡蹲，不太喜歡外出。」

「……這麼說起來，她剛才的確也躲在盆栽後頭呢。」

我微微嘆了一口氣，總覺得事情演變得越來越奇怪啦……

「雖然寧寧之前三番兩次找我碴，甚至做得太過火還害我弄傷腳踝。不過……若是女二掌櫃缺席的話，煙火大會就……不，儀式應該也會連帶受影響。這樣一來我也很傷腦筋……嗯，我知道了。我就負責帶這個家裡蹲走出戶外。」

我伸出雙手，試圖輕輕把寧寧捧起來，就像平常對待小不點那樣。

然而才剛碰到她，一股傳來的高溫便讓我縮回雙手直喊：「燙燙燙！」

不愧是火鼠，果然整顆是火做的。

「人類不可能徒手拿起這傢伙的啦，太亂來了！嘖……讓我來。」

秀吉用手心撈起這顆我無法處理的燙手毛球。

他繼續擺著一張臭臉，搶在我前面大步大步走往舊館方向。

回到舊館的廚房，寧寧依然維持著火鼠的外型。

她躲進竹簍底下，把自己藏起來。

「真沒想到……寧寧的個性竟然這麼消極。」

根據第一次見面的印象，我一直擅自把她想成那種自信滿滿的類型。

「說到底她就是這麼一板一眼，想著必須善盡身為女二掌櫃的職責，想著要擺出該有的架勢，不能讓其他女員工騎到頭上。她就是這樣想太多……有時候只是徒勞無功。」

秀吉一屁股用力坐在架高的地板上，臉上表情依然很不爽。

不過跟往常粗魯的他不太一樣。

「她覺得自己不是當女二掌櫃的料，老是為了這些芝麻綠豆小事成天煩惱。昨天也是，自己束手無策的意外狀況被天神屋的阿涼那個局外人三兩下收拾乾淨，所以自信心盡失。不過那個人確實有兩把刷子，懂得掌控宴席的氣氛……」

秀吉一提起阿涼，寧寧便馬上從竹簍下方鑽了出來，再次朝秀吉的手狠狠咬下一口。

「痛痛痛！妳、妳別鬧了喔！」

寧寧對發火的秀吉發出吱吱的威嚇聲，然後用那雙小手摀住自己的耳朵。

而秀吉正打算粗魯地用手指捏住寧寧的脖子，一把拎起來……

「好了好了。我知道你也是擔心寧寧，不過心思真是一點都不細膩耶。寧寧現在想聽的才不是你剛才那番話。你這樣只會害她越縮越小，徹底失去自信。」

「啥？什麼啊？妳是想說我不懂女人心嗎？」

「咦？我從來沒抱過一絲這種期待好不好……」

「……」

秀吉嘖了一聲，以暴怒的口吻說：「我要回去工作了！」隨後大步大步離開了舊館。

呼……煩人的噪音源總算消失。

我想秀吉會端出阿涼的話題，想必是為了激起寧寧身為女二掌櫃的自尊心吧……不過，寧寧看起來似乎很害怕觸及這件事。

「寧寧，待會兒要請妳跟我一起外出採買，妳要不要先吃點什麼？」

「可是……」

「妳從昨天就維持這副模樣，什麼都沒吃對吧？」

現在就先不進一步追問了，我只關心她的肚皮有沒有填飽。

「我替妳做點好入口的東西吧？畢竟葉鳥先生都把妳託付給我了。」

「我、我才不要……誰要吃妳做的東西。」

「嗯……那交給我決定可以嗎？有什麼不喜歡吃的東西嗎？或是特別喜歡的？」

「欸，妳幹嘛自作主張……唉……我不喜歡芥末啦。」

「原來如此，芥末是吧。」

「喜歡吃……文蛤。」

寧寧話講到一半便似乎放棄掙扎，老實回答了我。

她應該是明白現在固執也於事無補吧。

「那我就避開芥末，用文蛤做點東西吧。這點要求不算什麼難事。」

我把擱在矮圓桌旁的坐墊拿了過來，鋪在竹蓆上，要寧寧在上頭休息。接著開始著手準備早餐，不再多說什麼。

寧寧應該各方面都感到很疲憊吧。雖然看起來仍對我抱有戒心，不過沒一會兒就跳到坐墊上，趴成大字形睡著了。

那副模樣看起來實在很虛弱，順帶一提還超可愛的。看她變成這樣，比起過去的恩怨情仇，現在我更希望她能吃點東西恢復精神。

「好了，那要來做什麼好呢……」

今天是兩個女生一起吃早餐，就做成可愛的輕食簡餐，一盤搞定吧。

「什錦小飯丸、蟹肉棒沙拉、蛤蜊巧達湯——差不多這樣子吧。嗯嗯，感覺很時髦。」

首先從蛤蜊巧達湯開始做起。所謂的蛤蜊巧達湯，一般印象都是加了較小顆花蛤所煮成的奶油濃湯。不過手邊正好有吐完沙的文蛤，本來打算當成酒席料理的試做材料，這次就用這寧寧最喜歡吃的東西當主角了。

將文蛤放入鍋內用酒蒸煮，煮到殼打開後就取出裡頭的蛤肉。

「啊啊！光是用酒蒸完看起來就美味十足了。嗯，應該說文蛤本來就好吃，貝肉大塊又充滿彈性。寧寧品味也真不錯呢……這隻小老鼠一定從小就吃這裡產的文蛤長大。」

啊，酒蒸完所剩下的湯汁非常重要喔。這是非常鮮美的高湯，可不能丟掉。

接著另外取一只鍋子小火慢炒洋蔥，呈現焦糖色之後，加入剛才剩餘的高湯和水，把其他蔬菜末也一起下鍋燉煮。這種湯類料理最適合消耗沒用完的蔬菜，所以我加了各種蔬菜下去，有紅蘿蔔、馬鈴薯跟香菇之類的。

正好銀次先生之前幫忙弄到了奶油，就跟麵粉一起融入湯裡，煮到呈現濃湯狀之後，把剛才的酒蒸文蛤下鍋。最後再倒入熱過的牛奶，用胡椒跟鹽調味。再刨一點起司下鍋，等融化後盛入圓碗中……

「嗯，感覺很可愛。」

料多味美的文蛤巧達濃湯就完成了。

接著用手剝散蟹肉棒，加上小黃瓜片與小番茄，完成最基本的蟹肉棒萵苣沙拉。

再來利用銀次先生從旅館內土產店拿來的其中一樣商品——「梅肉涼拌花枝昆布絲」口味的香鬆，將白飯調味後捏成小飯丸。

「這香鬆是怎樣，搭配的口味也太犯規了吧。」

竟然在昆布絲裡頭加入脆脆的梅肉乾跟花枝乾耶……想也知道一定超好吃的。不愧是坐擁大海的地區，折尾屋這裡的土產紀念品種類真豐富呢。

「在我心中呢，認為圓飯糰就是一口大小的小飯丸。」

我將調味好的飯放在手心滾成圓球狀，捏了六個小飯丸擺在大人的扁盤上。

旁邊擺上裝在碗裡的蛤蜊巧達湯和小碗的沙拉，一整盤就像時尚的簡餐。最重要的是看起來賞心悅目。

「哇，簡直就像隱世不會出現的早午餐……」

附上一杯柚子蜂蜜水，散發著我最喜歡的清新香氣。

「嗯……」

寧寧發出呻吟，輕巧地爬起身子。

「寧寧，吃得下東西嗎？呃……對耶，妳還是隻小老鼠的模樣，這樣就不能拿餐具了。」

「可是……人家肚子餓了。」

寧寧肚子裡的蛔蟲毫無遮攔地發出「咕嚕～～」的叫聲，沒有人能敵得過飢餓的折磨。

「鏘鏘！」

我將簡餐拿到寧寧眼前，秀給她看。

「如何？很可愛對吧？這是現世咖啡廳風格的簡餐喔。」

「……『咖啡廳』？」

「總之妳嘗嘗看吧。」

我將盤子擺在她面前，寧寧踏著小巧的步伐在盤子周圍繞呀繞，抖動著鼻頭嗅聞氣味，一舉一動就像隻小老鼠。

然後她用兩手抱起一口大小的飯丸咬了下去，雙頰塞滿食物的樣子就是一隻小老鼠……

「妳還真可愛耶。」

「啥？這還用說嗎？」

「……」

雖然願意吃我做的飯，但態度還是一樣愛理不理，不過不像之前那樣明顯帶有敵意就是了。

我用湯匙舀起蛤蜊巧達湯，伸往這隻小老鼠的眼前。

「來，也嘗嘗這個湯吧。」

寧寧用兩手捧著湯匙前端，靈巧地喝下裡頭的濃湯。

她伸手拿起文蛤，利用門牙扯開貝肉享用。小老鼠……真可愛。

「味道好奇怪。」

「咦……妳覺得不好喝嗎？」

「不是，雖然好喝，但沒見過加了牛奶又加蛤蜊的湯，所以覺得很奇怪罷了。」

「不過文蛤煮出來的鮮味……很不錯吧？」

「嗯，濃濃的蛤蜊味。」

「裡頭還加了起司耶，在現世對老鼠的普遍印象就是最喜歡吃起司了。」

「是喔？那我或許也喜歡吧，雖然沒什麼機會吃到……啊！」

不知道是否因為開始進食的關係，寧寧的身體慢慢一點一點變大。

雖然外型依然是老鼠，不過這樣應該代表靈力多少有恢復一些了吧……

體型變大後，寧寧就能自己拿起湯匙喝湯，也能自己品嘗小飯丸跟沙拉了。

看著她的身形，莫名讓我回想起之前來訪夕顏的那位薄荷僧先生呢。身為入道和尚的他是一隻貉妖，外表長得就像獾一樣。

「看起來還是很難變成人形耶。啊，跟天神屋地底工廠的鐵鼠也好像喔。」

「別拿鐵鼠那種低等妖怪跟我相提並論。我現在想變也變不回人形啊，哼。」

寧寧繼續鼓著雙頰，將頭撇往一邊。

能不能變成人形，關鍵果然還是心理層面的問題嗎？

「等妳吃完飯，我們就趕緊出發去港口吧？」

「以這副德性出門？我才不要，好丟臉。我要躲在這裡！」

「什麼丟臉……這副模樣反而沒有人能認出妳不是嗎？也許還比較方便行動哩。」

「……啊，說得也對耶。」

寧寧露出了老實的反應，沒過多久才不爽地回了一句：「我知道啦！」果然情緒很不穩定。

要去港口城鎮，徒步穿越松林就能走到。不過葉鳥先生貼心準備了接送的船隻，於是我們就乘著船輕鬆抵達。

回程的船隻似乎也已經先安排好了，這樣一來就算採購大量戰利品也不成問題。

我們戴上市女笠，揹起大大的竹簍，朝港口市集前進。

「寧寧，妳來過這裡嗎？」

「不，幾乎沒有。畢竟哪有時間出來買東西。」

「那趁這次機會妳多逛逛吧。聽說購物有紓解壓力的效果喔。我在念大學時，只要覺得心情有點鬱卒之類的，也會買一些平常捨不得下手的高級食材來轉換心情！」

「也只有妳這麼好打發吧。」

「呵呵呵……這次啊，能買很多很多食材回去讓折尾屋買單……這可是千載難逢的機會耶。畢竟光憑夕顏微薄的經費，有很多東西都難以下手呢。」

「妳要不要照照鏡子，看看自己現在是什麼表情？超誇張耶。」

寧寧似乎吐嘈了一些什麼，不過我根本沒空去聽，因為整個市集就是我的大寶庫。這裡不只賣海產，還林立著水果店、土產店、熟食小菜專賣店、還有熟食攤販等等。啊，土產店還有賣那張白色能面面具……

「……」

老鼠外型的寧寧踩著噠噠噠的腳步聲走在一旁，又跟在我後頭望著店家與妖怪工作的模樣。

這裡有完全化為人形的妖怪，也有像寧寧一樣半人半獸，也有的是以妖怪原貌示人。

所以誰也沒發現這隻身高到我腰部的紅色老鼠，就是寧寧本人。

如果告訴大家這就是折尾屋的女二老闆，也許會震驚在場所有妖怪吧。

「啊，寧寧妳看。這間茶館生意好好喔，叫椰子樹茶館耶。妳看妳看，這裡寫有賣椰果耶！」

我對於立牌上的菜單相當有興趣，使踏入茶屋，完全把採購的事情拋諸腦後。上一次跟大老闆來這裡時，還沒發現有這麼一間氣氛良好的茶館。

雖然店裡很混亂，不過現在時間正好屆於午餐與下午茶之間，所以幸運找到一張兩人桌。

「欸，我說妳啊，不是來採買食材的嗎？這裡是茶館耶。」

「可是這裡有賣椰果耶，光是能在隱世看到椰果兩個字就夠稀奇了。」

「『椰果』……這麼一說，似乎以前曾聽招待員她們說過。聽說港口城鎮這裡很流行這個名字怪腔怪調的點心。」

「哎呀，妳沒有吃過嗎？那正好，我們一起嘗嘗吧。一定要吃一次椰果看看……」

這間茶館似乎是最近新開的，內部裝潢非常漂亮，散發年輕人會喜歡的時髦感。

菜單品項雖然五花八門，不過我二話不說就點了店家推薦的椰果餡蜜。

寧寧也選了一樣的。

「兩位久等了。」

店員將冰涼的麥茶與椰果餡蜜端了過來。正當我心想這店員的聲音真耳熟，抬起臉一看——我瞬間嚇得心臟一震。

因為這個店員的臉……竟然是大老闆所幻化成的年輕人。

「你、你……在這做什麼？」

我不假思索地將疑問脫口而出。寧寧狐疑地問：「妳認識他？」我才猛然回神掩住了嘴。

「喔喔，難怪覺得你很面熟，你是之前來過折尾屋的那個賣魚小伙子吧？女招待員們都為了新來的帥氣小哥而激動呢。」

頭上綁著長手巾的大老闆用一句「我辭掉了魚舖工作，轉換跑道來茶屋」搪塞了過去。真是若無其事地胡謅一通……

最近大老闆總是行蹤不明，應該說整個人都意味不明。

「你不做魚舖啦？真是沒毅力耶。這個工作要撐久一點喔，不然店家也很困擾的。」

聽完寧寧一番坦率的精神訓話，大老闆帶著笑容回答：「啊哈哈，真是嚴厲呢。」

對方怎麼看都很可疑，就算被懷疑是天神屋派來的間諜也不過分。然而寧寧面對眼前的這個男人卻完全不疑有他，甚至擔心起人家的處境。

「難得有可愛的小姐們光臨本店，特別幫兩位多放了一點椰果。芒果也是免費招待的喔。」

「……」

頂著現在這張臉說這種話的大老闆，讓人覺得有點輕浮呢……

不過看看端上眼前的餡蜜，用透明玻璃碗盛裝得漂漂亮亮，看起來充滿清涼感，挑動著少女心。我和寧寧的目光都徹底被吸引。

透明的寒天凍裡，混著帶有淡淡乳白色的椰果，還有紅豆餡、求肥，以及桃子、西瓜、橘子與杏桃等水果，再加上招待的芒果，色彩相當繽紛。上頭要淋上滿滿的黑糖蜜來享用。

「哇！我還以為是椰果就是寒天，不過表面比較硬一點。好新奇的口感。」

寧寧吃了一口混在寒天裡，四四方方的椰果丁，對於口感相當驚豔。

我也好久沒吃到椰果了，嚼勁十足的口感真令人開心。

「我記得椰果這種東西，應該是椰子發酵而成的食物吧。」

「沒錯。南方大地盛產椰子，卻未能好好發揮利用，這一點一直讓人覺得很可惜。我們店主學習現世的運用方式，加上亂丸大人的援助，做出了椰果這樣產品。沒想到跟餡蜜搭著吃也意外對味，蔚為一股風潮。受歡迎程度就連妖都的報章雜誌也來採訪喔。那麼就請兩位慢用了。」

去幫別桌送餐的大老闆，臉上自始至終掛著待客用的親切笑容。

不記得是何時的事了，現世的日本也曾有一陣子掀起椰果的熱潮。

在那之後，椰果就成了極為普遍的食材，在果凍之類的產品裡也能見到它的身影。

「這個叫椰果的東西，是來自現世的點心？」

「嗯嗯。在日本大多都是加在果凍裡吧。在餡蜜裡頭放椰果，應該比較接近道地的菲律賓甜點『哈囉哈囉（註1）』……很好吃吧？」

「嗯……這個好吃。」

我和寧寧面對面坐著，在這麼一間店裡享受著加了椰果的日式涼點。

茶館裡充滿女孩們的嬉鬧聊天聲。

啊，隔著單薄的牆壁，還能聽見外頭傳來陣陣知了的叫聲。

八月已經來到下旬，夏天也即將畫下句點……

「……」

寧寧突然停止繼續享用餡蜜，隨意凝視著某個方向放空。

「我現在究竟在這裡做什麼……」

「擔心旅館的事嗎？」

「這當然，畢竟……再過不了多久，就是煙火大會跟儀式了……」

剛才隻字未提起工作話題的寧寧，主動開口了。

她是不是有些話想說給我聽？

「……欸，葵。」

「嗯？」

這是她第一次喊我的名字。

「妳呀，有沒有曾經偷偷憧憬著某個人，結果太過憧憬而轉為嫉妒？」

「嫉妒？」

嚼著口感紮實的椰果嚥下，我皺眉思考著。隨後再吃一口，呢喃著：「嫉妒啊……」

「這種狀況好像還沒有過呢。不過，我想只是因為還沒遇到會讓我嫉妒的對象罷了。」

「……這樣啊。」

「難不成，寧寧妳所說的對象就是阿涼？妳們倆認識很久嗎？」

寧寧搖了搖頭。

「不過我很久以前就知道有這個人了，因為我小時候也曾和爺爺奶奶一起去過天神屋。」

「……」

「所以……也曾經見過阿涼小姐。雖然當時她還不是女二掌櫃，不過她各方面都細心周到，人又機靈，臉上總是充滿自信光采……我覺得這樣的她非常美麗。而且客人們跟阿涼小姐說話時總是一臉愉快。」

「呃，啊哈哈……不過阿涼的服務精神只是來自於不想接到客訴罷了。」

「可是，當我不小心撞到喝醉酒的客人而被怒罵時，她馬上就奔上前來幫我說話，替我道歉啊。現場氣氛瞬間一變，就連原本大發脾氣的客人也馬上被她服侍得服服貼貼，露出了笑容。她

註1：菲律賓傳統甜品。以甜豆、果凍等食材加上煉乳碎冰，搭配冰淇淋享用。

後來還偷偷送我一些糖果，我當時好開心。」

「是喔……原來……還有這麼一段往事。」

「我會來折尾當女招待員，契機就是當時在天神屋遇見她，因為我相當嚮往那個人。」

這才知道我從未見過的阿涼的另一面，還得知了寧寧與阿涼的這段緣分，以及她成為女招待員的理由。

「不過啊，在折尾屋從女招待員做起，一路升上女二掌櫃之後我才終於明白——她的能力是我學不來的。來旅館工作之後，也有許多機會聽見她的傳聞。和她一樣當上女二掌櫃之後，也開始遭受大家比較。我很清楚自己不如她。」

「……寧寧。」

「不過呢，從女員工們……秀吉、幹部們或是亂丸大人口中……從其他人口中聽見她的名字，就會讓我無法克制心中的嫉妒。然後又對如此小肚雞腸的自己感到失望，隨即陷入沮喪。我會找地方一個人躲起來，試圖把心裡的苦硬是吞回去。可是一旦陷入這樣的低潮就沒辦法了，靈力大亂的我就會失去化為人形的能力。」

老鼠模樣的她雙眼泛著淚光，正拿起湯匙挖開甜甜的餡蜜。

「所以說，其實我也不想嫉妒人家。每次一陷入低潮期就會影響我工作，所以我變得盡可能不想聽見那個人的名字出現。明明當初……是那麼嚮往的……我真是個沒用的傢伙。」

坐在相同的職位上，會被比較也是難免的。忍不住眼紅，好像成為寧寧厭惡自己的原因。

「這又沒什麼，我並不認為妳是沒用的傢伙喔。」

能坦率承認自己的嫉妒心，讓我很佩服寧寧。

比起那種內心深處見不得人好，表面上卻笑著說「我很尊敬你」的人，寧寧還正常多了……

「還有啊，阿涼也不是個完美的人。她曾經企圖要我的命，結果被拔掉女二掌櫃的頭銜。」

「嗯，我有耳聞。」

「阿涼也曾經相當嫉妒我，我……不知道未來會不會也有這種體驗。」

嫉妒心是在什麼情況下產生的？

自己的立身之地或是地位受到威脅，而陷入不安時……我想應該是這樣吧。

「我……為什麼會坐上女二掌櫃這個職位呢？」

「寧寧，妳不想當嗎？」

「……不是，應該也不是這樣吧。」

寧寧似乎對自己被選為女二掌櫃感到困惑，但並不是指自己不願意，所以搖了搖頭否認。

「雖然這副樣子，但我還是喜歡這份工作。不過心志太脆弱了，忍不住懷疑，自己憑什麼坐上這位置。我必須變得更堅強點才行。」

她斷斷續續吐出呢喃。正如秀吉所說，她真的是個認真、坦率又純真的女孩子。

所以才會各方面過度思考吧。

越是認真投入某件事，當結果不如願、無法符合外界期待時，就越是痛苦。如果還被拿來與他人比較，又覺得更悶了。

無論是誰，都會遇到這種時候吧。

想到這，就認為自己真的還差得遠呢……我還沒能到達她那種境界。

「話說回來……我一直有點在意某件事，可以問妳嗎？」

「什麼？」

「寧寧和秀吉是同期的同事嗎？」

「咦？秀吉？」

「秀吉總是格外操心妳的事耶。」

「不是，雖然同樣身為幹部，但我們只是單純的前輩後輩。不過，應該可以算是所謂的兒時玩伴吧。我們倆出身自同一個鎮上，而且家就住隔壁。」

「咦！原來是這樣！那你們以前常一起玩嗎？」

「也不是這樣說，只是從小就熟識了……秀吉以前在鎮上是出名的壞小孩。」

「喔喔……嗯。完全能想像。」

「不過當亂丸大人來到我們鎮上時，對秀吉的身手與號召力相當敬佩，所以就邀請他到旅館工作，把他帶走了。別看他那樣，其實是個熱衷於工作的人，也廣受館內員工的景仰。有一段時期就是由秀吉負責帶我這個新人，可能因為如此，所以直到現在也特別操心我吧，畢竟那傢伙就是個熱血過頭又愛操心的人。」

「哦～～沒想到他意外是個替後輩著想的熱血男兒啊……」

「不過我知道，秀吉他也對前任小老闆……那個八尾的……叫什麼來著？銀次先生？抱有相當深的自卑意識。他一直說亂丸大人心裡一定認為不可能找得到比銀次先生更適合當小老闆的人了……我想比起我，秀吉更難受。畢竟對方是不可能超越的存在啊，前任小老闆可是和亂丸大人一同長大，好比親兄弟……」

即使如此，秀吉也從不說喪氣話，每天全心全意投入工作，寧寧說她頗為敬佩這樣的秀吉。雖然她嫌人家熱血過頭又囉嗦，之前還連罵了人家好幾聲笨猴。

「秀吉他比誰都景仰亂丸大人，說因為亂丸大人讓無用的自己走回正軌。而且還說只有跟得上亂丸大人腳步的傢伙，才能勝任折尾屋的工作……畢竟，有儀式這個重擔。」

這句話突然提醒了我一些事。

亂丸說過不允許員工失誤，一犯錯就要馬上開除、掃地出門，結果全是為了儀式嗎？

「啊，說到這……葵，妳的腳還好嗎？」

「咦？腳？」

「之前新來的女招待員不是絆了妳一下，害妳摔倒嗎？」

「喔喔……那個啊。」

不快的回憶在腦海中甦醒，記得那次還弄傷了腳踝。

不過有大老闆幫忙治療，所以現在已經完全康復了。

「抱歉……都是因為我那麼針對妳，讓底下的她們也對妳產生敵意。折尾屋的員工一見到天神屋的人就準備吵架，已經成了家常便飯了……」

「咦？不，其實沒關係啦。腳確實痛了一陣子，工作效率也連帶受影響，不過……我真沒想到妳會為了這件事向我道歉。」

「什麼意思嘛，我心裡一直很在意耶。」

「……」

「抱歉，我老是馬上就那樣，試圖擺起女二掌櫃的架子。」

折尾屋的幹部們給我的第一印象都很差，不過我感覺自己好像慢慢認識他們真正的樣貌了。

尤其是寧寧……我好像對她有非常嚴重的誤解。

她只是以阿涼為榜樣，希望能成為、同時也在大家的期望下必須成為那樣的女二掌櫃罷了，基本上是個非常率直又善良的女孩子吧。

「啊啊……總覺得說出來之後，心裡似乎暢快多了。」

——砰！

寧寧豁然開朗，隨後一陣煙霧乍現——她變回原本美少女的模樣。

「啊！太好了。妳這不是變回了平常的模樣嗎！」

「竟、竟然在這種地方……而且我身上還穿著折尾屋女二掌櫃專用的和服！」

「沒關係沒關係，很可愛啊！」

「我知道。」

「……」

寧寧緊張地朝四周東張西望，不過在場客人都各自沉醉於眼前的甜點，沒空注意我們這。她鬆了一口氣後露出苦笑。

「呵呵，好蠢喔，我到底在幹什麼。跑來折尾屋外頭吃著現在流行的甜點，跟妳這樣的人類講了好多丟臉的喪氣話。」

「……」

「不過，也許正因為面對不熟悉的人，我才說得出口吧。我平常不會講這些的，不過……妳真擅長聆聽耶。」

「是喔？平常我幫妖怪們做飯時是會聽聽他們說話……不過這次比起我做的飯，大老闆這家茶屋的功勞比較大呢。」

「咦，啥？什麼大老闆？」

「啊啊！不不不！沒事沒事！」

我胡亂地上下揮動雙手，急忙敷衍過去。

「啊哈哈！不過……妳的料理果然也真如同傳聞，怪裡怪氣但很美味。」

「怪裡怪氣是……好啦，也罷。既然妳都恢復人形了，也該出發去採購了。我把我的市女笠借妳戴，交換條件就是得幫我提一半的行李喔。找來這趟的目的可不是為了吃椰果。」

「我知道啦，話說我們會進茶館還不都是妳自作主張。」

徹底享受了餡蜜的美味，我們像好姊妹一邊鬥嘴一邊準備離開茶館，結果……

「我們這間椰子茶館，有販售各種椰子加工食品喔！」

大老闆——不是，這間茶館的店員在結帳時，伸手指向店內一旁設置的貨架熱情地推薦。貨架上擺滿了椰子相關商品，徹底吸引了我的注意力。

上頭擺放著一些瓶瓶罐罐，分別標示著「椰奶」、「椰子油」。

「這、這是……椰奶跟椰子油耶！妳看妳看！」

「呃、葵，妳冷靜點。總覺得大家都在看這裡，好丟臉。」

寧寧努力讓亢奮的我冷靜下來，但這些意想不到的食材讓我無法平靜。

正好我還在苦惱酒席的甜點要搭配什麼好。

若有這兩樣材料可用，不就能做出充滿南國風情的甜品了嗎？

「請給我三罐椰奶，還有一瓶椰子油。」

「好的！」

我下手毫不猶豫，採買了大量食材。扮演店員的大老闆精神飽滿地拍響雙手後，開始熟練地用報紙包裝商品。真融入這環境耶……大老闆。

我緊緊盯著大老闆看，他真的就像個普通的店員勤快地包裝著商品，然後他也瞄了我一眼，露出一臉想起什麼事的表情對我說：「對了。」

「妳把市女笠借給了折尾屋的女二掌櫃對吧？那我把自己的草帽借給妳好了。」

「草帽……」

他從收銀櫃檯裡拿出一頂帽簷寬大的草帽，輕輕放在我頭上。一臉笑得很開心的樣子。

「嗯，非常適合喔！」

「戴著這種務農用的大草帽，被說適合也開心不起來好嗎？話說這哪來的……」

「我把我平常愛用的一頂帶過來了……南方大地日照強烈，要小心點喔。」

大老闆放低了聲量，舉起食指抵在雙唇前，臉上浮現神祕的笑。

「加油，我等妳回來。」

他的一句話，還有那動作與表情，不知為何……讓我莫名感到不快。

就是莫名地不快……

「……哼，不用你說我也知道。」

我自己也不太明白，為什麼態度會變得這麼帶刺。

從大老闆手中接過購物袋，我一個轉身背對他，隨後馬上鑽過門簾離開茶館。

寧寧在店門口交互打量著我跟大老闆，露出一臉不敢置信的表情。

「欸，妳跟那個看起來沒什麼長進的魚鋪小伙子在一起喔？」

「啥？」

寧寧到底用哪雙眼睛看見了什麼，才會產生這種錯覺？走在市集的大馬路上時，她出其不意地丟出這個問題，讓我的表情難看到不行。

「因為妳還收下他的草帽不是嗎？總覺得你們之間的氣氛不太尋常喔。不過葵啊，妳不是天神屋大老闆的未婚妻嗎？在南方大地跟賣魚的搞外遇，事情豈不是很嚴重？天神屋的大老闆很可怕吧？要是被發現妳不就要被五馬分屍了？這樣應該會成為妖都週刊的跟拍目標吧……」

「等等，妳到底在說些什麼？我才沒有那個男的在一起，也不是外遇，而且說起來大老闆也沒那麼可怕啦。」

「是嗎？天神屋的大老闆不可怕？乍看超有威嚴的耶。而且還是鬼，光這點就夠嚇人了。」

「嗯……的確有時也會這樣覺得……不過與其說可怕，我覺得比較像莫名奇妙。」

因為妳口中的那個看起來沒什麼長進的賣魚的，就是天神屋的大老闆呀……

「性格基本上很難以捉摸……不過有時卻又覺得很可靠。感覺隨時在遠處關心著我的一舉一動，然後若無其事地幫我一把，這樣吧？」

「哦～～」

「……話說我到底在說些什麼啊？」

不知為何臉蛋開始發燙，猛冒起汗。應該是因為天氣太熱吧。

而且明明是寧寧主動提問的，結果她聽完又愣在那。

「這種事情一點都不重要啦！我們都來到市集了，要大買特買各種海味才行！」

我馬上衝進近在眼前的大魚舖，像是想敷衍什麼一樣。

「我看看……蝦子、海膽、鮭魚……啊，妳看，這叫醋橙比目魚耶。」

「喔喔，是繼養殖鰤魚之後，最近南方大地這裡新崛起的高貴魚種之一喔。南方大地的醋橙產量也是位居隱世第一，所以就在飼料裡加入果汁來餵養比目魚。因為醋橙汁的功效能讓魚肝不帶腥味，肉質也變得晶瑩剔透，吃起來甘甜又清爽，相當美味。包含剛才的椰子加工食品在內，南方大地這裡有望發展為新一代特產品的新興產業，都得到亂丸大人的大力資助，才得以打造完善的生產設備與銷售通路。」

「哇，亂丸他……原來在幕後提供各種協助呢。」

「是呀。亂丸大人也是相當了不得的人物。雖然性格有些嚴苛的地方，不過多虧有他，南方大地才能找到自己獨有的武器，開始一步一步發展。」

「……」

新鮮的各種海產。這片神祕的大海不但悠游著異界的魚種，還飄盪著異界的空氣，甚至流傳著詛咒。

這片土地雖然遲遲未得到開發，但的確擁有不可取代的武器。

如果可以，我希望能嘗試利用這片土地努力孕育出的全新特產，來招待海坊主。

要端出什麼料理才能滿足海坊主的嘴呢？

「……嗯？」

在街上林立的魚舖裡大量採買海鮮時，寧寧湊近看著隔壁的貝殼工房。

店裡陳列了髮簪、和服腰帶扣、手鍊與項鍊、耳飾與螺鈿工藝（註2）所製成的器皿等，各種美麗的裝飾品都是由貝殼或海玻璃所製作而成。

「妳在看什麼？」

「貝殼的耳環，我一直想要一對。買下來好了。」

「啊，那個不錯耶！這個海星形狀的也不錯啊？」

「妳品味真差耶。」

寧寧手上拿著黑得發亮的海螺耳飾，閃耀著駭人的詭異光芒。我覺得她也半斤八兩。

「啊……虹櫻貝……」

是之前大老闆在沙灘找到的貝殼。

我發現了鑲有虹櫻貝碎片的髮簪。

「呃！可是好貴！」

「那是當然的啦，虹櫻貝那麼稀有。這也被認為是從常世漂流而來的貝殼。」

「哇……不知道好不好吃。」

「話先說在前頭，這種貝類只找得到空貝殼，妳想吃也吃不到的。亂丸大人說過隱世不存在活生生的虹櫻貝。說起來，就連那是不是貝殼也沒人說得準。」

「……這、這樣啊。」

有點小受打擊……不過這種貝類真不愧是稀奇珍物，被重重謎團所包圍呢。

我平時都裝進小袋子中夾在腰帶內，既然如此貴重，得好好保管才行。

寧寧似乎決定好要為自己添購哪副飾品了。

「好，就選這個吧！」

那是一對由圓形的小貝殼所做成的耳環，帶著藤花般的淡紫色，搭配寧寧一頭淡紅髮色感覺特別亮眼。戴上這對耳環的她，看起來比往常成熟了些。

「噢，妳不是折尾屋的女二掌櫃嗎？」

一位經營水果店的磯男老爺爺偶然路過，發現了寧寧。

寧寧一時之間愣住，隨後馬上「啊」了一聲，掀起市女笠上垂掛的薄紗，露出臉龐。

「難不成您是上個月在市集宴會上那位……」

「沒錯沒錯。那次宴會真是受妳照顧啦！可愛的女二掌櫃，多虧當時有妳百忙之中抽身照顧喝得爛醉的我，真的謝啦。」

「不、不會……何須客氣。」

寧寧頻頻搖頭。或許對她來說，這是再應該也不過的事了，並不值得道謝。老爺爺大方地把店裡的甘夏橘裝了滿滿一紙袋，免費送給我們。太幸運啦。

「咦，這不是折尾屋的女二掌櫃嗎？」

註2：在漆器或木器上鑲嵌貝殼或螺螄殼的一種裝飾工藝。

「是寧寧耶！寧寧！」

「真難得看妳出來一趟呢，今天休假嗎？這些魷魚乾給妳帶回去吧！」

寧寧的周遭漸漸聚集起人潮。

沒想到在這塊土地上，身為折尾屋女二掌櫃的寧寧是如此家喻戶曉的角色。

而且她似乎備受愛戴，被大家塞了滿滿的土產。

「應該說……她簡直被當成自己人疼愛吧？」

也許有很多客人看著她善盡職責的身影，都把她當成孫女或女兒來疼了。

當地的小朋友們也頻頻親密地直喊著「寧寧」，我想也只有她能跟大家如此拉近距離了吧。

換作阿涼，我想絕對不可能有這種事……

我能明白寧寧嚮往著自己所沒有的能力，心裡有多麼焦躁。

但在不知不覺之間，她也擁有了專屬於自己的「女二掌櫃所具備的能力」。

就如同這塊南方大地獨一無二的特質一樣……

寧寧應該從沒想過，客人們的心裡原來如此惦記著自己吧。她的表情看起來十分害臊，同時浮現出溫柔的微笑。

果然有些事情必須像這樣踏出門才能理解呢。

結束採購行程，回到折尾屋的舊館之後，寧寧馬上在架高的地板上找了塊涼快的位置躺下，再度睡著了。也許是精疲力盡了吧。

那張睡臉是多麼地天真無邪，看起來完全不像背負著這間旅館「女二掌櫃」這麼一個沉重的擔子。然而實際上她正是這裡的支柱——今天這趟採購之旅讓我清清楚楚體悟到這一點。

今天是難得的休假，儘管好好休息吧。

畢竟明天開始又要繼續忙碌了……

「接下來呢……」

而我還有必須完成的工作在身。

椰子的加工食品也順利買到了一大堆，是不是能做點什麼呢？

「啊，對了，正好有道料理一直想做呢。來用用看椰子油吧。」

我將剛買來的椰子油拿出來備用。

然後準備了高低筋麵粉。

將麵粉過篩後……加上椰子油，用切劃的方式拌勻麵糰……

然後加入冰水繼續攪拌……

眼前的首要任務明明是構思酒席料理，我在這裡揉著這團碳水化合物幹嘛。

「葵小姐～～」

小不點依然是老樣子，每次都擅自亂跑出去，又擅自回來。

他撲向站在廚房的我，吆喝著「嘿咻！嘿咻！」爬到我的肩膀上，含著手指看著我的動作。

「把麵粉這樣捏捏捏滴，究竟是要做什麼呢？」

「我在做派皮啦。」

「『派皮』是什麼東東？」

「就是用來做派的麵皮呀。一次多做一點可以放著備用，還能變化成各種料理，所以我想說先做起來保存。你剛又跑去海邊玩啦？」

「是滴。差不多也到惹水母出沒滴季節，海邊可是危機四伏呢。」

「水母？你還好嗎？有沒有被螫到？」

「我可是游泳健將，靈活地穿梭於水母滴觸手之間〜〜」

小不點輕巧地跳下我的肩膀，踩著咚咚咚的腳步聲奔馳著，接著跳往地板上湊近觀察睡著的寧寧，喊了一聲：「是老鼠小姐！」

「可不能吵醒人家喔，難得她睡得這麼熟。」

「我也來睡個午覺吧。派烤好之後請叫醒我。」

「你喔……」

小不點此刻早已在寧寧身旁躺下，仰頭熟睡著，鼻子還冒著泡。

算了，不管他。在等待派皮麵糰冷卻的空檔，我就用免費拿到的甘夏橘來努力製作果醬吧。

甘夏橘果醬……也就是加了甘夏橘果肉與橘皮的橘子果醬。

這次砂糖就放少一點，以突顯食材本身的風味吧。

「嗯～～聞起來真香！」

我用小火慢燉一整鍋甘夏橘時，室內飄盪著清爽酸甜的香氣，其中帶著微微的苦澀……

我想這股香味，應該能讓寧寧有場好夢吧。

「喂，妳們回來了啊？」

日落時分，折尾屋的小老闆秀吉來到舊館。

他從後門探出頭，鬼鬼祟祟地東張西望，聞到這股甜美香氣的他露出奇怪的表情。

「啊，秀吉。你找寧寧的話，她在睡覺喔。」

「她……變回人形了啊。」

「嗯嗯。在港口那邊的茶館吃到很美味的餡蜜，就變回來了。」

「寧寧有說些什麼嗎？」

「嗯……她似乎對阿涼抱有相當深的自卑感，一心認為自己在工作上不如對方。她也很討厭被周遭的人拿來跟阿涼比較。我想她是被逼急了吧。」

「……這樣啊。」

秀吉的口吻十分平靜，不像平常一樣大呼小叫。

我垂下眼，露出難以言喻的表情，低頭望著熟睡的寧寧。

「我似乎對她有很深的誤會。初次碰面的印象過於強烈，讓我一直以為她就是個任性的女二掌櫃，但是跟她單獨聊聊之後，發現她是個很善良的女孩。」

「這當然。寧寧就是太認真，認真到有點死心眼了。即使當上女二掌櫃，依然比任何人更努力奮發。亂丸大人也是發現了這一點，才讓寧寧坐上現在的位置。」

秀吉搔了搔自己的頭，一屁股用力坐在架高的地板邊緣。

「寧寧當初會對妳針鋒相對，也是因為折尾屋的員工大多對天神屋抱有敵對意識……她認為該站在大家那邊，所以才勉強自己擺出那種態度。身為女二掌櫃，她得領導下面的一大群女員工。面對外敵時也被要求擺出強勢的態度……由於那個天神屋的阿涼是這樣的形象，所以她才認為自己也必須這樣吧。」

「這算什麼呀。我還扭傷腳踝耶。算了……寧寧也已經道過歉，我是不怎麼放在心上啦。」

「哼，是我們不對啦。因為當初怎麼也沒想到竟然會跟妳攜手合作，畢竟我們……一直以來努力的目標都是『打倒天神屋』。如果沒有如此明確的方向，我們也無法一路走到現在。」

「……」

「做為一個女二掌櫃，寧寧確實還不夠成熟，也不像阿涼有過人的才能。她就只是老實地一步一步努力，學會顧慮周遭人事物，面對任何事都謹慎細心——這就是她的優點。然而華麗的外貌也常常蒙蔽了寧寧的優點，不過……了解她真正為人的人，就會明白她的好。希望其他人也能盡早發現這一點。」

「……」

秀吉留下一句：「明天還要忙，差不多該送她回房了。」便把寧寧揹了起來。

「啊，秀吉等等。這甘夏橘口味的果醬派也拿去吧，等寧寧醒來之後幫我轉告一聲，這給她當點心。你要不要也來一點？」

「啥！果醬派是什麼東西？我就想說怎麼有股甜味，該不會就是妳那些奇形怪狀的烤點心所散發的味道吧。」

「就是這樣沒錯。」

我拿起一小塊果醬派，強行塞入秀吉口中。

「嘔！」

「你『嘔』是怎樣啦，給我說清楚喔。」

「……好酸！又酸又甜的！啊，還苦苦的！」

「帶著微苦才是橘子果醬的美味精髓啊！」

秀吉雖然大肆抱怨了一番，但我仍不管他，把一口大小的圓派滿滿裝入紙袋，用大方巾包好遞給他。圓圓小小的果醬派是使用派皮烘烤而成，並在中間的凹洞填滿甘夏橘果醬。果醬派還殘留著剛出爐的溫度。秀吉不滿地癟著嘴，將包好的派一把搶了過去。

「好吧……寧寧也許會想吃，所以我才拿的喔！」

「呵呵。我一直在想啊，你這個人從今天一大早就滿口寧寧的事，難道你喜歡人家喔？」

「……是啊，妳有什麼意見嗎？」

「……」

呃、咦！我想說他一定會否認，只是鬧著他玩而已耶。

秀吉的態度一如往常，沒有支支吾吾，也沒有任何難為情的感覺，而是非常乾脆地承認了，反而是我石化在原地，臉上的笑容還僵著。

「不過，妳絕對不許告訴寧寧，因為這傢伙喜歡的是亂丸大人。雖然……我認為她沒有希望，即使如此，我還是支持她的啦。」

秀吉受不了似地，臉上的溫柔笑容參雜著一絲莫名的悲傷。

呃、奇怪了，秀吉，你……是誰？這個帥氣的傢伙不是我認識的秀吉。

「那我們先回去啦。妳這傢伙也別只顧著做這什麼點心，好好給我準備酒席喔。儀式要是被妳搞砸了，我就讓妳去當海藻碎屑。」

「我、我知道啦。」

「哼！」

秀吉對我仍是惡言相向，語帶威脅，不過那揹著寧寧離去的身影非常有男子氣概。

這兩個妖怪最初給我的印象雖然糟到不行，不過事到如今，總覺得無法討厭他們了。不，甚至應該說……

「……我會替你的戀情加油的。」

我輕聲呢喃，握緊了拳頭。雖然當事人應該完全沒聽見。

別看我這樣，其實也是個喜歡聽別人戀愛故事的少女。我在腦海中幻想著劇情走回室內。

「不過話說回來，秀吉也真是的，竟然那麼坦蕩蕩地承認。看來他用情相當深呢。」

而且還將這份心意深藏心底，不讓對方知道。總覺得替他難過，即使對方眼中的人不是自己，也沒有一絲嫉妒或怨恨，就只是持續著單箭頭地戀慕對方……

該說人不可貌相嗎？還是寧寧真有兩下子呢……

「葵小姐，妳不要帶著一臉奸笑狂吃果醬派，超噁心滴。」

「小不點，你安靜。」

即使如此，我還是吃著酥脆可口、酸甜中帶著微微苦澀的甘夏橘果醬派，配上加了椰奶的黑糖蜜抹茶當點心，在腦海裡想像著別人的戀曲。

「啊，椰奶真好喝！雖然比起牛奶少了一點濃醇，不過這股清爽感正是絕妙之處呢。香氣也非常迷人，真想做做看這種口味的冰淇淋呀。」

最後果然還是滿腦子想著料理。

對我來說，戀愛這兩個字似乎還太遙遠了。

第三話 雷獸的警告

「葵小姐，非常抱歉，今天一整天把您留在這不管。」

「啊，銀次先生。」

當天晚上，銀次先生來到這間舊館的廚房，手上捧著一個大盒子。

他的臉上滿是憔悴……

「怎麼了？發生什麼事了嗎？」

「哈哈，看得出來嗎？嗯……老實說為了上次蓬萊玉枝那件事，有點頭大。」

「喔喔，那隻大蟾蜍帶來的是吧。果然是贗品嗎？」

「關於這一點目前還無從確認。可以辨別其真偽的，只有目前下榻這間旅館的雷獸大人。不過他總是顧左右而言他……」

「簡單來說，就是不願意說出真相囉？」

「是的。他說如果能表演什麼有趣的東西給他瞧瞧，就願意鬆口。所以現在秀吉先生正展露他的絕活——跳撈泥鰍舞給雷獸大人看。」

「……秀吉。」

不久前才帥氣地帶著寧寧離場，現在卻要跳撈泥鰍舞。

那傢伙也真是夠難做人了……

「不過光是這樣，應該無法滿足雷獸大人吧。畢竟那位大人享盡世上所有娛樂，是位性格扭曲的享樂主義者，欣賞我們被耍得團團轉的痛苦模樣也許還比較開心。」

「……」

銀次先生面帶慍色，盤起了雙臂。

在發現我的注視之後，他便轉為親切的微笑。

「聽說您與寧寧小姐今天去港口採買，有發現好食材嗎？」

「呃，嗯嗯！買到了很棒的東西喔，你看！」

我拿出從港口茶館買回來的椰奶與椰子油等椰子加工食品，擺在桌上給銀次先生看。

他發出「哦哦」的驚嘆聲，仔細地端詳著桌上的戰利品。

「這東西可真稀奇，您打算使用在酒席的料理上嗎？」

「啊，沒錯！我試著用加入椰子油的麵糰製作派皮，再利用免費入手的甘夏橘做果醬，烤了一道甘夏橘果醬派。這邊還有多的，銀次先生也拿起來吃吃看吧。」

「哇～～還請務必讓我嘗嘗。」

我端起原本放在矮圓桌上的一盤果醬派，遞往銀次先生面前。

他興奮地擺動著尾巴，伸手拿起其中一塊咬下。

我也順便大口吃了一塊。

「嗯！我還是第一次嘗到口感如此酥脆的烘烤點心。甘夏橘製成的果醬非常不錯，酸酸甜甜又帶著微苦，有化龍點睛的效果。」

「對吧？派皮做起來真的很有趣呢。一般都是使用奶油，不過換成椰子油所以少了原本的油膩感，吃起來清爽健康多了。」

「原來如此，健康取向呢。這一點真令人高興。」

呃，不對。現在可不是悠哉品嘗美食的時候。

「欸，銀次先生。我突然想到呀，像這種派類，或是其他奶油餅乾、小圓餅之類的烘焙點心，可以當紀念品讓海坊主帶回去嗎？也列為海寶珍饈的一環。」

「紀念品！」

銀次先生相當驚訝，然而一臉驚訝之餘，他又伸手拿了一塊果醬派，喀滋喀滋地吃著。

「原來如此……提供紀念品讓海坊主帶回去，這是至今未曾有過的發想呢。」

「呃，不過也不知道海坊主本人願不願意就是了。不過有吃又有拿，總覺得很物超所值吧？想說他也許會很開心。啊……對了，說起來，海坊主這個妖怪到底長什麼模樣？」

「來自大海彼端的他，總歸一句話就是非常龐大，漆黑得……就像一大片烏雲。」

銀次先生的表情帶著些許灰暗，似乎試圖回想著對方的身影。

對他而言，那個妖怪恐怕是不太想回憶起的災厄象徵吧。

「烏雲是嗎……咦，可是，那他要怎麼飲酒用餐……」

「用餐時他幻化為大小接近人類的形體。只不過，海坊主基本上都隱身於神社的垂簾後方，我們無法親眼看見他。因為……這是自古以來的禁忌。」

「原來如此，這樣有點難想像他是怎樣的妖怪耶。紀念品……也許沒什麼太大意義。」

「不，我認為這是很好的想法喔！請您務必準備紀念品讓他帶回去吧。這次提案的各種點心，之後也可以運用在天神屋的商品開發上。」

「啊，對耶！之前才被拜託過，要我構思新的土產。」

先前在天神屋的地下工廠，我受到負責商品開發的砂樂博士之託，幫忙替天神屋構想新的土產品。後來經歷一連串騷動，徹底把這回事忘得一乾二淨了呢……

「呵呵。其實呢，我也帶了土產來給葵小姐喔。」

「咦，什麼？銀次先生帶土產給我？」

「這個可是相當不得了喔。鏘鏘！」

銀次先生一口氣打開剛才放在地板上的盒子。

就是他來到這裡時，手上所抱著的東西。

「唔、唔哇啊啊啊啊啊啊！」

我情不自禁發出了接近慘叫的驚呼聲，整個人驚訝地往上仰。

盒子裡裝的，竟然是一大塊肉。

分量十足的牛肉塊，紅肉帶著美麗的色澤……

「這是南方大地引以為傲的『極赤牛』，是一種褐毛品種的高級牛肉。我回想起百年前的酒席上，海坊主特別中意牛肉鍋這道菜，而南方大地所產的這種牛肉，特色在於脂肪含量少，品質又高，口味清爽卻極具深度。這種健康取向的紅肉，近來特別受到矚目。」

「太驚人了，簡直像寶石一樣美……這……真的可以給我用嗎？」

「當然。我是想說葵小姐也許能用這種牛肉做出讓海坊主驚豔的佳餚，所以才帶來的……總之先稍微試試味道如何？」

「嗯嗯！」

美味的肉塊在前，我與銀次先生已無法忍耐想試吃的衝動。明明剛剛還大口吃著果醬派……

「要怎麼料理好呢？加上滿滿的紫蘇葉和白蘿蔔泥，做成和風口味的牛排也不錯，不過這時候還是選擇最經典的蒜香牛排比較好吧？」

「蒜香……喔喔，大蒜是吧！聽起很不錯呢，分量十足。」

「沒錯沒錯，做成蒜香風味，享受大口吃肉的快感。現在手邊也有奶油，用大蒜跟奶油再做個炒飯感覺也不錯，就是所謂的蒜香奶油炒飯。反正晚餐正好還沒吃。」

「要用鐵板來料理嗎？這裡也有準備唷。」

銀次先生翻著烹飪器具，找出之前做文字燒時所用的鐵板。

我從冰箱拿出盒裝保存的白飯，並準備好大蒜，確實把雙手洗乾淨後，取出盒子裡的牛肉。

可能因為盒裡放了冰柱女的冰塊，肉塊摸起來相當冰涼。

「唔哇，光看就覺得很美味……」

一摸就知道，手上的觸感告訴我，這塊牛肉非常高級。

就連要用菜刀劃開這美麗的肉塊都讓我深感罪惡。明明只是切塊的動作，卻忍不住比往常更加小心翼翼對待眼前的高級牛肉……

「鐵板準備好了。」

「這就需要小愛的幫忙了呢……小愛！」

我從胸前掏出封著綠焰的項鍊，召喚出我的眷屬——小愛。

小愛維持一簇綠色火球的模樣，悠悠地飄浮在我身旁。

「葵大人，什麼事呢？」

總覺得聲音聽起來睡眼惺忪。

「咦，今天不變成我的模樣嗎？」

「因為傍晚六點過後，變身為人形會多吸收葵大人的靈力兩成。」

「原、原來如此……眷屬是時薪制的嗎……」

由於平常並不怎麼用到自己的靈力，所以我對「被吸了多少程度就會不太妙」的判斷基準也不太了解。不過反正這次只是要請小愛加熱鐵板，請她維持鬼火的姿態進行就可以了。小愛依舊帶著昏昏欲睡的口吻回了聲「遵命」，隨後便放出火焰加熱鐵板。

「好，銀次先生，要拜託你支援我了。」

「請交給我！」

將牛油放在鐵板上待其融化，隨後放上切好的蒜片。一開始用小火以半油炸的方式，將蒜片煎到呈金黃色後取出備用。

接下來是重頭戲——極赤牛。

將鐵板轉為大火，把剛才炸出蒜香味的牛油均勻在鐵板上推開。接著把兩塊雙面都抹好鹽與胡椒的牛排放上鐵板，激烈的油爆聲讓人感到些許興奮。

此時先不要翻動牛排，靜置約一分鐘後再翻面……

「銀次先生，那瓶水雲酒借我用一下喔。」

「請便！」

「接下來很危險，你先別靠近喔！」

我朝鐵板淋上了酒，結果烈焰竄起，還冒出濃濃的煙。

猛烈的火勢讓我忍不住將上半身往後閃，不過火很快熄滅了。我隨即把牛排拿起來。

「要切塊嗎？」

「先靜置個大約兩分鐘，用餘溫來把內部悶熟，肉的口感會更多汁。小愛，幫我稍微熱一下裝牛排的盤子。啊，不需要到煎烤的那種高溫喔，保溫的感覺就好。」

「好的。」

「銀次先生，兩分鐘過後可以幫我切塊嗎？」

「好的，我明白了。」

接下來呢，我得趁這個空檔著手製作蒜香奶油炒飯。

我趕緊把冷飯放上鐵板，用鐵鏟不停翻炒，讓剛才煎牛排剩下的油脂均勻包覆飯粒，將鹽、胡椒、大蒜、奶油與醬油一一下鍋後，再次豪邁地翻炒。

這時要盡量快狠準，如果花費太多時間，難得的高級牛排就要錯失最美味的黃金時刻了。

「完成了！」

我馬上將蒜香奶油炒飯盛裝在扁盤上，再將銀次先生在一旁幫忙切好的牛排擺在其上，擺盤的方式要盡量展現出美麗的切面。最後再把一開始半油炸處理的蒜片灑在最上方，怎麼看都是正統的牛排。

「啊啊，看起來真美味呢。」

半熟的牛排切面有著神祕的美，那帶有光澤的豔紅色挑逗著食欲。

大蒜與牛肉油脂的香氣強勢地撲鼻而來，彷彿對我說著：「很想吃吧？」令我無法抗拒。總歸一句，我就是無肉不歡。

「這裡有之前做好的醋醃黃瓜與白蘿蔔，可以當小菜換換口味。來，我們開動吧！」

明明只是要試吃，卻變成豪華的晚餐了，畢竟機會難得，還是想用最美味的方式品嘗嘛。

我們各自興沖沖地端著盤子往矮圓桌前進，坐在蒜香奶油炒飯與牛排前雙手合十說了句：

「我開動了。」

「小愛也要吃嗎？」

「不，我要回墜子裡了，我想喝葵大人的靈力。」

「咦~原來靈力是用『喝』的喔。」

本來也想讓小愛嘗嘗的，不過一臉愛睏的她馬上就回去墜子裡了，果然她還是稚嫩的小鬼火，似乎覺得我的靈力喝起來更美味。

而比起我與小愛的對話，銀次先生更沉醉於眼前的牛排。

他將其中一塊放入嘴裡……

「啊啊……這……這實在太出乎意料了。」

「……真、真的嗎？」

「以現代年輕人的口吻來說，就是『太讚了』，讓我……想小酌一杯。」

銀次先生的感言非常貼切。我也無法按捺，用筷子夾起肉塊大口咬下。

嘴裡咀嚼著分量厚實的牛排，我發出「啊啊~~」的讚嘆聲。

的確，這塊牛排讓人完全甘拜下風，不禁發出嘆息。

「牛肉的油花相當清爽，但越咬越能感受到從中滲出的鮮甜。」

銀次先生附和著：「是不是！是不是！」雙耳似乎很開心地抖動著。

「極赤牛吃起來少了油膩感，對於討厭肥肉的人或是女性族群，是相當具有人氣的。」

「的確感覺比較好消化，對胃的負擔比較小。雖然我也喜歡油花豐富又軟嫩的肉，不過很快就塞滿胃了，吃不了太多呢。這種則剛好相反，感覺可以一口接一口。」

「加上這蒜香奶油炒飯，又更促進食欲了。光是香味就讓人難以抗拒，跟牛排這種肉類料理搭起來更是絕配。」

「因為是用煎完牛排的鐵板來炒飯對吧，米粒裹上牛肉的美味油脂，粒粒分明。」

牛排的調味僅使用了胡椒鹽與岩鹽，不過單純的調味料完美襯托出肉的鮮味，又不會搶過奶油蒜香炒飯的風味與香氣。

「果然很想配酒呢，這道料理實在很適合大口大口喝啤酒。」

「銀次先生真的很喜歡啤酒耶，有那麼好喝嗎？我想啤酒在日本的確也算是現代人最常喝的酒沒錯啦……」

「葵小姐也喝喝看吧。我常常一個人在晚餐時小酌，所以對於如何倒出泡沫細緻的啤酒相當有研究！」

「咦，銀次先生會一個人在晚餐時小酌？那畫面想像起來真有趣耶。」

「這就是單身貴族的現實……」

銀次先生遙望遠方，手中舉著的卻是茶杯，總覺得這畫面真逗趣……

「是說啤酒的泡沫跟倒法有關係嗎？我以前都幫爺爺隨便倒倒耶。」

「泡沫越綿密，喝起來的口感越清爽又美味喔。以比例來說，啤酒七泡沫三是最棒的。」

一談起酒的話題，銀次先生的心情顯得越來越好了。真的是啤酒愛好者耶。

「不過啤酒喝起來不苦嗎？」

「就是苦味令人上癮啊！這道蒜香牛排搭上啤酒，一定是絕配！」

「這樣啊。那……搭配祕酒如何？」

「要拿水雲酒來試飲看看嗎？」

「銀次先生，感覺你就在等我開口問這句呢。」

他興沖沖地站起身，從冰箱裡拿出水雲酒的瓶子回來。

在小玻璃杯裡裝入碎冰，再將水雲酒緩緩注入其中。

「倒入玻璃杯裡搭配大量冰塊一起享用，是大家公認水雲酒最美味的喝法了。在冰塊緩緩融化的同時，水雲酒稀釋後的風味也隨之一變，享受這其中的變化也是一種樂趣。這是一款值得花時間細細品嘗的酒。」

「原來是這樣啊，所以冰得涼涼的最好喝囉。」

我們舉起玻璃杯互碰了一下，小口啜飲裡頭冰涼的水雲酒。

嗯～～真美味，尤其在工作後來一杯，更是讓人無法招架。

「啊啊……香味果然迷人。但這股優雅的甜美香氣不知道會不會蓋過蒜香牛排？雖然已經夠美味了。」

「的確是呢……不過酒與料理的契合度因人而異，我想應該不至於構成太大問題。但是就我個人而言，覺得應該有其他更適合的料理。」

畢竟難得弄到了一塊極赤牛。

真希望能好好活用這塊紅肉，研究出最適合水雲酒的菜色啊……

「話說回來，銀次先生你沒有女朋友之類的嗎？」

「咦？咦咦？為什麼話題突然轉來這邊？」

「沒有啊，老實說我剛才就很好奇了。畢竟你都說了什麼單身貴族之類的，所以我想說應該可以問問感情問題吧。」

「我、這、怎麼可能有呢！」

我所拋出的問題太過唐突，讓銀次先生完全慌了手腳。

他滿臉通紅地猛搖著頭，讓我心想這反應也太誇張了。

「我、我是不清楚葵小姐怎麼看我，不過我沒有那種餘裕，加上從折尾屋轉職到天神屋等種種波折，光是自己與工作的事就忙不過來了，老實說，那方面的事情我非常生疏……」

「咦，原來如此……呃，不過我也是個與戀愛絕緣的人，沒資格說什麼就是了。不過先別管我，像銀次先生這樣的人，應該很常被女孩子熱情的視線所包圍才對吧。」

「不，才沒有這種事呢。到頭來我還是一頭栽進工作……就這樣對戀愛懵懂無知地活到現在……來到這把年紀也沒什麼機會了。哈哈，身為一個男人還真是沒面子啊。」

銀次先生一邊用指尖描繪著玻璃杯的杯緣，一邊害臊地說。

「才沒有這種事呢！銀次先生值得找個好對象！」

而我卻一個人自顧自地憤慨著，好像成了銀次先生的老媽還什麼。

「咳咳！那麼葵小姐您呢？雖然被大老闆擄來隱世，不過原本在現世是否有好對象呢？」

「咦？沒這種人。」

「毫不猶豫地回答呢……」

「因為我天生就是個黏爺爺的孩子啊，爺爺以前就是我的全部。小時候不懂事，甚至還想過要跟爺爺結婚呢。」

「史郎先生……竟然連孫女的心都擄獲了……」

「不過，我也是有正常的初戀喔。沒錯，我認為那一定就是我的初戀，雖然是小時候的事……」

「咦，有這麼一回事？」

「……」

「葵小姐的初戀情事，真讓人好奇呢。感覺大老闆也會很想聽聽。」

我用來試探銀次先生的一番話，被他輕易地接住，立刻轉換了話題方向。

「那麼就進入正題——請問您跟大老闆進展得如何呢？」

「這算什麼正題啦，而且『進展如何』又是什麼進展？」

「我知道大老闆喬裝成魚舖小伙子來找葵小姐喔。兩位多多少少有些進展了嗎？」

「進展什麼啦，大老闆就是大老闆啊。對於現在的我而言，他並沒有其他特殊的意義。」

我突然擺出一副冷漠的態度，就像之前跟寧寧一同出門那次一樣。

最近只要一遇到大老闆的話題，就忍不住這樣耶。

「您又來了，我認為大老闆現在還是相當擔心葵小姐您的安危喔。」

「可是我總覺得大老闆很難捉摸啊。他這個鬼喔，我是明白他的確比第一印象來得隨和，也有幽默的一面。但是你想想，他還是謎團重重，基本上還是深不可測吧……」

「……」

現在依然搞不懂，大老闆為何想娶我為妻？

因為我是爺爺的孫女，同時也是債務的擔保品？

還是因為我是人類女子？

基於這些理由決定結婚對象，真的能喜歡上對方嗎？

像那樣時不時擔心我、時不時的溫柔舉動與支持……有時還會出現在莫名其妙的地方，送我一頂草帽。

說起來，大老闆他對我……究竟是怎麼想的？

「啊啊！算了！這個話題到此為止！」

「葵小姐，您喝醉了嗎？」

「才不是哩！我想到一個好主意。用這塊極赤牛來做烤牛肉怎麼樣？」

「烤牛肉！我雖然沒吃過，不過聽說這道料理在現世極具人氣。」
「嗯嗯。不過我要做的不是西式那種，而是放上各種佐料，以醬油為基底的和風醬汁來調味而成，這樣的口味也很適合做為下酒菜。更重要的是……我自己想吃。」
「……我也想嘗嘗看。」
明明嘴裡正嚼著蒜香牛排配酒，我們卻又開始覬覦新的肉類料理。最愛吃肉了！
「今天先做好前置作業，明天再來試做吧。反正明晚正好要舉辦試吃會，把烤牛肉也納入菜色選項裡提出來看看好了？」
「嗯嗯。明天亂丸也回旅館了，我想可以請他在試吃會上確認一番。」
「……這也挺讓人緊張的耶。」
「沒問題的！我還希望早點讓亂丸嘗嘗您做的料理呢。真想讓他徹底心服口服。」
「呃，啊哈哈……」
那我得努力不被對方反將一軍了。
我和銀次先生互相為彼此打氣，為了拿出所有幹勁，又繼續大口大口吃肉。
必須補足精力，以最佳狀態克服眼前所有難關才行。
今晚還不能就此休息。除了烤牛肉的前置準備以外，我還先把要用來製作培根的豬五花預先醃起來，並且把剛做好的甘夏橘果醬裝瓶……
並且和銀次先生一起仔細確認明天試吃會要準備的菜色與食材。

隔天我一如往常地起了個大早，離開那座睡覺用的地牢，走在本館長長的走廊上，往舊館方向前進。

今天就是試吃會了，必須卯足全力準備好料理。

「得先把吐司烤好，然後把烤牛肉做最後處理，還要準備甜點的菜單……」

我邊數邊扳著手指，一一確認待辦事項的優先順位。

「唷。」

長長的一頭金髮……

在這一大清早，連折尾屋員工都幾乎還沒上工。一位身著華麗裝束的男人正佇立在人煙稀少的走廊前方。

「……」

我在頗遠的距離之前就先停下了腳步。

是他——又是那隻雷獸，那個變態……突然有股不祥的預感。

我一個轉身，企圖掉頭逃跑。然而……

「欸欸，等等啦，小葵。妳老是看到我就逃耶。」

明明與他保持了一段距離，那傢伙卻在不知不覺之間已站在我的視線前。口氣依然很裝熟，直喊我「小葵」。

「跟我聊個兩句也不會死吧，為何對我避之唯恐不及呢？」

「這、這個嘛……」

驚慌失措的我游移著視線，一股令人毛骨悚然的寒意讓我束手無策。

「你不是操控雷的妖怪嗎？我很怕打雷，大概可以列入這世上最討厭的東西前三名。」

「咦！原來是這樣啊！」

雷獸不知為何一臉開心，雙頰散發潮紅。

這傢伙果然很變態嗎？

「我並不討厭被人討厭的感覺，甚至挺喜歡的。對一個妖怪來說，能讓人心生畏懼正是無比的殊榮耶。」

這傢伙是怎樣？到底在說啥？

他一步一步向我走近，不知不覺間我已被逼到牆邊。

這股重壓而下的壓迫感，就連對妖怪已司空見慣的我也產生了「恐懼」的念頭。

這個男的，嘴裡吐出的雖然沒半句正經話，身上卻帶著極度不祥的妖氣，更甚於我至今為止所遇過的所有妖怪。

簡單來說，他果然是高等的大妖怪。

直覺產生的抗拒反應嚴正警告著我——盡可能不要跟這傢伙扯上關係。

「我、我今天可是有重大工作在身喔。這關乎……儀式能否成功。」

「啊哈！我心裡也很希望儀式能順利呀。」

「可是你明明不願意幫忙辨別蓬萊玉枝的真偽不是嗎？這場儀式對折尾屋來說非常重大，你卻當作兒戲，將眾人玩弄於股掌之中，淨做些混淆大家的舉動。」

「……」

我的身軀微微一震。

我從雷獸嘴角微勾的表情之中，感受到帶有強烈惡意的某種東西。

「妳呀……該怎麼說呢，對妖怪也太信任過頭了吧？」

「啥？信任？」

「過度期待妖怪擁有誠實正直的品性可不太好喔。妖怪之間本來就是爾虞我詐，這是我們的本能使然，也就是說——天生不懷好意的妖怪多得是。」

「你說啥……」

「津場木史郎對於這一點可是再清楚也不過了。」

雷獸「噗」地嗤笑一聲，以鄙視的眼神俯視我。

「這次折尾屋的事情也是，並不需要妳特別操心吧？妳不過是一個無關的人類小姑娘，而且還被他們擄來這裡使喚不是嗎？利用妳那個……『廚藝』來著是嗎？準備酒席對吧？妳有什麼理由替這裡的妖怪完成儀式？難道就為了『我想幫助妖怪』這種乖乖牌的理由？」

「你、你在亂說什麼啊，我這麼做才不是出於什麼複雜的理由。」
雖然被眼前這男人的妖氣所壓倒，我仍握緊了拳頭，用堅定的口吻說道。
「我只是想把銀次先生帶回天神屋罷了。唯有成功舉行這場儀式，才能讓銀次先生回到我的夕顏，況且……」
這是磯姬大人託付給我的「指引」。
她對銀次先生與亂丸的心意……我無法就這樣置之不理。
我摸著手上的珊瑚手鍊，又瞪了雷獸一眼。
「我只是盡自己所能罷了。剛好我能做的就是料理，如此而已。說到底也只是求自保的手段，並不是為了妖怪犧牲奉獻什麼。」
「……原來如此。求自保，是吧。」
「是啊，你有什麼意見嗎？」
想說我自我中心就儘管說呀。
我就會坦蕩蕩地回一句：「喔，這樣喔。」然後走為上策。
沒錯，我早已準備好拔腿逃跑了。然而……
「原來如此。看來妳似乎是個膽大又好強的姑娘呢，正如妖都週刊所報導的一樣。」
「啥？我已經疑惑很久了，那個雜誌到底是在何時何地取得我的個人情報啊？」
我記得以前來折尾屋住宿的雨女——淀子大小姐也是那家週刊的忠實讀者。

「上頭相當詳實地描述了妳所做的料理，所以記者應該是妳店裡的熟客吧？報導上記載著老闆娘雖為人類女兒身，個性卻相當堅強，專做妖怪的生意。以自身引以為傲的廚藝，將許多妖怪餵得服服貼貼的。」

「什麼服服貼貼，別用那麼誇張的詞彙好嗎？我是走投無路只好豁出去。如果做不出讓妖怪們滿意的料理，夕顏就得關門大吉了不是嗎？這樣我也無法償還債務啦。」

「嗯哼……既然如此，我也想嘗嘗看呢——妳為了保命而迎合妖怪口味所做出的東西。正好我肚子也餓了，想說來找妳的話，應該能為我做點什麼吧。」

「……咦？你餓了？」

雷獸老實地點頭。

什、什麼嘛。原來只是想來蹭飯嗎……

「才怪，騙騙妳而已！人類的料理對於把現世當廚房走的我來說，早就吃膩了。況且就我所知，妳做的菜充滿窮酸味。」

「……啥？」

「啊哈哈哈哈！沒想到，妳意外好騙呢。」

雷獸一邊哈哈大笑，一邊伸手指著我。

我露出一臉恨得牙癢癢的憤怒表情，身子直顫抖。

這男的實在把我惹火了，我生氣了，甚至感受到這股恨意之中帶著微微的殺意……

「世上的山珍海味我早已嘗盡，如今……已經沒有任何料理能感動我的味蕾了。」
雷獸伸手抵著牆面，露出邪惡的壞笑並湊近凝視我的臉。
「不過呢，唯有一道料理足以滿足我。妳知道那是什麼嗎？」
「……什、什麼啦。」
「就是妳本人喔。」
「……」
在我聽懂他言下之意後，剛才的憤怒早已消失，只留下背脊一陣凍得刺骨的寒意。
從長長的金色瀏海之間透出的那雙金黃色瞳眸，就像鎖定了獵物的老鷹般銳利……
現在的我，彷彿連呼吸都快停止。
「也許妳一直對這個事實視而不見，不過……對妖怪而言，富含靈力的人類姑娘的血肉才是至上的美味。光憑妳所做的料理，根本算不上同一個層級。」
「你究竟想說什麼？該不會打算現在把我吃掉吧。」
「哈哈！妳看起來的確可口極了。真好奇如果吃了妳，能讓我早已乾涸的欲望得到幾分滿足呢……不過現在還不是時候。」
「……」
「但我還是好心提醒一聲吧，我有個忠告要送給與妖怪走得太近，快遺忘妖怪本性的妳。」
我……遺忘了妖怪的本性？

「妳呀……這個人真正擁有的價值，究竟在哪裡？面對無法以料理應付的對象，妳要用什麼做為武器來保命？」

「你這話是……」

「比方說，當妳自豪的廚藝不管用了怎麼辦？對妖怪而言，妳便成為毫無利用價值的『食物』了喔？」

廚藝不管用的話？

「多虧史郎聰明，想到嫁為鬼妻這招，這將是唯一能讓妳保命的護身符。畢竟對於男妖來說，人類姑娘的價值不是『吃掉』就是『娶為妻子』囉。」

「……」

雷獸的這番話如雷貫耳，打亂我的思緒。

我明明對眼前這男的充滿戒心，他的每句話卻好像已經把我的心思徹底摸透。事實一直都在，只是從沒有人告訴過我罷了……

「……唔？」

原本低著頭無言以對的我，突然感受到緊閉的口中傳來一陣壓迫感。

是他伸出了拇指，用力將什麼東西塞入我口中，一瞬間我好像看到是顆綠色的固體。

「啊哈哈哈！看妳一臉可憐的表情，是我害妳大受打擊了嗎？給妳顆糖當作賠罪吧。」

「這、這是……什麼？」

我大吃一驚。雖然嚇了一跳……嗯？

「抹茶口味的糖果？」

滑順的口感，濃醇的苦味與不膩口的甘甜。

這滋味實在太優雅了，好、好好吃……

「還不錯對吧？是妖都一家老字號糖舖所賣的產品，叫抹茶露。這糖果每天限量販售，是很搶手的熱門貨喔。因為妳陪我聊天，所以賞妳一顆吧。這糖果對『喉嚨』也非常有效喔。」

「這是喉糖……」

雷獸伸手指著自己的喉頭，輕聲笑了笑。

我喉嚨也沒特別痛啊。

不過一入口就能明白，這糖果確實與眾不同。光是放在舌上滾動，抹茶本身具有深度的風味便散開於整個口腔，隨即化為甘甜的蜜露沁入喉頭。

「欸，小葵呀……」

喀啦啦……

雷獸脖子上所垂掛的金飾發出摩擦聲，那聲響莫名讓人留下深刻印象。

他將臉湊了過來，放低音量，像是要說什麼悄悄話。

「我呀……就只是閒得發慌。因為沒事做，所以就忍不住插手干涉這片土地上的事情。現在的隱世以和為貴，避免與現世或常世發生衝突，追求安定，實在缺乏刺激。而在這太平盛世之中，現身隱世的那個男人——津場木史郎的存在本身，真是再好不過的一劑猛藥了。主動惹事生非，打亂所有秩序，最後扔下殘局不管，逃之夭夭——他就是這麼一個人渣。然而他卻擁有相當的力量、膽量與存在感，所以沒人能奈他何。觀察他的一舉一動實在很有趣……然而換作妳，能為時間多得消磨不完的妖怪們帶來什麼樂趣呢？」

「……」

「日復一日為妖怪張羅料理，然後得到『好吃』的評價，就這樣？不過這樣的日子很無聊啊……我想要更刺激的新東西，像史郎那樣的。」

「你……如果要在我身上尋求爺爺的共通點，應該很難喔。因為我雖然喜歡爺爺，但一方面也把他當成負面教材引以為鑑。」

我逐漸能感受到這個妖怪對於我祖父——津場木史郎的執念。

所有妖怪都是這樣子。只要跟祖父有所牽扯，無論對他懷抱著愛或恨的極端感情都好，心裡都始終留著無法消除的芥蒂。

我瞪著雷獸，然而他仍帶著從容不迫的笑容。

「不過，正是因為史郎那種離經叛道的性格，所以來到隱世也能生存得下去。因為對妖怪來說，他帶來的新鮮感有留下一命的價值。而妳呢……能靠廚藝在隱世謳歌人生，保住那條小命嗎？光憑這點真的就能找到生存之道嗎？畢竟妳不是拒絕了那個鬼神的婚約？明明只要老實點頭嫁為鬼妻就沒事了。」

「……」

「妖怪這種生物真的是三分鐘熱度喔。等大家對於妳的料理、妳本人以及妳所引起的話題感到厭煩了，馬上就會想起來——啊啊，這小姑娘看起來比料理來得美味多了。」

我感到自己臉色發白。

「！」

唯有沁入喉中的苦甜味，繼續在這緊張的氣氛中若無其事地散發著。

不能再繼續跟這男的對話了。

這股直覺讓身體比大腦更早動作，我粗魯地甩開他的手，當場逃之夭夭。

「……呵呵。」

從後方可以聽見雷獸在笑。那低沉又不安定，卻又充滿妖豔的笑聲讓我感到恐懼。

我希望盡可能遠遠地避開他，遠遠地。

「好痛！」

然而注意力全集中在後面的我，在前方轉角處撞上了人。

我心想得救了……抬起臉望向對方。

「……妳這傢伙在這做什麼？」

「亂、亂丸。」

還以為得救的我，現在又一陣毛骨悚然。因為眼前出現的身影是亂丸，而且他一臉震怒。

他明明應該在妖都才對啊……已經回來了嗎？

「在別人家旅館四處亂跑，沒大沒小。我看妳似乎已經忘記自己被賦予的行動自由僅限於準備海寶珍饈呢。」

「抱、抱歉……」

「……啥？」

亂丸一臉詫異，似乎是因為看我帶著害怕的神情馬上道歉的關係。

「小～葵……噢，遇到了可怕的狗狗呢。」

「……原來是這麼回事。」

看見雷獸現身，亂丸似乎大致了解現場狀況。他嗤笑了一聲，將我趕到身後，自己則擋在我跟雷獸的中間。

「雷獸大人，您要是對津場木葵做出不必要的干涉，我會很困擾的。看來您似乎想重演三百年前的那次儀式……這次依然使盡各種手段，企圖陷我們於不義呢。」

三百年前的儀式……我記得就是以失敗告終，害磯姬大人喪命的那一次。

從那個時代開始，雷獸就跟這儀式有所關連了嗎？

「真討厭耶。我只不過想跟傳說中那位史郎的孫女聊聊罷了，跟儀式毫無關係，真的。」

「在儀式結束前，津場木葵需要專注籌劃酒席。她可沒空搭理雷獸大人的調戲。」

「態度這麼強硬……真的沒問題嗎？亂丸老弟你這次前往妖都，也沒成功找著『蓬萊玉枝』

不是嗎？」

「……」

「那是來自異界的靈樹，是常世的王室在遠古時代送給妖王的禮物。然而在隱世一大歷史事件『妖都大火災』之中燒毀。倖存的只剩幾根帶有寶玉的殘枝，輾轉流入妖都大貴族們的手中。事到如今，早已無從得知正確的下落。」

雷獸伸手撩起自己的髮絲，臉上依舊帶著嘲諷的笑容對亂丸挑釁。

「雖然你身為八葉之一，不過擁有一間鄉下旅館就以為自己是土霸王了。妖都的大貴族們應該誰也不屑透露蓬萊玉枝的情報給你吧？你這年輕小伙子還沒得到大家的信任，也還沒搞懂怎麼跟陰險的貴族打交道，只有被他們玩弄於鼓掌的份啊。對於閒得發慌的他們來說，看你這個鄉下土包子就為了這麼一場儀式四處奔波、吃盡苦頭，恐怕就是最愉快的消遣了吧。」

「欸，你……」

雖然對方口吻明顯就是刻意在挑釁，不過我想實在也太過火了，於是差點忍不住開口。

然而亂丸粗魯地拉回打算站往前方的我。被他兇狠地俯視著，我便把嘴裡的話吞了回去。

他並沒有對雷獸回嘴任何一句。

如果是平常的他，一定會用更狠的話反駁回去的吧……

「決定……投降了嗎？亂丸老弟？」

「怎麼可能。」

「這樣才像你嘛，你要是撐不去我也很頭大喔。妖王大人也希望儀式能成功。」

「……」

對於雷獸的挑釁，亂丸沒有動怒也沒有退縮。

「不需您操心，我會讓儀式順利告終。也許您樂見的是混亂，不過，所有問題……在折尾屋一路累積、最自豪的服務之下，都能化險為夷吧。」

亂丸充滿自信的回應與態度，讓雷獸發出苦笑。他繼續淡淡地說道。

「現在不同於三百年前了，雷獸大人也請務必目睹儀式到最後一刻。」

亂丸與雷獸，兩匹猛獸般的妖怪正以眼神與靈力進行一場寧靜的角力。

「……你變得能言善道了呢，亂丸老弟。跟以前那個感情用事又耿直的你大不相同。這要感謝天神屋的那位大老闆嗎？」

「……」

亂丸並沒有回答雷獸的問題，只留下一句待客用的「那麼請好好享受悠閒時光」，便穿過雷獸身旁離開。我也跟在亂丸後頭，打算和平地退場。

然而與雷獸擦身而過的瞬間，他斜眼瞥向我，留下一句話。

「那麼……就希望一切都順遂囉？」

他用相當輕佻的口吻說道，並伸手指著喉頭，看起來別有用意。

那張有所算計的笑容，再度讓我滿身雞皮疙瘩。

「亂丸，謝謝你。真沒想到會有被你出手相救的一天。」

在雷獸消失於視線範圍後，我對亂丸道了謝。

「哈！我可不記得自己有救過妳什麼。」

「……啊，變回平常的亂丸了。」

剛在雷獸面前明明還裝出一副沉著冷靜的樣子。

「津場木葵，妳應該很清楚吧？今晚就是酒席的試吃會了。妳要是給我端出什麼怪東西，我就在妳身上灑好鹽跟胡椒拿去炙燒，把妳這個人類丫頭整隻烤好上桌獻給海坊主。」

「又一個威脅要吃我的……饒了我吧。」

「啥？」

「而且那隻雷獸也說過了——目前……無法保證蓬萊玉枝確定到手不是嗎？畢竟大蟾蜍所帶來的那個，還不能確定是真是假。」

「那一定是假貨。肯定是雷獸大人為了讓籌備儀式的我們陷入混亂，而安排那傢伙來搞這些小動作。」

「不過，如果事實相反的話……」

「的確也不能否定有這個可能性……不過這件事還輪不到妳來操心。聽好了，妳只要專注在準備一桌好菜就好了，這才是妳的工作——我說的難道不對嗎？。」

「話、話是這麼說沒錯啦……」

「還有，盡可能避免跟雷獸大人接觸，沒人知道他會幹出什麼好事。」

「……」

「儀式若搞砸了，我們將會失去很重要的東西。妳也該對自己的任務抱有相當的覺悟。」

亂丸雖然語帶威脅，不過他朝我的手腕瞥了一眼，露出難以言喻的表情。掛在我手腕上的是……那條珊瑚手鍊。

接下來他始終沉默不語，不過為了提防雷獸與我接觸，一路送我到通往舊館的出口前。

接著他便快步直接離去了，應該是有什麼急事要辦吧。

「對於任務的覺悟……是嗎？」

我摸了摸珊瑚手鍊，回憶起不過是幾天前所發生的種種。

位於這片南方大地的海岸線延伸之處，那座充滿不淨之物的洞窟——龍宮城遺址。

我在那遇見了名為磯姬大人的前任八葉，被賦予這項使命。

——必須完成讓儀式順利舉行的要素之一「海寶珍饈」，滿足海坊主的味蕾。

這就是我這次所背負的使命，屬於我的工作。

距離儀式還有三天的時間，我打算竭盡所能。

回到舊館的廚房，裡頭傳來陣陣吐司出爐的香氣。
「所以呢，為了傍晚要舉辦的試吃會，我想說趕緊先來演練一次酒席的菜色。」
「耶～～耶～～」
在舊館廚房一起協助我準備料理的雙胞胎，緩緩地拍手叫好。
「菜色已經決定了？」
「是什麼是什麼？」
「今天要請大家試吃的菜色，是由我和葵小姐精挑細選的品項。」
銀次先生打開從袖口裡拿出的紙，自信滿滿地把上頭寫的菜色秀給大家看。
「銀次先生雖然給人心思細膩的印象，字跡卻很有男子氣概呢……」
「呃，現在該吐嘈這個嗎？」
因為上頭的字跡就粗獷得讓人感受到十足的氣魄啊。
大老闆的字反而比較工整又秀氣。
雙胞胎無視我與銀次先生的對話，一把將紙條搶了過去。
「噢噢……這可真是充分帶有現世風情的菜單。」
「就是啊，真豐富。」

開胃菜　明太子拌山藥鮪魚烏賊
燒烤料理　和風烤牛肉
炸物　酥炸起司鮮蝦包
燉煮料理　味噌番茄煮鮭魚鴻禧菇

至於為酒席畫下句點的收尾料理與甜點，備有候選項目，就視今天的反應來構思看看吧。

再來關於紀念品的部分也會提供試做品給大家參考。

這次的酒席採用眾多海味，而且以接受度廣的菜色組合而成。

在現代居酒屋常見的各種菜色，大多是揉合了西式與日式風格、大人小孩都能接受的創作型料理，所以我也採用了幾道來做為參考。

「這次酒席沒有旅館的高級料理感，與其說酒席，感覺更像是隨手準備的下酒菜吧？不過都是選用這片南方大地所盛產的新鮮食材，所以我認為不失豪華喔。」

「好想吃這道烤牛肉。」

「這個酥炸起司鮮蝦包也很令人好奇，是用什麼包起來？」

「這道料理呀，是用生豆皮包裹食材，炸得酥酥脆脆喔。」

「生豆皮！」

「是我們的拿手食材！」

雙胞胎充滿幹勁地抬高音量說道，猛揮著雙手。

「呵呵，我也是這麼想的，所以想把這道料理交給你們倆負責。當然我會傳授做法給你們，可以嗎？我想比起我，你們一定更能勝任這個任務。」

「當然好。」

「我要做我要做。」

眼看雙胞胎馬上就打算開始動工，我便喊了「等等」，抓著兩人的衣領把他們拉了回來。會議可還沒結束啊。

「銀次先生，會來參加試吃會的有亂丸和葉鳥先生是吧？」

「對的，據說時彥先生、秀吉先生與寧寧小姐也願意輪流過來幫忙試菜。」

「場地辦在這裡窮酸的地方，真是悲傷呢……」

其實本來希望能在本館準備料理來進行試吃會的，不過那邊的廚房禁止我出入，最後只好在這裡做菜。

「不過正式舉辦儀式時會在常之島，使用那邊自古沿用至今的廚房空間。只要是能攜帶的器材當然都可以搬過去，不過比起本館廚房那邊的先進設備，這裡用起來的手感也許比較接近正式場地。」

「原來如此……也對喔。我也要登上那個島嶼，在儀式途中負責料理。」

關於這一點，我從未仔細想過。

我繃緊了神經，重新體認到自己必須意識著這一點來進行料理。

「那麼趕緊著手進行吧。」

我拍拍雙手，以響亮的掌聲為信號，一群人開始展開烹調作業。

我請雙胞胎在製作生豆皮之前先幫忙把海鮮類處理好，然後請銀次先生擔任我的助手，自己則馬上著手處理烤牛肉。

我從冰箱裡拿出捆著棉繩的牛肉塊。

「哇～～看起來就很紮實呢。」

「這塊極赤牛，昨天就預先用筷子戳了洞，用鹽、胡椒與料理酒調味囉。烤牛肉的方法很多種，從正統的爐烤到家庭裡也能輕鬆完成的烤法都有。這次我只用鍋子來料理。」

「只需要鍋子？我還以為這是道做工很複雜的菜。」

「看起來是很繁瑣的大菜，其實步驟相當簡單——這就是我自創的烤牛肉。」

我朝銀次先生露出一臉得意的表情，臭屁地說道。

不過事實上這道烤牛肉就真的相當簡單。

首先倒油熱鍋，擦乾牛肉塊上的水氣後下鍋，放入香料，以中火將牛肉塊煎烤到表面熟透。

重要的步驟可以算是到此結束了。

「那我也得加把勁了，可不能輸給葵小姐。」

在我製作烤牛肉的同時，也請銀次先生幫忙製作開胃前菜。

菜色是「明太子拌山藥鮪魚烏賊」。

將山藥削皮後切成方丁，加上雙胞胎幫忙殺好並切絲的長槍烏賊，還有切成大塊狀的鮪魚肉一起拌勻，加入去膜刮下的辣味明太子一起攪拌均勻。另外可以淋一點點醬油下去拌勻來調味。

這道開胃菜就這樣三兩下輕鬆完成，銀次先生先偷偷試嘗了味道。

「如何？雖然步驟很簡單，不過滋味很不錯吧？」

「是的，沒想到只是把食材拌在一起，就能變得如此美味……山藥丁吃起來爽脆，烏賊則充滿鮮甜……新鮮的鮪魚塊吃起來也非常有滿足感。所有食材在辣味明太子的微辣風味之中完美融合。嗯嗯，很好，讓我想來一杯了！」

「銀次先生真的是愛酒成癡耶……」

而我負責的烤牛肉，此時也已經煎到表面呈現均勻的焦黃色，於是蓋上鍋蓋轉小火，改用悶烤的方式。

接下來要做的，就只有靜置了。

接著我把預先剝殼並燙過的蝦子還有隱世產的起司與紫蘇葉準備好，裝成一盤端去給正在製作生豆皮的雙胞胎，並看看他們目前的狀況。

「哇，浮上來了浮上來了！」

雙胞胎正在矮圓桌前製作生豆皮。他們把豆漿倒入以妖火為熱源的簡易式鐵板，感覺就類似現代的燒烤盤，隨後拿著竹籤朝自己的方向撈，將整片生豆皮拉起來。

「要做豆皮就得用小火慢慢煮開豆漿，所以這種鐵板用起來最方便。」

「如果要吃『初豆皮（註3）』，建議等表面一開始浮現豆皮便用筷子夾起，再比照品嘗生魚片的方式搭配柑桔醋醬油，或用醋調醬油沾著吃。不過……」

「這次要入菜的是『撈豆皮（註4）』，等表面形成一層豆皮膜之後，慢慢等個三分鐘左右再整片撈起來。用竹籤拉起來的豆皮呈現片狀，因此正適合拿來包食材油炸。」

雙胞胎一邊說明豆皮的做法，一邊用熟練的動作緩緩拉起大功告成的「撈豆皮」，整片攤平在大板子上。

這些生豆皮將運用在酒席中的菜色之中。

「麻煩用生豆皮把蝦仁、起司還有一片紫蘇葉包起來，包法就交給你們作主。」

「明白了，這種工作我們最擅長。」

「畢竟豆皮炸好的口感我們很清楚，就用最適合的方式來處理。」

雙胞胎給了令人放心的回答後，便馬上分配好彼此的工作，一個人負責製作豆皮，另一人則負責包食材。成品會是什麼滋味，我想這兩人心中應該已能大致想像出來了。

註3：在豆漿尚未達到一定溫度前，便先夾起表面所形成的柔軟薄膜所取得的豆皮。呈現不規則狀。

註4：在豆漿達到一定溫度與時間，表面形成明顯薄膜後，再以竹籤撈起所取得的豆皮。呈現片狀。

「抱歉呀，讓你們窩在這小地方作業……」

「這也沒辦法呀，就沒有場地。不過……」

「要下鍋油炸時，爐灶可要換我們用喔。」

「那、那當然。炸好的份會讓大家都嘗嘗的！」

由於廚房很窄小，不管作業空間或爐灶的數量都不夠用，讓雙胞胎做起事來綁手綁腳。之後得快速輪替使用空間才行……

好，烤牛肉差不多可以熄火了。

從鍋中取出經過小火悶烤的高級牛肉塊，放在盤子上用布蓋住，暫時靜置一段時間。大約抓個二十分鐘好了。我湊往鍋子前一看，鍋底是滿滿的肉汁。

「呵呵，這些可以成為美味的醬汁，搭配烤好的牛肉呢。」

用醬油、味醂、蜂蜜、酒、醋與肉汁調和而成，完成略帶酸甜的和風醬汁。

這充滿牛肉鮮甜的醬汁就以小火慢煮，煮出香氣之後便可熄火，倒入廣口瓶內。

等烤牛肉靜置完畢，畫圓淋上這醬汁之後……

「啊啊，光想像就覺得肚子好餓……」

「我，想來一杯。」

「銀次先生你再忍忍啦。到了試吃會的時間，你不想喝也得喝。」

銀次先生正在幫我用炭爐燒烤鮭魚切片，光是看著這畫面，似乎又讓他開始想喝酒了。

我接著著手烹調味噌番茄煮鮭魚鴻禧菇，鮭魚片若先用炭火烤過再下鍋燉煮，更能為這道料理增添美味。

在平底鍋內倒油熱鍋，大蒜下鍋半油炸，等油充滿蒜香味之將鴻禧菇下鍋拌炒。

接著將水煮番茄下鍋，用味噌與番茄醬調味的同時一邊燉煮。

此時把銀次先生幫忙用炭爐烤過的鮭魚放入鍋內，並加入醬油、鹽與胡椒調味，小火燉煮一會兒就完成。就是這麼簡單的一道菜……

「接下來只要燉煮到收乾，用妖火圓盤和小愛的火力就能完成了。所以我把爐灶空出來，就麻煩雙胞胎你們進行油炸的作業囉！」

「「遵命，長官！」」

我和銀次先生一起用沾濕的毛巾包住把手，拿著煮到一半的鍋子前往新陣地，也就是矮圓桌，將鍋子安置在桌子旁的妖火圓盤上。

借助小愛的火力，請她一邊調整火侯一邊幫忙顧鍋。

「小愛，可不能偷吃喔。」

「我知道啦，不過待會兒請讓我吸取葵大人的靈力。」

「呃，嗯。要吸多少都不成問題。」

小愛雖然心智還停留在稚嫩的年紀，有時卻挺機靈的，這一點真不知道究竟像誰呢……

她湊近盯著煮得冒泡的鍋子瞧，露出天真無邪的表情說了句：「好像血的顏色喔！」

奇怪，何時學會了這麼危險的單字……到底是誰……

「啊！小愛小姐竟然排擠我一個，一臉愉悅地擺起眷屬的架子惹～」

出門遊玩的小不點挑在這恰好的時間點回來了，他的身軀呈現微焦的綠色。

原來河童也會曬黑，而且還偷偷對輩分應該算是自己妹妹的小愛吃味……

「我也想證明自己是優秀滴眷屬，請讓我幫忙～～」

小不點從剛才就頻頻拉著我的和服下襬。

「你呀，身為我的眷屬是有什麼榮譽感嗎？老是吵著想要幫忙，你又不是大老闆。不過一講到這就先想到大老闆的臉，好像也有點奇怪就是了……」

「啊～～啊～～人家要幫忙啦、讓人家幫忙啦～～嗚～～啊～～」

「你、你吵死啦！」

小不點發出越來越大聲的哭喊，當場耍賴打滾在地。

正在爐灶前準備炸物的雙胞胎說了句：「待在這也是礙事，不如用生豆皮包起來下鍋油炸？」兩人很明顯是看著小不點說，我心想這兩個傢伙是認真的，於是慌慌張張搖搖頭。

他可不是拿來食用的河童啦！

「小不點，你再繼續大哭大鬧的話，就要被生豆皮包起來油炸成佳餚，成為儀式的酒席菜色之一了喔。如果你真想幫忙……好啦，過來我這邊。」

「耶～～耶～～」

小不點瞬間停下哭聲，彷彿剛才什麼事都沒發生過，他緊緊湊上來，抱住我的腳踝。

我看這傢伙剛才都是在假哭……

我拈起這小子的龜甲，用水清洗一遍後拿乾淨的長手巾幫他擦乾身體。

「呵呵，葵小姐簡直就像個母親一樣呢。」

「唔！」

無法理解……不過銀次先生微笑的表情看起來好像覺得很溫馨。

小不點抖了抖身子。才剛幫他弄乾淨，他就馬上開始吸吮自己的手指，於是我又拈起那雙小手洗了一遍，真是個麻煩的小不點……

「小不點，你幫忙在這裡把要當紀念品發送的果醬派包裝好，三個裝一袋唷。」

「了解惹。」

「可不能偷吃喔？」

「啊？」

小不點露出一臉裝傻的表情，嘎吱嘎吱地動著自己的嘴喙，回了句：「馬上來開工惹～～」裝作什麼也沒聽見。

算了，也罷。只要開始展開作業，這隻低等的河童小妖也算是滿勤快的幫手。

他將果醬派平均裝入束口袋裡，拉緊了繩子用盡全力打好結。有時自己的手也會不小心纏了進去，所以只好氣呼呼地重新綁一次。

由於果醬派簡直快跟他的個子一樣大，操作起來似乎頗為費時。身為妹妹的小愛個性機靈，辦事能力也強，不過身為長男的小不點因為個子小，令我忍不住投以擔心的眼神……

「欸～～小姐呀，我把淨化完畢的祕酒帶來囉。」

「啊，葉鳥先生。」

正值此時，葉鳥先生出現了，他手裡抱著大大的酒瓶。

那正是天狗祕酒。

「唔哇！這裡還真是一團亂耶。要在這地方舉辦試吃會？」

「是沒錯，不過這裡太凌亂了，所以決定使用隔壁那間房。」

銀次先生不知何時已站在葉鳥先生的身後，他的手輕輕拍在對方的肩上……

「所以呢，葉鳥先生。現在要請你來跟我幹粗活了……我們去準備場地吧。」

「咿！咦！提早把我叫過來，原來就是為了差遣我嗎？」

隔壁房間鋪有榻榻米地板，空間比較寬敞。

雖然一開始破破爛爛的，不過已經清掃過，榻榻米也換新了。

而且那邊還能直通緣廊，不用經過廚房也能進入房間，布置就交給銀次先生與葉鳥先生。

「好了，得進行最後階段囉，烤牛肉應該也差不多可以了。」

掀開剛才靜置的烤牛肉上頭所蓋的布，把一大塊沉甸甸的肉塊放上砧板，總算來到最後的步驟——從兩端切成薄片——這裡需要小心再小心……

「噢噢……」

與其說全生，應該算是半熟狀態。半生不熟的剖面呈現美麗的淡紅色，任誰看了也無法按捺心中的悸動吧……

為什麼半生不熟的食物總是令人難以招架呢？特別是日本人跟妖怪。

「我稍微試試味道……」

看似柔軟的肉片隨刀落下。我將烤牛肉裝在小碟裡，沾了好幾下以肉汁、醬油與醋所煮成的醬汁，隨後整塊放入口中。

「啊……軟嫩多汁……」

這股烤牛肉特有的柔軟口感，讓我只能發出讚嘆。

烤牛肉這道料理，原本就是公認的「讓便宜的肉吃起來更美味的調理方式」。而這次使用了高級的極赤牛，更凝聚了牛肉本身的鮮美。越是咀嚼，越被這股美味所俘虜。

搭配帶著酸甜的濃厚醬汁也相當對味，我個人最喜歡趁肉還帶點餘溫時享用。

要把肉塊全部片成薄片，是項頗需要耐心的工作，而我仍小心翼翼地一次次下刀，以免毀了這珍貴的美麗切面。

將柔嫩的烤牛肉薄片在盤子上排成圓圈，中間則擺放各種佐料。有洋蔥、大蔥，還有切得薄透的蘘荷片所堆成的小雪山，最後畫圓淋上酸甜醬汁便大功告成。

用烤牛肉捲起佐料一起入口，也是一種很棒的享用方式。

這種類似沙拉的吃法不但能攝取到蔬菜，吃起來也毫無負擔。

雙胞胎也已經在替炸得酥脆的炸豆皮包進行最後裝盤。

我與他們倆將完成的料理擺上矮圓桌，確認成品的賣相，重新調整擺盤方式，就是為了讓料理以最可口的樣貌上桌。

「這就是叫做烤牛肉的料理？」

「好像炙燒牛肉喔。」

「嗯，就是類似的料理啦。不過口感不像炙燒牛肉那麼有嚼勁，而是更柔軟多汁的感覺。這邊有多的，要不要嘗嘗看？」

「耶、耶、耶～～」

我所指向的並不是桌上那盤擺得漂漂亮亮的料理，而是另一盤由邊緣的碎肉所堆成的小山。

「這種自然隨興的擺法，某方面來說看起來更誘人。」

「可恨的一座肉山……」

雙胞胎將醬汁倒入小碟，舉筷夾起一大團剩餘的烤牛肉片，輕輕沾了幾下醬汁入口。看起來就像在吃生魚片。

總覺得哪裡不太對……不，好像又挺像的……

不過男孩子果然不一樣，吃相就是特別美味啊。

「如何？」

「嗯，太讚了。」

「醬汁很不錯呢。這道料理在現世很普遍嗎？」

「嗯……也不算常常能吃到吧，畢竟原本是英國的傳統菜。不過……最近似乎以新的形式在日本引起話題，例如做成烤牛肉丼之類的。」

烤牛肉丼──到底是誰最先嘗試這個點子的呢？

白飯上鋪滿分量多到驚人的烤牛肉片，附上一點綠芥末，是現代日本所獨創的美味。

感覺以前曾看過電視還是報章雜誌上介紹大排長龍的人氣店家。

「不過今天不是丼飯料理，而是下酒菜唷。如果有剩下的份，還可以搭配剛烤的吐司做成烤牛肉三明治呢。」

「難不成妳就是為了這個才特地烤了麵包？」

「呃、不是啦。我是想說下酒菜口味大多都很重鹹，所以可以切成薄片烤過，放在餐桌中間供大家取用。這樣應該很時髦吧。至於做成烤牛肉三明治嘛……也不是完全沒想過囉。」

「三明治……」

「我們也想吃。」

「很好，就做為今天反省會的點心吧。」

雖然話題已經跳到晚上的消夜，不過我還是將注意力拉回到酒席上。而且老實說，我從剛才就很在意雙胞胎所做的酥炸生豆皮包，一直盯著看。

「欸，我也想吃一個可以嗎？」

雙胞胎所炸好的生豆皮包。

剛起鍋的一顆顆豆皮包就擺在那裡，讓我心裡一直蠢蠢欲動，想嘗一個看看。

「啊，對了。其中有一顆裡面放了兩個蝦仁。」

「對對對，妳就吃那顆吧。不然只有一顆特別大也不好看。」

盤子裡擺的炸生豆皮包，確實有一顆大小特別不同。

炸好的成品就像炸餃子一樣呈現飽滿的元寶形。明明說要試味道，卻忍不住擠了南方大地盛產的醋橙，再灑了些許鹽之後大口咬下。

喀滋……燙燙燙！啊啊，不過融化的起司漿滿溢而出，加上Q彈的蝦肉，伴隨著紫蘇葉沁涼的香氣……再佐上剛才擠的醋橙汁，讓整體更顯清爽。

起司內餡雖然是很現代的做法，但這道料理同時又散發傳統風情，彷彿自古以來就存在。

「這……太厲害了。如果由我來做，絕對差遠了吧。經過油炸後的生豆皮變得輕薄酥口，同時卻仍保留微微的彈性，如果是我，應該會炸得更硬邦邦吧。」

能營造出如此高雅又酥薄的口感，正是因為這對雙胞胎比誰都更熟悉生豆皮這種食材，所以才能拿捏得恰到好處吧。

他們倆望向彼此，雙頰染上微微的紅，嘴角浮現笑容。

真難得有這種反應。

「欸欸，我也想嘗嘗這個燉煮料理。」

「這就是那個味噌番茄煮鮭魚鴻禧菇嗎？」

「不如大家一起來嘗嘗味道吧。」

「啊！鮭魚跟鴻禧菇都煮得軟透……原來鮭魚跟番茄口味這麼搭……」

「因為裡頭有放味噌嗎？讓這道燉煮料理在酸甜之中又不失溫醇呢。」

試吃會明明還沒開始，我們已經開動了。

不過要請大人物試菜前，自己不先親自確認一遍怎麼行。要是端出難吃的東西，想必又會被亂丸狠狠罵一頓吧。

「啊啊！竟然趁我們把重死人的桌子搬壞的時候，在這裡偷吃了起來！」

我們被回到廚房的葉鳥先生逮個正著，不過他那句聽起來有點不祥的話語讓我很在意。

「葉鳥先生，我才想問你……搬壞是怎麼回事？」

「呃，不是啦，那應該算是銀次不好吧。」

「葉鳥先生，請不要怪到別人頭上。」

銀次先生又站在葉鳥先生身後，投以冰冷的眼神。

這兩人究竟……

「葵小姐，非常抱歉。原本準備好的餐桌，桌腳被葉鳥先生折斷了。」

「才、才不是我！那個桌腳原本就朽壞了。沒錯沒錯，就是這樣。畢竟本來就太老舊了。」

「葉鳥先生，這樣找藉口推託就太難看囉。不如老實招出是你為了省力而抬著桌子在室內得意洋洋地用羽翼飛行，結果撞壁之後把桌子摔了下去……所以桌腳才斷掉。」

「銀次，你這傢伙竟然一臉笑咪咪地爆我料！肚子裡果然都是黑的！你這隻黑心狐狸！」

「我全身毛色偏白耶？黑的是葉鳥先生你吧。」

「唔唔唔！我外表黑漆漆沒有錯，但內心可是純白的天狗，跟某隻老狐狸比起來……」

他們兩個正在進行不知所謂的爭執與較勁，目前由銀次先生占上風。

「好了好了，東西已經弄壞了也沒辦法啦。既然大桌子現在不能用了，就把這張矮圓桌搬去吧。雖然小是小了點，不過擠一下總能湊合著用，反正都會用小碟子分食嘛。」

我們馬上把平常慣用的這張矮圓桌搬往隔壁房，再擺上剛才完成的料理。

「看、看起來真好吃。」

葉鳥先生肚子發出了叫聲，很明顯餓了。

然而銀次先生卻以手拄著下巴沉思，念念有詞。

「難得做了一桌豪華料理，這張矮圓桌還是稍嫌窄呢。」

「沒關係啦。感覺就像窮苦人家舉行一年一度的派對。」

「窮苦人家……原來如此。」

這地方就是散發出這樣的氣氛，不過這也無可奈何。

總之先依照人數在矮圓桌周圍的地板上鋪好坐墊。

至於酒在哪裡呢……正當我東張西望搜尋時，發現葉鳥似乎正在緣廊把酒放入裝滿冰塊水的桶子裡冰鎮。

該說這又是一種帶著特殊風情的夏日情趣嗎……

「這窮酸的空間是怎麼搞的。」

「啊，亂丸……」

折尾屋的大老闆——亂丸也終於駕到了。

他從緣廊的那一端踏入他口中所說的這個「窮酸的空間」。

「酒席的菜色……看來已經準備好了吧。」

啊，他看著桌上的料理，好像露出難以言喻的表情……

現場充滿緊張的氣氛，亂丸盤起雙臂往坐墊上盤腿一坐。

「那個，你不用客氣沒關係喔。不合格的話就直接跟我說，我會馬上改進的。」

「哈！這點不需要妳操心，我會毫不留情地指正的。畢竟這一桌菜光看就很詭異。」

亂丸這番挖苦人的話讓銀次先生馬上露出憤怒的表情。

「亂丸，你要是小看葵小姐的料理可就不好了，她所做的菜——」

「銀次先生，這一點就不用反駁啦，畢竟我希望得到他真實的意見。」

「啊，非常抱歉！」

「銀次這傢伙面對我跟亂丸時黑到不行，站在小姐身旁撐腰時卻是隻純白的狐狸呢。」

葉鳥先生這番不明所以的話我就先不管了。

銀次先生坐在坐墊上，沮喪的雙耳垂得低低的。我從上方輕拎起他的耳尖，「嘿」地一聲把那對耳朵立了起來。畢竟銀次先生對我的廚藝始終深信不疑，他的袒護讓我很高興。

不過，話說回來……

銀次先生現在還是一樣，只要在亂丸面前就忍不住變得格外情緒化呢。

「好啦好啦，這次機會難得，就用這剛淨化完的天狗祕酒來乾杯吧。」

「葉鳥，現在既非宴會也不是慶功宴，給我把皮繃緊一點。你這傢伙只是想喝酒吃飯吧。」

「亂丸，別這麼緊張兮兮的嘛，被譽為隱世最高貴的靈酒『天狗祕酒』，配上連妖怪也迷戀的人類小姐所做的下酒菜……兩大珍寶齊聚一桌，可是千載難逢的機會啊。我已經期盼這天的到來好久啦。」

「葉鳥，這番開場白就免了。請快點斟酒。」

「呃，喔……嘖！又給我變回黑銀次了。」

銀次先生制止了開始絮絮叨叨的葉鳥先生，熟練地將冰塊裝入玻璃杯內，再由葉鳥先生將酒注入其中。而我負責將斟好的酒杯端到大家面前。

透明無色的天狗祕酒是水雲酒的原點，是那麼地澄淨無比。

「在其他人賣命工作的同時，我卻在這裡貪杯，是有那麼一點罪惡感沒錯啦。不過在此就祈求儀式成功……乾杯！」

「就說了這可不是宴會啊。」

在葉鳥先生滿心雀躍的致詞與亂丸的吐嘈結束後，現場所有人一起舉起玻璃杯就口。

水雲酒我已經喝過好幾次都安然無事，所以完全不擔心。

「？」

然而……光是淺嘗一口，就能馬上明白個中差異。

這天狗祕酒的滋味讓我眼前一片閃閃發光。

某種感受覺醒並滿溢而出，萌生出了新芽——就像置身於這充滿祝福的光芒。

該怎麼去形容這種感覺、這種畫面好呢？

這般湧現的幸福情緒過於強烈，讓我自己也不太明白了。

口中再純粹不過的酒液在舌上翻滾，滑入喉間，沁入身體的每一處，訴諸我每一寸的感官。

我甚至能見耳邊傳來一陣細語。

那麼，請盡情享受這場祕密的宴會——

「跟人工製造的水雲酒相比……這果然完全是不同的層級呢。爽口的甘甜和芳醇的香氣雖然的確很類似，卻還是大不相同。」

就連銀次先生也對這祕酒的特殊風味感到驚豔，伸手掩住嘴，驚訝之情表露無遺。

葉鳥先生也舉起玻璃杯，一臉陶醉地欣賞酒液。

「所以才有資格成為祕酒啊。不只用舌頭來品嘗滋味，還讓其他感覺也變得更加敏銳了。我雖然喝過幾次，但至今仍忘不了第一次入口時的衝擊啊，彷彿能讓人忘卻俗世所有煩惱。」

「的確，不愧被譽為隱世中蘊含最純粹靈力之酒。雖然我曾嘗過一次，不過……」

亂丸的反應有別於陶醉於美酒之中的我們，他保持著冷靜沉著的態度垂下眼。

隨後又喝了一口，仔細確認著味道。

「這酒有多少實力，現在已經徹底明白了。問題在於，那邊那個小丫頭做的菜是否能配得上這美酒。以我看來，只覺得這些不正經的現世料理撐不起祕酒的美味。」

「亂丸！不許對葵小姐如此失禮。你也嘗嘗看葵小姐做的菜，就會明白她的料理對妖怪而言是多麼有價值的寶物。」

「好了好了，銀次你別氣了。我知道你對小姐的手藝相當有信心，總之先冷靜點啦。」

「亂丸大人，我們來幫您夾菜。」

「這道還有這道是我們的推薦菜色……」

我聽見葉鳥先生幫忙安撫對亂丸發脾氣的銀次先生，雙胞胎則開始幫忙分菜。

「……」

「那個，葵小姐，請您別在意亂丸說的話喔……葵小姐？」

然而我的靈魂卻不在現場。

從剛才開始我就一直處於恍惚狀態，腦海裡只剩下大家的聲音迴盪著。

眼前能看見的畫面是一片極樂花田，並不像是這隱世裡的景色。

花田裡有一張矮圓桌，大家都圍著圓桌用餐。

沒錯，這裡是幸福的極樂世界……

「葵小姐，葵小姐！您怎麼了嗎？」

銀次先生大概正覺得我的樣子不太對勁吧。

肩膀傳來他雙手的觸感，我只能接收到這股觸覺。接著意識翻轉了一圈，我應聲倒地。

不，應該說我這時才發現自己已經倒地。因為背部傳來一股痛楚，而且……

「哇啊啊啊啊！小姐昏過去啦！」

尖叫聲在最後一刻迴盪於腦內，很明顯是來自葉鳥先生。

我已經無力掌握當下狀況。視野中的花田消失，化為一片漆黑……

遠方的落雷緩緩朝我逼近。

『那麼……就希望一切都順遂囉？』

第四話　受封印的力量

『妳不希望逃離這裡嗎？』

這裡的世界一片漆黑。

這是一座閃電所包圍而成的牢獄。

我橫躺在冰冷的死水之上，忘卻了一切，就只是獨自恍惚凝視著虛無的空間。

「你是……當時的……那個妖怪……？」

影子的另一端出現了人影，是戴著白色能面的妖怪。

每當閃電落下，那張面具便在亮光下清楚浮現。

他頻頻問著我。

——不想離開這裡嗎？

「就算想逃，我也逃不了的。我最害怕打雷了。這讓我回想起媽媽曾命令我不許踏出那個『家』……也許是言靈的力量吧。」

黑暗的四方形牢籠。孤獨與飢餓，伴隨著雷聲……

還有母親最後留下的冰冷眼神。

以及宛若言靈般束縛我的命令——「不許踏出這裡」。

「雷電象徵對我的一種束縛，所以我已經沒辦法走出去了。」

『……但是，妳必須踏出這裡。若不離開這個世界，妳會沒命。妳將被詛咒的雷焚身，無法逃離命運的支配，就這樣餓著肚子死去。』

「……」

我聽見了熟悉的聲音。

『別擔心，妳終將能找到該前往的地方，在那裡……一定會有人需要妳的。』

對，就是那個妖怪當初來找我時，每天對我說的話。

然後他總是把看起來令人垂涎欲滴的食物分給我吃。

那是讓我得以延續性命的救命仙丹。

真懷念啊。這是我的記憶所播放的夢境吧。

我呵呵笑出聲，試著坐起無力的身軀。

然後我質問對方。

「欸，你究竟是誰？」

『……』

「為什麼當時要救我？」

『……』

戴著白色能面的他一語不發。

我想也是，畢竟眼前的他只是我記憶中所播放出的畫面。

真正的他是……

「——你是來吃我的嗎？」

提出這個疑問的，是年幼的我。

不知不覺間，我已變回當年的幼小姿態。

我想起來了——關於初次遇見那個妖怪的那一夜。

當時的我還小，對於未來一無所知……

本來以為那個妖怪是要來吃我的。

「總覺得快死了，又難過又痛苦……我已經搞不懂了。」

一段段過往的記憶遍地散落，像再也捲不回去的錄音帶。

充滿絕望與自暴自棄的那些話語，無數次重複播送著。

「想吃掉我也沒問題喔，等我死了……反正我也沒剩多少時間能活，到時候就把我吃掉吧。

所以求你了，在最後一刻到來之前，陪在我身邊……」

然而我懇求那個妖怪，之後每天都來見我。
答應他最後把死掉的我吃掉也沒關係……
因為一個人好寂寞，孤獨地死去好痛苦。
然而他卻對我說：
『妳無須再害怕了。』
『因為妳不會死。』
這段回憶我還記得，我早已回想起來了。
但是……
『跟我立下一個約定。』
這股聲音並非來自眼前戴著白色能面的這個妖怪，而是從後方傳來。
我轉過身，看見另一個妖怪站在眼前，戴著相同的面具。
他是誰？
我對於這畫面完全沒有印象。
『等妳長大成人，總有一天我會去迎接妳。』
「……你是……」
你是誰？
這算是一個約定嗎？

『屆時我必將娶妳為妻，希望妳……願意愛我。』

○

葵小姐……葵小姐……

「……」

這道呼喚我名字的聲音，讓我猛然清醒過來。

湊近凝視我的是銀次先生，他一臉慘白，看起來心急如焚。

現場還有另外一人——折尾屋的首席溫泉師時彥先生也待在身旁，看見我醒來之後便露出放心的表情。

「葵小姐，您醒過來了嗎？覺得身體還好嗎？」

「……」

「非常抱歉，我竟然如此大意……全怪我沒注意到。像那種靈酒，一般的人類小姐本來就不可能喝過。葵小姐也還沒習慣飲酒，我卻讓您喝下這種充滿強大靈力……用隱世純粹的靈力所自然生成的酒。」

銀次先生頻頻向我道歉。

何必這麼自責，沒這麼嚴重啦……

我想吐出這句話，但是喉嚨有一股異物感而咳個不停。

「喉嚨很痛吧？因為靈力從喉嚨灌入體內，刺激性太強了。而且還帶著靈酒本身所含的咒術，和飲用溫泉泉源所湧出的碳酸水完全不能相比，這是會暈過去的。」

時彥先生將茶杯遞給我，裡頭裝的是常溫水。

我緩緩坐起身，喝了那杯水。

睡覺時流了滿身汗，喉嚨似乎乾渴到不行。

「葵小姐，請您別勉強喔。我想您身體現在應該還不太舒服，多休息一會兒比較好。」

可是，距離儀式已經沒多少時間，現在可不能說這種悠哉話。

然而一陣目眩感朝我襲來，劇烈的頭疼讓我伸手抱著頭。

雖然不至於想吐，不過感覺不太舒服。喉嚨癢癢的，而且很痛。

真是折騰人……這就是所謂的宿醉嗎？

「葵小姐，您還是再躺一下比較好，畢竟似乎還發燒了。」

是喔？身體確實有點微熱……

總覺得視野帶著濕潤的水氣，我環視著房間。

奇怪，這裡並不是熟悉的舊館廚房，也不是本館的那座地牢。

和一般的客房也不一樣，帶著一股藥味。這白色房間內的布置相當簡樸。

牆上的時鐘正指向晚上八點。距離試吃會開始也只過了兩小時。

「這裡是折尾屋的醫務室，為員工或是身體不適的客人提供診療服務，由時彥殿下兼任這裡的常駐醫師一職。由於葵小姐您在剛才的試吃會上昏過去之後，現場各方面都不方便病人休息，所以就把您送來這裡了。是亂丸認為這樣做應該比較好才批准的。」

……那個亂丸批准了？那傢伙原來也有這種慈悲心喔。

「津場木葵，醒來了嗎？」

「時彥先生說蜆肉味噌湯對於舒緩宿醉很有效，所以我們煮了過來。要喝嗎？」

雙胞胎微微拉開純白的紙門，從縫隙裡微露出臉，窺探著室內。

兩人臉上的表情似乎很低落，眉頭深鎖著。他們應該也替我擔心了吧。

我露出笑容用力地點頭。雖然身體不太舒服，不過肚子是也有點餓了。

畢竟我做了一桌子的美食，結果什麼都還沒吃到就喝掛了。

哇～～聞起來好香。

僅僅使用蜆肉與紅味噌所完成的經典款味噌湯，我心想這一定很美味，喝了一小口。

「……」

奇怪了……

喝起來，沒有任何味道。

「津場木葵，味道怎麼樣？」

「有覺得宿醉好一些了嗎？」
雙胞胎在床被前探出上半身，湊近看著我的臉。
我大口大口把整碗味噌湯喝光，不顧銀次先生在一旁慌張地要我別喝得這麼急。
然而……我依然嘗不出任何味道。
我發現原來並不是這碗味噌湯沒味道，而是我的舌頭失去了味覺。
銀次先生，我的舌頭——
「……」
我開口試圖告訴他卻無法出聲。剛剛就覺得不太對勁，而我一直以為是喉嚨痛的關係。但事實似乎並非如此。
銀次先生和時彥先生臉上的表情相當難看，應該是發現我的異狀了吧。
「葵小姐，難道您……無法說話嗎？」
「！」
我注視著銀次先生的臉用力點頭，然後顫抖著比手畫腳地告訴他，我不但無法說話，連剛才喝味噌湯都沒有味道。
「等等，拿紙筆溝通比較方便。」
時彥先生從一旁的書架上拿出一本全新卻已褪黃的老舊記事本，以及有筆帽的細筆，讓我用文字說明狀況。

（我嘗不出味道，好像失去了味覺。）

我的字跡也顫抖著。

「怎麼會這樣……」

銀次先生得知我的症狀後，伸手掩著口，開始陷入沉思。

「竟然喪失了味覺。」

「這可嚴重了。」

雙胞胎也再度皺起眉頭，面面相覷。

畢竟，對於料理人而言……這是致命傷。

就算將再怎麼自豪的食譜記在腦海後，按部就班完成料理，最後一刻還是得靠自己的舌頭來見證。如果不能確定成品真的完美，怎麼能為客人上菜。

怎麼辦？這症狀究竟會持續多久？

時彥先生也低頭呢喃著。

「真奇怪了，人類飲用太強烈的靈酒確實可能引起身體不適，但絕不可能連味覺都喪失了。唯一的可能就是某種特殊的詛咒所引起的……津場木葵，在喝下靈酒前，妳有沒有接觸或食用任何來路不明的東西？」

來路不明的東西？

我是有試吃自己做的料理，但沒有碰什麼其他……

「！」

我想起今早的事。我在前往舊館廚房的途中遇見雷獸，被他塞了一顆抹茶口味的糖果。

那顆抹茶糖甘甜之中帶著微苦，在口中化為滑順的糖液……

還以為那只是對方半開玩笑的舉動，難道跟現在的症狀有關？

我將這件事寫在記事本上傳達給他們。

時彥先生瞬間露出吃驚的表情，隨後立刻搖了搖頭說：「被擺了一道呢。」

「那顆糖一定含有雷獸大人所設下的強大詛咒吧。對方是自古以來便存在的妖怪，熟知眾多的古代咒語。糖是他設下的機關，在身體吸收到祕酒時對靈力產生反應，便發動詛咒，詛咒的內容就是封印五感之中的味覺。」

「……」

怎麼會這樣，怎麼可以這樣。

這種狀況下我要怎麼準備儀式的酒席……

「沒想到雷獸大人會做到這般地步。為何總是拚命阻撓我們，甚至對葵小姐下手……」

銀次先生露出相當不快的表情，似乎充滿懊悔。他握緊拳頭用力敲往自己的膝蓋。

「這口氣我再也嚥不下去了！由我將他驅逐出這間旅館，管他是妖都派遣過來的儀式監督者還是什麼……」

「銀次，冷靜點！我能體諒你的心情，但此時若觸怒雷獸大人，只會讓場面更難收拾。這一點你也明白吧？我們現在能做的，只有盡快想出對策。」

時彥先生制止了正要起身去找雷獸的銀次先生，並安撫他。

然而銀次先生依然猛力拉開了紙門，打算離開現場。

「……真是一副慘樣呢。」

「亂丸。」

出現在拉門另一側的是亂丸，他在外面偷聽了一切嗎？

亂丸從銀次先生拉開的門縫裡進入房內。

隨後他用緊迫盯人的眼神俯視著我。

「看妳這種狀態，已經不行了。津場木葵，妳做不了菜的……我不能把酒席託付給妳。」

「亂……亂丸，這番話我可聽不下去！這只是暫時的症狀，也許馬上就能治好了啊。」

「也許？銀次，現在還有時間講這種悠哉話嗎？你以為距離儀式還有幾天？我們已經沒有時間了，也沒空慢慢等這傢伙康復。她不僅失去味覺還不能說話了，而且光看也知道現在身體很虛弱。這種傢伙有什麼能力承擔儀式酒席的重責大任？她現在連酒是什麼味道都無力辨別。」

「但、但是……」

銀次先生掉頭回到我的身邊，打算設法袒護我。然而……

我抓住銀次先生的袖子，頭仍垂得低低的，然後我緩緩搖頭。

「葵、葵小姐……」

亂丸說得沒錯。這件事並非只是「做菜」兩個字如此簡單。

儀式的酒席關乎著這片南方大地上眾多妖怪的命運。

然而現在連味道也無法分辨的我……無法說出「由我包辦」這種不負責任的話。

原來我對於廚藝的自信，到頭來還是來自於我的舌頭。

──來自爺爺做給我無數次的味道，傳授給我的「妖怪所偏愛的菜色與口味」。

但是，如果現在連確認味道這件事都成了不可能的話……

「哼，沒想到妳意外地明事理嘛。來到這局面，津場木葵……妳失去用處雖然大傷士氣，不過幸好還有雙胞胎在。他們倆一路看著妳做料理過來的……喂，你們應該明白吧。」

亂丸兇狠地俯視著一臉困惑的雙胞胎，對他們施加壓力，同時也在等待他們的回答。

雙胞胎望向彼此，一人一句說著：「既然事情變成這樣……」、「那也別無他法了。」

他們臉上的表情看起來雖然不太能認同，不過心裡應該也明白現在已沒有時間提出異議了。

……對不起。

我雖然失去了聲音，不過把這句話寫在記事本上。

都是因為我的關係，讓儀式的準備作業又變得更加困難了。原本連蓬萊玉枝都還沒搞定，現在連海寶珍饈這個項目也……

我低下頭，用顫抖的雙手舉起記事本。

「妳這傢伙……沒必要特別道歉啦，幹下這樁好事的是雷獸大人，一部分也要怪我們自己掉以輕心。只是就事實而言，這項任務現在無法託付給妳罷了。」
亂丸用平靜的語氣淡淡告訴我，隨後便帶時彥先生與雙胞胎離開房間。
經過一段短暫的沉默，銀次先生將手放上我的肩膀，抬起我的臉龐。
「葵小姐，請您抬起頭來。真要歸咎原因，都怪我不疑有他就讓您喝下那瓶酒。因為您……您總是那麼堅強可靠，漂亮地解決所有難關，所以我們便把自己的期望強行加諸在您身上。然而我們卻忘記了──您只是一個脆弱的血肉之軀，平凡的人類姑娘……」
「……」
「非常抱歉，是我……是我行事不夠周全。嘴上說要成為您背後的支柱，卻連這種小事都沒仔細觀察到。」
對自己與對別人所產生的懊悔與不甘心，正折磨著銀次先生。
銀次先生，別露出那樣的表情。
我撫上他的手，頻頻搖頭。
全都要……怪我自己不好。
那隻雷獸所告誡過我的那句「對妖怪過度信任」，現在正盤旋於腦，斥責著我自己……
被給予這番忠告的他本人徹底擺了一道，我也無言以對了。
「……」
啊啊，頭好痛。各種狀況與思緒在腦海中錯綜交雜，讓我暈頭轉向。

感覺又要發燒了。

「葵小姐，請您躺下吧。現在您需要的是靜養，接下的事情請交給我們去想……」

銀次先生勸我躺回床被裡。

我已經無力繼續坐起身子，於是再度躺平下來。

「銀次大人，亂丸大人找您。」

紙拉門的另一端傳來呼喚聲，似乎是旅館的女接待員。我馬上緊閉眼皮，裝作已入睡。

對於現在正要迎接煙火大會與儀式到來的折尾屋來說，銀次先生是必要的存在……

變得一無是處的我，可不能把他留在這裡。

銀次先生一開始似乎凝視著我，不願離開。一會兒之後，他總算靜靜站起身，無聲無息地離開了房間。

這股寂靜，以及房門拉上之後留下的昏暗，對於現在的我來說有些難熬。

「……」

我吐出漫長的嘆息，淚水同時盈眶。

整個人感覺非常糟，這……並不是宿醉的症狀，而是對自己的厭惡。

還沒能完全接受現狀，然而對於自己的無力，以及缺乏戒心而招致的結果感到相當厭惡。

至今為止，我過得太順遂了。再怎麼說，周遭的大家都過於善良。

也因此，我幾乎未曾意識到「有些妖怪天性邪惡」這件事。

明明應該再清楚不過的。

明明爺爺生前也再三叮囑過這一點的。

對於自己吸引妖怪的體質已死心，所以能放寬心接納，這樣活起來輕鬆多了。

但……果然還是有無端懷著惡意的妖怪存在。

為了這些妖怪的消遣娛樂，我遭到利用，現在被丟棄了。

我現在只是單純的無用之人……

「……」

而且還發燒了。

然而我無法忍耐這股龐大的不安，緩緩起身。

房裡一個人也沒有，走廊也一片寂靜。

現在所有幹部們應該正集合起來，討論海寶珍饈的事情吧。

我腳步虛弱地朝熟悉的舊館廚房前進。

舊館的廚房已經被整理得乾乾淨淨。

不知道是誰幫忙的。

做好的料理……在那樣的狀況下也沒餘裕去吃，最後幾乎都沒動，被放入冰箱內保存。

現在的我無法靜下心來沉思，但是必須設法做點料理才行……

心裡被這股焦急感支配著。

到頭來，我僅有的果然還是料理。

「……」

我翻找著剩餘的食材，發現了雞蛋還有冷飯。

……蛋包飯。

……這道應該做得出來吧？

蛋包飯是我來到隱世這地方後，首次做出的料理。

銀次先生品嘗了我的料理，在我身上發現了開店做料理、為妖怪們張羅三餐的能力，賦予我名為夕顏的棲身之處與一份工作。這是我在隱世展開新生活的原點。

我的雙手已不聽使喚，自動開始著手進行料理。

雖然現有食材跟當初不太一樣，不過我仍將洋蔥、培根丁與蔥等材料切好，下平底鍋拌炒……然後放入冷飯，以醬油、胡椒與鹽等調味料調味的同時，完成炒飯。

和風蛋包飯是用添加了高湯的鬆軟蛋皮包住炒飯，最後擺上大量白蘿蔔泥與切絲的紫蘇葉，淋上柑橘醋醬油享用。

沒錯，成品外觀和我平時所做的並無差異，還因為這次格外用心之故，賣相看起來更好。

總之先舀起一口嘗嘗味道如何吧。

握著湯匙的手還在發抖，上頭的半熟蛋跟著頻頻抖動……一心想知道滋味如何的我，仍大口放入嘴裡。

……然而，果然還是嘗不出任何味道。

嘴裡吃起來的口感明明很正常，和平常沒有兩樣。

剛才完成的這道料理，吃起來跟我平常所做的究竟一不一樣呢？

有沒有哪個步驟搞錯了，或是在斟酌調味時失手了呢？

如果就此喪失味覺的話，我會……

胸口一陣不安感緊逼而上，彷彿下一秒就要把我壓垮。

食之無味這件事，同時也代表我失去了「吃」所帶來的期待與喜悅。

無論把山珍海味或是粗茶淡飯送入口中，對我來說都沒有差別。

絕望已支配了我的心。對我而言，沒有什麼事情比食之無味還可怕。

也許我將會一口氣失去生存的喜悅與武器。

「……」

剛起鍋的蛋包飯沒動幾口，我將盤子擱在膝蓋上，一屁股坐在架高的地板，陷入茫然。

「葵小姐……」

小不點不知何時出現在身邊，輕輕碰觸我的膝蓋。

「怎麼惹？您在哭嗎？」

我深手擦了擦雙眼，張開口卻吐不出一字一句。

「您不能說話嗎？」

小不點馬上就查覺到了。

「是葵小姐做滴蛋包飯，我最喜歡惹，好想吃～～」

接著他自顧自地爬上我的膝蓋，伸手指向自己的嘴喙表達想吃的欲望。我雖然有點猶豫，但還是拿湯匙舀了一口蛋包飯伸往他的嘴前，他大口大口享用著。不知道……好不好吃？

「我以前都孤伶伶滴一個人生活，但是葵小姐把我帶來這裡，讓我能每天吃到您親手做滴料理，還交到好多朋友，再也不孤單惹。」

在這種時刻，小不點突然開始話當年。

這孩子確實在同伴之中特別瘦小，弱不禁風的……總是搶不到飯吃。最後還被大家丟在原地，於是我便帶著他來到隱世。

「如果待在現世，我早就在餓死在河岸惹吧，這一切全都要感謝葵小姐。」

又在油嘴滑舌。

「葵小姐，今後也請永遠永遠幫我還有妖怪們做飯～～」

小不點歪著頭，用大大的圓眼仰望我，嘴邊還黏著飯粒。

這番話明明讓我很開心，但對於未來已信心盡失的我，聽了只覺得好痛苦。

我不由自主抱起小不點，將臉埋在那肉肉的肚子裡，又抽泣了一陣子。

「乖乖，葵小姐，不哭不哭～～」

小不點輕輕摸著我的額頭……真沒想到會有被他安慰的這麼一天。

記得爺爺之前曾對我說過。

絕不能輕易相信妖怪。

妖怪是會吃掉人類姑娘的……尤其偏愛靈力高強的，所以必須先發制人，以保住性命。

做料理給他們吃就是很好的一招。

如果能提供妖怪美味的菜餚，他們也就沒有必要吃妳了。

連取妳性命這件事都捨不得。

對於妖怪而言，靈力強大的人類是一線之隔的存在。

介於「美味」與「可愛」之間。

這兩個辭彙對他們來說可以是同義，不過只要狀況有些微轉變，便有可能倒向其中一方。

正因為如此，才需要先下手為強。

——成為對妖怪來說有價值的人類，受其愛載。給他們一個值得留妳一命的理由。

「現在的妳，在妖怪眼中只是優良的食材，除此之外毫無價值呢。」

我聽見這句嘲諷，彷彿讀透了我的心思。

抬起埋在小不點肚子裡的臉，我發現廚房出入口站著一位金髮男子。

……是雷獸。

心中的怒火沸騰而上，我猛然站起了身。

然而就算我再怎麼動口，依舊說不出一字一句，只能用力揮舞著握緊小不點的單手。啊啊，可惡，真是夠了！

懊悔的我只能用力跺腳，這又讓我看起來更加淒慘了。

「啊哈哈哈哈！像條魚一樣嘴巴開開合合的，真有意思。味覺被封印了，有沒有嚇一跳呀？這下子妳多少能明白了吧？妳好像哪裡誤會了喔，妖怪對人類可不是那麼和善的。」

才不是這樣。明明還是有心地善良的妖怪。

還是有打從心底相信我的妖怪，就像小不點那樣。

還有在我小時候救了我一命的妖怪……

雖然無禮至極的妖怪數也數不清，不過也有許多堅持自我信念，好好過生活的妖怪。能夠沒來由地幹出這種壞事的，也只有眼前這傢伙了！

「哦，妳還學不會教訓，打算做料理啊？機會難得，我也想嘗嘗妳親手做的菜呢。」

雷獸馬上坐往架高的地板，端起蛋包飯的盤子擅自吃了起來。

「……嗅嗅。」

不知怎麼地，他瞪圓了眼，露出驚訝的表情，不過發現我站在面前直瞪著他時，又勾起了嘴角，露出似乎很愉悅的笑容。
「哎呀，這個太糟了。這樣不行啦，小葵，妳把鹽跟糖搞混了吧？調味完全搞砸啦！」
「！」
「這種手藝別說酒席了，就連今後夕顏的生意也會受影響吧，聽說妳欠了一屁股債是吧？這下子根本不可能在妳有生之年還清了啦！一輩子都不可能！」
「！」
雷獸皺起八字眉，像個無情地欺負弱小的惡霸，對我投以充滿絕望與輕蔑的惡言惡語。
怎、怎麼可能……小不點剛才明明吃得津津有味……
可是……沒有用自己的味蕾確認過，果然我還是沒信心。
如果是平常的我，面對這種幼稚的批評早就當耳邊風了，但現在的我卻深受打擊。
「嗯～～難吃，真難吃啊。」
雷獸一邊說著難吃難吃，卻還是一口接一口。
料理人最怕聽到的話一次次重創我的信心，回過神時我已跪倒在地，彷彿再也無法振作。
「啊哈哈哈哈哈哈哈！」
這樣的我似乎讓雷獸看得頗樂。
因為他伸出手直指著我的鼻子，誇張地大笑著。
好恨，好不甘心。

為什麼我會屈服於這種傢伙？

「喂！不許你欺負葵小姐！」

被我緊緊握在手中的小不點，活用他柔軟的身體從指縫間鑽了出來。

「葵小姐做滴料理才不難吃！我嚴正抗議！我要提出訴訟！」

小不點個頭小歸小，還是盡力張開雙手揮舞，表達怒氣。然而雷獸一句「這小不拉嘰的生物是什麼東西」就伸出手指把他彈走。

「哇！」

雷獸所帶的電流似乎從小不點頭上盤子的水分流竄，光是用手指一彈就讓小不點全身觸電，眼冒金星。

「！」

我急忙跑往小不點身邊抱起他，馬上將他藏在胸前，避免他受到更多傷害。

竟然對這麼小的孩子下這種毒手。

無法用言語表達憤怒的我，改用眼神狠狠瞪著雷獸。

「呵呵，享受欺負弱小的我現在心情正好，要是錯過這個好時機，我很快就膩了，不如就趁現在把妳吃掉好了？」

「？」

雷獸捉住眼神兇狠的我，把我的手強拉了過去，害小不點又跌落在地。

「雖然對天神屋的大老闆過意不去，不過激怒那種總是難以捉摸的傢伙也是一種樂趣。對隱世的妖怪而言，應該也是場越來越精彩的好戲吧。雖然有些妖怪應該會不捨妳的奮鬥記即將畫下句點……不過比起被看膩而遭到遺忘，令人惋惜的香消玉殞才是最精彩的……」

那頭美豔的濃金色髮絲，拂過我的臉頰後便往下滑落。

他伸出舌舔著自己的唇，露出妖媚竊笑的嘴角隱約露出獠牙……那視線就像是獵物已到手的野獸，讓我不寒而慄。

好害怕。

再這樣下去——我會被吃掉。

「雷獸大人，請放開葵小姐。」

然而這股寒得刺骨的不祥氛圍，被一股凜然的聲音抹除了。

站在出入口的身影有著銀色的尾巴與耳朵……是九尾狐妖。

是銀次先生。

他全身散發銀色的靈氣，用充滿冷冷怒意的眼神瞪著雷獸。

「哎呀，銀次老弟。你看起來很生氣呢，氣到不行的樣子呢。」

雷獸保持一貫從容不迫的態度，把窄小的下巴抬得老高，斜眼瞥著銀次先生。

「我已數不清這是第幾次對你感到憤怒，不過這次我忍不下去了。葵小姐是大老闆重要的未婚妻……我絕不允許你覬覦她。」

「不過這姑娘已經毫無利用價值啦！對於天神屋的人老闆來說，只是因為她身為津場木的孫女，所以才娶她為妻……難道還有其他理由？」

雷獸的質問彷彿在刺探對方。

「與你無關，快離葵小姐遠一點！」

「咦？說這種話真的沒問題嗎？三百年前那一次，你如果沒像這樣頂撞我，你的『磯姬大人』也許也不會喪命了耶？」

「！」

銀次先生臉上的表情僵住了。

雷獸臉上則浮現得意的勝利笑容，令人反感。

「你明白吧？這場儀式成功與否，全看我的心情。只要我一覺得不好玩了，不管你們再怎麼拚命，再怎麼到處奔波跟人家低頭，我都能輕易破壞儀式。不然……這樣子好了，我好心讓銀次老弟你自己選擇吧。」

雷獸粗暴地把我拉過去，幾乎快要扯斷我的手腕。

這股疼痛感讓我表情扭曲。銀次先生見狀，雙耳為之一顫。

「想必津場木葵一定很美味吧。光是看她出現在視線一角，就覺得食指大動——只要是妖怪，大家都這麼覺得吧？銀次老弟，你至少也曾動過一次這種念頭吧？『想把她吃了』。」

「……」

「然而總是待在她身邊的你卻錯失良機，所以我要下手了。如果你能睜一隻眼閉一隻眼，我就讓這次儀式順利舉行吧。倘若要妨礙我，後果是什麼你應該很清楚吧？」

「我可不參與你這種無聊的兒戲。」

銀次先生的表情冰冷得沒有一絲溫度。

平靜的怒意從他身上猛烈噴發，連我都深深感覺到了。然而……

銀次先生臉上露出一瞬的難過。

「我從來沒有想吃葵小姐的念頭，對我來說，她代表著希望。葵小姐『現在依然』活著，而且為妖怪們做出充滿溫度的料理，帶來幸福。光是這樣子，我就能感到自己確實得到救贖。」

「……啥？」

雷獸聽得莫名其妙，露出一臉不快。

然而銀次先生的這番話，以及那充滿悲傷的表情，讓我瞪大了雙眼。

果然……沒有錯，銀次先生就是當時的……

戴著白色能面，在我小時候救我一命的那個妖怪！

「唉……真是受夠了。妖怪這等生物，現在淪為對人類而言不痛不癢的存在了。以前可不是這樣的。明明應該無情地掠食人類，以恐懼與力量支配眾生，活在黑暗之中才對。」

雷獸的聲調低了一階。

原本從容的態度也似乎開始有所動搖。

銀次先生與雷獸之間的緊繃氣氛彷彿一觸即發。

「哦？你的品性還是一樣惡劣得沒救呢，雷獸，跟不上時代的愚昧之輩。」

然而出自第三者的聲音傳了過來。

一位撐著日式紙傘，身穿白色衣著的人影，不知何時已站在銀次先生身邊。

是、是誰？

「呵！一臉呆愣的表情，你應該不會忘了我的長相吧？雷獸。」

對方拿下紙傘，露出的臉孔讓我目瞪口呆。

不……雷獸的表情比我還更加錯愕。

甚至可以說我比較驚訝他竟然如此驚訝。

「白、白夜夜夜夜夜夜夜夜夜夜夜夜夜夜夜！」

沒錯，站在那裡的正是天神屋的會計長——白夜先生。

雷獸發出誇張至極的恐懼尖叫聲，一把將我用往地上就不管了，只顧著計劃如何逃離現場。

「！」

這到底是怎麼回事？

然而通往內廊的出入口前站著手持手裡劍的佐助，在那無情的冷酷視線前，雷獸停下腳步。

幾乎就在同一時間……白夜先生詭異的笑聲響徹房內。

「呵呵呵，腦袋沒長好的傻子竟然想逃離我的掌心，這副樣子比平常還更丟人現眼。」

「白、白、白夜……為何你……」

「你的原則就是看別人手上的玩具好像很好玩，就要搶過來玩到壞掉為止是嗎？我已經查到了先前派刺客暗算葵的就是你。明明遊手好閒不事生產，卻每天揮霍無度地遊戲世間，可真是下流的惡習呢。本性徹底無藥可救的下三濫！失業男，真是的，這副德性讓我都無言了。」

……不是啊，你明明就滔滔不絕。

白夜先生打開了隨身攜帶的扇子掩上嘴邊，繼續展開無情的轟炸。

「說起來你這傢伙打算吃掉的葵，在契約上清清楚楚屬於我們家大老闆所有。可憐你自己沒長腦袋如此無禮，才會對不該碰的東西企圖出手……」

「啪唰」——扇子應聲俐落地闔上。

「那麼，你做好受罰的覺悟了嗎？需要給你來點教育指導呢！」

「！」

面對白夜先生的言語羞辱，雷獸冷汗直流。

到底怎麼回事？這兩人認識嗎？

「開什麼玩笑，是誰把他叫來的……給我出來！」

雷獸憤怒地咬緊臼齒，金色髮絲像柳枝一般擺動，釋放出電流。

哇！一道道細長的雷光四處噴發，在屋內四周流竄，彷彿具有生命一般。

「葵小姐！」

我被銀次先生護住，同時趴往地板上。

而白夜先生面對這樣的狀況依然不為所動，舉起扇子輕易拍掉了閃過眼前的閃電，就像趕蒼蠅一樣輕鬆。總覺得好強。

「……」

趁亂逃跑了嗎？

在屋內流竄的閃電終於平息之時，雷獸已經不見蹤影。

「逃走了是吧，沒膽的傢伙，下次再遇到他一定要狠狠修理一頓！」

「呃，您已經狠狠用嘴巴修理他一頓了，不過……雷獸大人對白夜先生您的過敏症狀，果真如同傳聞一樣誇張呢。」

「哼，他只是個活得不耐煩的千年老化石。如果像我一樣投入於健全的工作之中，才不會變成那副德性，遊手好閒就是一種罪。」

「……」

完全搞不清楚眼前狀況的我，交互看著銀次先生與白夜先生。

……呃，就連該從哪裡問起我都不知道。

而且現在還不能說話，只好先在記事本寫上滿滿的問號，在兩人面前舉起。

「嗯，葵似乎感到相當混亂。」

「這也難免……總之我們移往本館再說明吧。」

銀次先生攙扶著剛才被雷電嚇得腿軟的我，讓我站起身子。

「啊，白夜大人您看，那裡有雞蛋做的料理，看起來軟綿綿的好像很好吃。」

「啊！你這傢伙，何時偷偷跟著我過來了！」

「……」

啊，從白夜先生的袖口頻頻探頭而出的，是一隻嬌小的管子貓。

天真無邪的管子貓似乎對於那盤吃剩的蛋包飯相當感興趣，飄浮在半空中繞著盤子周圍打轉。看起來不像是白夜先生帶來的，而是擅自跟過來。

「好了你！不許這麼貪嘴！」

白夜先生雖然斥責了那孩子，不過還是允許他享用，並囑咐了一聲：「不可以碰到雷獸剛才吃過的那一塊。」

啊，等等！也許我做得很難吃……

「好好吃、好好吃！」

然而管子貓卻把雙頰塞得滿滿的，一臉幸福地露出暖洋洋的笑容。看來只是雷獸故意找碴，味道還是沒問題的吧？

這、這樣就好……

白夜先生看著眼前的管子貓一臉幸福地享受食物，表情也稍微溫和了點。

「……白夜先生您還是老樣子，特別寵愛管子貓呢。」

（奇怪了，銀次先生也知道這件事？）

「這是天神屋有名的鬼故事，只是誰也不敢當面戳破白夜先生。」

（……喔喔，鬼故事啊。）

銀次先生在耳邊如此竊竊私語，而我則用紙筆回應。

也對，畢竟連我都發現了，怎麼可能瞞得過旅館上下的員工……

「葵小姐，我也想吃您做滴蛋包飯，才能打起精神！」

小不點出其不意地從我的胸口探出了臉。

剛才昏了過去的他，現在已經恢復意識，伸出手心用力搔著頭，把頭頂盤子周圍的……直到現在還不太清楚該稱為葉子還是毛的東西……好好梳理乾淨。

最後這盤蛋包飯就交給管子貓跟小不點，讓這兩個小東西一人解決一半。

我、銀次先生以及白夜先生正朝著位於本館的高級客房前進。

因為亂丸似乎正為了「蓬萊玉枝」一事，正在那裡招待某組客人。

白夜先生這樣坦蕩蕩地大步走在折尾屋裡頭的舉動，也令我感到很詫異。而且現在一切的一切又是什麼狀況，我完全搞不懂……

「打擾了。」

我們三人一起進入房內，恭敬地低頭問候。

「哎呀……真是好久不見了，葵小姐。」

「！」

這股熟悉的聲音讓我驚訝地抬起臉，位於這間高級客房內的賓客，竟然是律子夫人。

律子夫人就是那位嫁入妖王家的人類女性。

以前他們夫婦倆曾在夕顏慶祝結婚紀念日，由我招待他們現世風格的料理。

「說好久不見也太誇張啦，小律。我們上次去夕顏打擾，也只不過是兩個月前的事呀。」

「哎呀真是的，原來也沒有想像中那麼久以前呀，縫大人。」

想當然，律子夫人身旁的就是她的夫君——縫陰大人。

這對賢伉儷依舊一身高雅的姿態，而兩人的相處模式也仍像是感情和睦的愛侶。

由於我無法說話，還是只能像隻魚一樣開合著嘴巴，急忙低頭行禮。

「……看來是真的無法出聲了呢，真是心疼。」

「小律聽說葵小姐被抓來這裡，就一直擔心得不得了呢。」

「沒錯，我從妖都週刊得知消息後，就急著想搞清楚到底發生了什麼事！」

咦咦！週刊連我被擄來這裡的消息都入手了嗎？

不不不，首先該問的是這兩位怎麼會大駕光臨此地吧？

「咳咳！兩位，葵現在處於一片混亂，閒話家常就先到此為止吧。」

「哎呀真是的，惹白夜先生不開心了啦，縫大人。」

「老樣子了嘛，小律。」

「咳咳！」

即使面對這對貴為大貴族的夫婦，白夜先生也能毫不猶豫地出口斥責。

我記得白夜先生原本是妖都宮內的官員來著？連雷獸都避之唯恐不及，果然在宮內具有一定的影響力啊。

「縫陰殿下、律子殿下，請容我再次感謝兩位特地移駕此地。」

只有亂丸一個人在這股輕鬆的氣氛中依然保持緊繃。

在亂丸身旁的信長則代替冷淡的他，以異常諂媚的態度擺動著那短小的尾巴，朝律子夫人蹭呀蹭的。平常明明總是愛理不理的……

一切都讓我無法意會過來，最想問的還是律子夫人怎麼會出現在這？

我將疑問寫滿記事本，正打算舉起來發問時，隔壁的銀次先生出聲安撫處於混亂的我：「沒關係的。」

「葵小姐，白夜先生與縫陰夫婦來到此地的理由，就由我來為您說明吧。直接了當地說呢……就是因為這兩位大人擁有『蓬萊玉枝』。」

「？」

「前些日子亂丸前往妖都的理由，正是為了邀請夫婦倆來到折尾屋。然而，由於折尾屋與中央貴族之間的往來不多，所以便請白夜先生扮演牽線的角色，順利邀請到兩位大駕光臨。」

由白夜先生牽線？

可是，白夜先生身為天神屋的會計長，兩家旅館不是死對頭嗎？

銀次先生似乎讀到了我的疑問，馬上回了句：「的確是這樣沒錯……」

「不過呢，暗中向折尾屋透露『縫陰夫婦握有蓬萊玉枝』的，正是天神屋大老闆。阿涼小姐之前來到這裡的目的，也就是為了傳達這件事。所以亂丸在得知情報後便直接出發前往妖都了。可能是因為考慮到雷獸大人知道後可能會出手阻撓，所以才暗中進行這一切。」

真沒想到阿涼原來被分派到這麼重大的任務……

「大老闆似乎以提供情報與協助做為交換條件，要求亂丸讓葵小姐與我回到天神屋……而亂丸也同意了這筆交易。」

「……」

銀次先生放在膝上的雙手緊緊握拳，神情之中充滿感慨。

我看著這樣的他，又看了看表情不為所動的亂丸。

大老闆他……果然代表天神屋，在暗中協助著折尾屋。

「話雖如此，站在天神屋的立場，可不能就這樣善罷甘休。也不想想少了葵的這段時間，夕顏的營運狀況到底產生了多大的損失。」

「？」

白夜先生猛力攤開摺扇掩口。

這、這是白夜先生即將展開無情砲轟的前兆……

「亂丸殿下，我想你應該很清楚，一開始先動手的是你們。首先向天神屋下了『擄走葵』這張戰帖做為一切的序幕，讓隱世妖怪們全聚焦於南方大地即將舉辦的煙火大會，在看好戲的雷獸與妖都大老們所設計的腳本之中，將劇情帶往超乎預期的方向——這番本事確實令人敬佩。不過實在有點玩火玩過頭了。也不想想天神屋為此搞得雞飛狗跳。」

「……我知道，要我買單津場木葵的出場費還有夕顏的損失是吧？等一切結束之後，連本帶利全部還給你們。」

「哼，好吧。到頭來，也只有你跟大老闆在事發的那瞬間，便查覺到一切全是黃金童子大人的指示吧……不過就我個人而言，對此也有些許不滿。畢竟從表面上看來，天神屋完全扮演吃虧的一方。」

白夜先生俐落地闔起摺扇，往手心敲了敲。

那陣啪啪啪的聲響聽了讓人頗害怕呢……

「不過既然我們寬宏大量的大老闆下此決定，這次天神屋就好心吃點虧，讓儀式確確實實順利告終。你就讓妖都那些高官，特別是雷獸那傢伙啞口無言吧。」

白夜先生又甩開了摺扇，露出事不關己的表情朝著臉上搧風。

被單方面教訓的亂丸雖然一臉不爽，不過似乎還是勉為其難地接受天神屋高高在上的態度。

怎麼說呢……也許我一直以來完全誤解了。

從天神屋後山展開的那場騷動。

銀次先生與我被帶來折尾屋，到現在跟南方大地的儀式扯上關係——這一連串的事件……

原來檯面下藏著並非以「折尾屋與天神屋之間的反目」這些表面情由就能道盡的內幕。

關於這一點，大老闆跟亂丸兩人早已知情。

所以才會依循著某個劇本演下去，有時又反其道而行。時而對立，時而互助。

雖然彼此之間的恩怨與反感也許都是千真萬確的事實，不過現在卻能暫時拋下這些成見。

這究竟代表著……

「……」

身旁的銀次先生也從剛才就一臉複雜的表情，不知道他在思考些什麼……

「葵小姐有聽說過嗎？妖怪最喜歡充滿故事性的劇情。」

律子夫人緩緩說道。

「妖怪呢……尤其是那些被歸類於妖都貴族身分的大妖怪，特別有這樣的傾向，而其中又以雷獸大人最甚，他最討厭的就是一成不變的生活與太平盛世了。他們為了追求自己所期望的高潮迭起，把隱世裡眾多妖怪當成魁儡戲偶來操控，讓許多妖怪的妖生最後被迫以悲劇收場……對於缺乏刺激的妖都貴族來說，這是一種消遣娛樂，然而以我個人來說，實在難以接受這種行為。」

……律子夫人的口吻略為嚴厲，不像平常溫婉的她。

「畢竟我們夫婦倆也常成為宮中之輩的玩物，四處散播流言蜚語，或是被當成工具利用。在現在這個時代，人妖之間的婚姻是相當少見的，也許是一種陰謀吧。每次這樣被他們設計，都害小律很難過呢……」

「哎呀，縫大人真是的，我從來不曾覺得難過喔。雖然確實遇過種種難關，不過現在回頭看，已經能完全釋懷了。」

「那是因為小律妳是個堅強又高尚的女性呀。我想我一定是整個宮中婚姻生活最幸福美滿的男人了，沒錯沒錯。」

「討厭，縫大人真死相。」

「喂，那邊那對萬年蜜月期的夫婦，要打情罵俏回家再說。」

白夜先生一口氣打斷了妖王家夫妻的卿卿我我時間。

「……可以進入正題了嗎？」

亂丸看準時機開口，切入正題。

現場所有人都安靜了下來，亂丸見狀便朝身後喊了一聲「喂」。

後方的拉門隨之敞開，踏入房內的是小老闆秀吉。

他把之前向那隻大蟾蜍買下的蓬萊玉枝送了過來。

「雷獸大人耍了些卑劣的小手段，拐了那些可疑的人物過來，逼我們用高價買下這個。我想這……應該不是真品吧？」

「對啊，那是假的。」

白夜先生立刻回答。秀吉立刻雙手掩面，懊悔地仰天怒吼：「可惡！那隻死蟾蜍！」

「首先你們要知道，所謂的蓬萊玉枝並不是那種黏滿裝飾品，明顯寫著『我是寶物』的擺飾。不過這是用高級的寶石製成，感覺滿有看頭的，不如就放在旅館大廳裝飾吧。」

「哈！這可真是好主意呢。正好前陣子大廳才被退位的天狗大老搞破壞，現在缺乏一些裝飾。不如就當作旅館的特色賣點之一吧。」

對於白夜先生的提案，亂丸一笑置之，隨後對秀吉下令：「把這東西送去櫃檯。」

而秀吉似乎還很低落。

不過既然最後還是有用途不就好了嗎……這句安慰是不是很爛？

「所以真正的蓬萊玉枝是？」

銀次先生提問。白夜先生則瞄了縫陰大人一眼，彼此交換了眼神。

縫陰大人點了一下頭，便從身後拿出一只細長的盒子。他解開上頭的綁繩，打開盒蓋。

從中取出的是一根卷軸？不對，是一幅掛軸畫。

「我們所持有的蓬萊玉枝……就是這個。」

「……咦？」

在場所有人都露出不可思議的表情。

因為眼前的東西……跟「蓬萊玉枝」這名字給人的印象實在很難兜在一塊兒。

「好了，你們看仔細囉。」

律子夫人發出銀鈴般的笑聲，在詫異的我們面前攤開掛軸。

那是一幅濃淡分明的水墨畫，描繪著磅礴的山水景色。

我們更加毫無頭緒了。

「咳咳！由我來說明吧。」

白夜先生清了一下喉嚨，繼續說了下去。

「這幅掛軸畫，是縫陰殿下在現世生活時向京都某位妖怪骨董商所買下的。上頭的水墨畫是一片既存的結界空間。」

「既存的……結界空間？」

「沒錯，也就是俗稱的『間隙』。」

就連亂丸與銀次先生也不明白這番話的意思，似乎滿頭問號。

「這是一種在隱世鮮為人知的結界術，傳說是由現世歷史上著名的大妖怪所奠定的一門妖術。簡單來說，就是古早某段時期，生活在現世的妖怪必須製造出這樣的空間隱身才能活命。」

「……」

「這幅水墨畫也就是其中之一，被現世某個妖怪設定為『間隙』，是相當珍貴的東西。縫陰殿下基於收藏骨董的興趣便買了下來。至於……他本人買下這幅掛軸做何用途……」

「我跟小律不是常常去裡面旅行嗎？而且把金銀財寶藏在家裡也怕有個萬一，所以我都收進這幅掛軸裡頭，放在每個所到之處。簡單來說……就是我們家的倉庫吧。」

「沒錯，這個傻子把寄生在珍貴骨董品裡的結界空間拿來當倉庫使用！」

「……」

啊，他朝著高高在上的縫陰大人罵了「傻子」。

縫陰大人卻天真無邪地灑著小花，回了句：「真傷腦筋呀～～」一點都沒有生氣的意思。

「原來是這麼回事，也就是說，蓬萊玉枝存在於這幅水墨畫中所設定出的結界沒錯吧？」

「正是這麼一回事，銀次殿下。寶物就保存在畫中，只不過……」

白夜先生的表情總讓我覺得接下來不太妙。

「裡頭的空間非常廣大，光是要取回保管物就要費上不少工夫。」

「……啥？」

「沒錯，因為入口固定於一處，無法任意挑選起點，對吧？縫大人。」

「這點真是傷腦筋呢，小律，況且蓬萊玉枝已經扎根了。」

「我記得是種在山頂的某處對吧？現在應該已經長成很美的一棵樹了。」

「……」

現場持續了一段短暫的沉默，最後由白夜先生刻意發出的嘆息聲劃破這片寂靜。

「嗯，就是這麼一回事。這對夫婦認為把掛軸畫內的蓬萊玉枝出借給折尾屋沒有問題，不過總之必須進入水墨畫的結界裡找出玉枝。當然，負責付出勞力的就是你們。距離儀式剩下不到三天，就看你們選擇怎麼做了。」

白夜先生冰冷的藍紫色瞳眸與亂丸鮮明的海藍色雙眼互相交會。

「我明白……只要能拿到蓬萊玉枝，要我翻山越嶺還是付出任何代價都不成問題。」

亂丸馬上回答。

我能感受到他猛烈的氣魄，因為他打從一開始就沒有絲毫猶豫。

「是。蓬萊玉枝原本就是傳說中的珍寶，一直苦無管道入手，既然……現在有機會，當然不能錯過。亂丸，搜索的任務就由我負責吧。」

聽見銀次先生的這番決斷，亂丸「哈！」地一聲發出嗤笑。

「銀次，我可不能把尋寶這件事託付給你，再說你明明早就清楚自己不適合這種工作吧，畢竟你從小就是個散漫又粗枝大葉的傢伙，就連上次的人魚鱗片也沒找著。」

「你……我、我確實對於這種事不太擅長，可是……」

銀次先生支支吾吾。

雖然銀次先生一開始給人的印象相當溫和又纖細，不過越了解他，越發現到他也有男孩子氣的一面……

說到這，磯姬大人給我看的兒時影像，裡頭的銀次先生就是個調皮的惡童呢。

「亂丸你自己也不算特別優秀吧！」

「少囉嗦。就算真是這樣，我也不得不去，除了我還有誰能去？蓬萊玉枝是最重要的關鍵，可不能把這重責大任推給其他人。」

「亂丸你還要進行煙火大會儀式的最終調整，哪有多餘時間……」

「有秀吉跟寧寧在，還有時彥跟葉鳥，最終調整可以放心交給他們處理。」

「……」

「我的任務就是讓他們的努力有所回報，即使找到最後一秒，也要把蓬萊玉枝帶回來。」

亂丸的言語之中帶著強而有力的堅定信念，原來他比我想得還更信賴折尾屋的幹部們。甚至應該說，可以感覺到他至今為止如此嚴厲地選定幹部，就是為了在這個時代找到一群能百分百信任的夥伴。

銀次先生的表情有點不知所措。

應該是對於自己已不是其中之一有些什麼感觸吧。

「……」

我緊緊凝視著他。銀次先生發現身旁的我所投射的眼神，突然一驚，挺直了背桿。

「這、這個呢，葵小姐……不是這樣的，我們會好好完成任務，絕對會找到玉枝的！」

我心想必須對他說些什麼才行，但即使我張開口，依然發不出聲音。

其實我想問的是──「現在的我能幫上什麼忙？」

但是……我……面對緊要關頭而無能為力的自己，我感到很不甘心。

不但失去了準備儀式酒席的能力，這次蓬萊玉枝的事情想必也幫不上任何忙。

「話先說在前頭，出入結界空間是有一些限制的。進入空間後如果引起什麼問題，離開之後空間將會關閉一週的時間，期間無法出入。簡單來說，如果想為了儀式把蓬萊玉枝弄到手，機會只有一次。如果錯過了，就做好趕不上儀式的覺悟吧。」

白夜先生給予了這番忠告。

「而且結界空間內採自給自足制，裡頭自然生長的食物雖然能吃，不過還是準備一定分量的食糧帶去比較好吧。雖然再怎麼樣也只會待個兩天，不過裡頭是以現世妖怪為基準所創造的空間，隱世的妖怪進去之後，體力與靈力都會大幅減弱。應該會是一場殘酷的試煉吧。」

「啊啊……就是生存遊戲對吧！」

「嘖！看來行囊會很多啊，靈力消耗得太劇烈這一點也很棘手。」

銀次先生抱頭苦惱著，亂丸則顯得很煩躁。

「何必這麼焦急？把葵一起帶著當廚師不就得了？」

「！」

白夜先生隨口說出的提議，讓在場所有人都暫時失語。

然而我馬上就明白，用藍紫色雙眼凝視著我的白夜先生這番話裡的意思。

「葵做的料理……本來就該運用在這種時候，不是嗎？」

「可、可是，白夜先生，葵小姐她現在身體不適，要爬山涉水實在有點……」

銀次先生顧慮到我的身體狀況而十分抗拒，然而──

「這種小事我可以幫忙想辦法解決，我這裡有天神屋的藥湯。」

白夜先生從袖口內掏出了一罐咖啡色的小瓶子。

「葵，妳決定怎麼做？被那隻雷獸玩弄於股掌之中，妳應該不會默不吭聲吧？若妳有相當的覺悟，我也把這瓶藥送給妳。」

「……」

我稍微躊躇了一會兒，因為我知道自己會成為不小的拖油瓶，連累大家。

（我也要一起去。）

然而我在記事本上寫了短短這一句。雖然心裡還是有不安，不過正如白夜先生所說，我可不想因為雷獸而幫不上大家任何忙。

而且，手上的珊瑚手鍊散發著非比尋常的溫度。

感覺就像是在對我傾訴著什麼。

「葵小姐，請您不要逞強！我們一路以來已經受您太多幫助了。」

「……沒錯，津場木葵，妳跟著我們只會成為拖油瓶。事到如今別再強出頭了。」

銀次先生的擔憂與亂丸的主張我都懂。

但是我全神貫注地在記事本上大力寫下一字一句。

（可是，我做的料理能讓妖怪恢復靈力！）

「！」

現在的我沒有味覺。

如果調味出什麼差錯，也許會做出很難吃的料理。

但是這次的目的不是品嘗美食，而是「恢復靈力」——讓大家能精力充沛地行動。

沒錯，我的料理也算是一種妖術，是爺爺在生前所親手栽培的。

我想我應該還派得上用場，對吧？磯姬大人。

「呵……好吧。雖然連站都站不穩，不過能感受到妳的鬥志。」

白夜先生再次在我們面前拿出藥瓶展示。

仔細一看，瓶身標籤上用誇張的字體寫著「天神藥湯《Hyper》」。

「這是位於天神屋地底的溫泉師研究室所研發的天神藥湯《Hyper》，是目前最強效的新款。

雖然不能完全解除葵身上的詛咒，不過至少能恢復體力吧。」

「天神藥湯《Hyper》……竟然已經開發完成了嗎？」

從銀次先生的反應看來，這似乎是天神屋幹部眾所矚目的什麼神藥……

然而《Hyper》讓我非常有想吐嘈的衝動，為什麼硬要加英文？而且從白夜先生口中說出……更讓人覺得超突兀的，感覺有點可怕。

「這是溫泉師靜奈在我離開天神屋之時，放在攪拌溫泉用的長木板上遞給我的藥。她說要是葵有什麼萬一，就讓她服用這個。她似乎全身發抖得很厲害，不過也是老樣子了。」

靜、靜奈……竟然為了我請白夜先生把這瓶藥帶來，她應該很怕他吧。總覺得感動得想哭。

「好了，葵小姐，請您快點服用吧。如果是靜奈所製造的藥湯，療效是有掛保證的。」

「雖然味覺遭到強力的封印，不過身體狀況若能先顧好，至少聲音是有可能立刻恢復的。會被酒的靈力灼傷喉嚨，也只是受到詛咒影響才惡化成這樣。只要打起精神，這點小問題輕鬆就能解決。葵，這全看妳的意志了，展現妳的骨氣吧。」

「啊，不過我記得藥湯喝起來非常苦呢。」

「這不成問題吧，她又沒有味覺。」

「說得也對呢。」

銀次先生與白夜先生輕描淡寫地帶過這一點，用力掰開我的嘴巴，然後隨興又豪邁地把藥湯灌進來，一邊頻頻對我精神喊話：「葵，拿出骨氣！」

啊、唔啊啊……好痛苦，雖然感受不到味道，不過藥湯的口感非常黏稠，難以下嚥。

……奇怪，不過一嚥下去之後，突然感受到一股強烈睡意。

「要說這帖藥有什麼副作用，就是會馬上犯睏吧。」

「不不不，葵小姐現在正需要靜養身體，所以再好不過了。」

「關於掛軸畫的事情，還想跟兩位深入請教一下，不知道方便嗎……」

遠遠能聽見在場其他人的對話……

然而我的意識卻逐漸遠去。

第五話

蓬萊玉枝生存戰（上）

隔天醒來時的通體舒暢感，讓我覺得相當熟悉。

就跟以前泡完天神屋溫泉後，隔天起床時的感覺一樣。

也許是因為睡得很熟，沒作任何夢就一覺到天亮。

或許其實有作夢，只是我也不記得了。

昨晚那種不舒服的感覺和頭疼都一掃而空，身體狀況相當好。

這裡是，折尾屋的醫務室。

「？」

我猛然回神，坐起了身子。

現在幾點了？我到底睡了多久？

該不會銀次先生與亂丸早就先行出發了吧？

「葵小姐，早安。」

啊，是銀次先生。身穿日式圍裙的他，踏進了這間裝潢簡陋的白色房間。

他手上端著方形高腳餐盤，將餐盤放在床被旁邊後，他便伸手摸上我的額頭。

「看來燒已經退了呢，不愧是天神屋的藥湯。」

「……」

看見銀次先生出現，讓我放下了心中大石

「葵小姐，您看起來明顯鬆了一口氣耶？」

我頻頻點頭，企圖開口說話，果然還是發不出聲。於是我拿起擱在枕邊的記事本與筆，寫了「我緊張死了！」這麼一句話。

銀次先生笑出了聲，我可是真的心急如焚耶！

我不假思索地鼓起雙頰表達生氣，在找回聲音之前，我可能會先成為扮鬼臉達人。

就在幾乎同一時間，咕嚕聲從我的肚子傳了出來。銀次先生又開始輕笑。

「這也是難免的，畢竟葵小姐您從昨晚就沒好好吃過一頓飯。所以我請雙鶴童子一起幫忙，試著自己為您準備一份早餐。」

「……」

「雖然沒能做出像葵小姐那麼美味的料理……」

銀次先生露出苦笑，他將餐盤放往我的膝蓋上。

哇～～是稻荷壽司！

而且是用油豆皮做為容器當底，最上面擺上鮭魚卵、蛋絲、豌豆莢與雞肉鬆，還有切丁的山藥與小黃瓜，裝飾得相當繽紛又可愛。

裡頭裝的是混入什錦配料的醋飯，有蓮藕、牛蒡、紅蘿蔔及翠綠的毛豆，用料十分豐盛。

還附上醃漬白菜跟放了麥麩的清湯。

「雖然葵小姐偏愛基本款的稻荷壽司，不過真要我選的話，還是以賣相漂亮、口感好，而且營養豐富為優先考量，所以就做了這種款式的。雖然不知道滋味如何，不過……希望您能吃得開心。沒錯，這是我……全心全意為您做出的料理。」

「……」

銀次先生的笑容雖然有點害臊，不過仍相當和藹可親。

全心全意這句話實在很像為人真誠的銀次先生會說出的話，讓我胸口湧上一陣感動。

不知怎麼地，總覺得好開心。我的嘴角不禁顫抖。

我不想被他發現這副糗樣，於是拿起一貫稻荷壽司，大口咬下。

滋味如何……我還是嘗不到，不過我能從口感來想像。

在口中一顆顆迸裂的是鮭魚卵。

鮭魚卵所帶的鹹味，與配料豐富的醋飯和甜甜的豆皮應該非常搭調吧。我完全能想像嘗起來是什麼味道，果然讓人食指大動。

其他還有爽脆的豌豆莢、嚼勁十足的牛蒡以及顆顆在口中翻滾的毛豆，能感受到各種食材的新鮮口感。

我用鼻子品味了隨餐附上的清湯，確認高湯所散發出的香氣，啜飲了一小口。

啊啊，麥麩軟綿綿的口感及入喉的滑順度非常棒。

口感、香氣、入喉的感覺——以前的我，有曾像這樣運用舌頭以外的感官來充分品味料理的美味嗎？

不光是吃起來的味道而已，料理能享受的其他樂趣還多得是。

還以為自己早已清楚這一點，不過透過這次又再度有了深刻的體悟。原來銀次先生就是為了提醒我，才為我做出這盤料理。

空腹的痛苦已經舒緩……我感受到整個人被治癒，不論是身體或心靈。

「請問……如何呢？」

銀次先生一臉擔心地在旁邊窺探著我用餐的狀況。

明明他總是對我的料理給予豐富的回饋與建議，我卻吃得太陶醉了，完全忘記發表感想。

我嚥下口中的食物，笑而不語，用力地點頭。

然後我暫時擱下筷子，舉高雙臂比出一個大大的圓圈。

「太好了！您能享受到用餐的樂趣，那就再好不過了。」

「……」

銀次先生，謝謝你。

他總是那麼地溫柔。就連今天也是，比我起得更早，替我準備了這麼一份精心製作的早餐，如此全心全意。

昨天一直處於不安的我，現在已感受到內心湧現出勇氣，真不可思議。
沒錯，我還能享受「吃」這件事，而且沒有忘記「吃」所帶給我的喜悅。
我猛力拍響雙頰，打起精神。
「好！」
「嗯？葵小姐？」
奇怪，剛才的聲音是……
「難道我……發出聲音了？」
「是的，沒有錯，您開口說話了！」
銀次先生非常激動。
「太好啦！白夜先生說得果然沒有錯，您的聲音馬上就先恢復了。」
「嗯嗯。不過味覺……果然還是不知道何時能找回來呢。」
即使如此，我還是露出了得意洋洋的表情，愉快地掃空眼前的料理。
我吃、我吃、我繼續吃——我要好好補足精力，迎接今天的挑戰。
大家都各自在崗位上努力，我也想共同奮戰到最後一刻。
「啊，葵小姐！早安～～」
小不點在窗邊現身，輕巧地跳起朝我飛撲過來，跌在我的床被上又翻滾了一圈。
「小不點，你已經沒事了？」

「啊，葵小姐可以說話惹嗎？我去幫頭上滴盤子補充水分，現在活力百倍。今天我不會離開您一分一秒惹！」

昨天小不點被雷獸用手指彈飛，整個人觸電了。不過現在已經完全恢復精神，說著這些甜言蜜語，然後發出「嘿咻嘿咻」的吆喝聲爬上我的肩膀，畢竟這是專屬他的位置。

「銀次先生，我想做些東西帶去那個水墨畫裡的空間，可以讓我回一趟舊館廚房準備嗎？」

「當然行，真期待葵小姐會做些什麼料理呢。」

「……我們的任務是找到蓬萊玉枝唷。」

「我當然明白。」

銀次先生露出淘氣的表情，看起來似乎很開心。

「津場木葵，妳真的打算跟我們同行是吧。」

亂丸在自己的辦公室內盤起雙臂，一臉臭屁地由上而下瞪著我。

我身上背著裝滿各種行李的竹簍，兩手扠腰露出堅定的表情。

「當然啊。我不是說過了？我的料理能幫助妖怪恢復靈力，就算難吃也要你們吞下去。」

「哈！能開口說話了是吧。藥湯見效了？」

「是因為銀次先生把真心託付給我。」

「等等，葵小姐您……」

銀次先生雙頰染紅，似乎感到很難為情。

亂丸無言地看著這副景象，隨後攤開桌上的水墨掛軸畫，銀次先生與我湊近凝視那幅畫。

「我們要怎麼進去這裡面？」

「用鑰匙，這空間有上鎖。」

白夜先生的聲音傳了過來，他穿著折尾屋的浴衣配上短版的外褂，大搖大擺地踏進辦公室。

不過總覺得他看起來似乎有點睏……

「我向他們夫婦倆拿了開啟空間的鑰匙過來，由我來幫忙開鎖。」

「白夜先生，真難得看你一臉睏意呢。」

「是啊……昨晚被迫陪縫陰殿下喝酒，他酒量可過人了。」

不愧是白夜先生，與縫陰大人是老交情了……應該說，我記得他是負責指導縫陰大人的老師對吧？他是那種難以拒絕學生請求的老師嗎？

「在你們回來以前，卷軸跟鑰匙就由我保管。想出來時就把這張聯絡符扔往空中，這東西就由葵帶在身上。」

白夜先生從懷裡取出一張符遞給了我。我將符紙折好，放入原本夾在腰帶的小袋子裡。

「還有，給你們一個忠告。昨天我也說過，蓬萊玉枝已在這個空間裡扎根茁壯，長成了大樹。那是生命的靈樹，讓空間內的環境都受其影響。而樹上會長出祈願的玉珠，當裡頭起濃霧時，你們心中所懷抱的願望可能會化為幻象出現在眼前，必須特別小心留意。」

……幻象？

「就是這麼回事，你們可以趕快動身出發了。我也想去泡個晨湯了。」

「……」

白夜先生似乎趁這次機會盡情享受了旅館的豪華服務，跟阿涼完全沒兩樣啊……

「幻想山水水墨畫，解鎖。」

這就是開啟結界大門的咒語跟手續嗎？

白夜先生將鑰匙抵上水墨畫正中央，於是畫布上泛起了水紋。

鑰匙已有一半沒入水中。喀嚓一聲，白夜先生轉開了鎖。

四周霎時風雲變色。原本處於亂丸辦公室的我們，被團團湧現的灰雲所包圍。煙消雲散之時，我們已身處於未知的空間。

「哇～～」

這是個黑白灰階的世界。

眼前的景色彷彿貼上了墨汁渲染的材質貼圖，呈現水墨畫的質感。

草木蒼鬱，遠方傳來的鳥鳴聲相當奇特。

在高空振翅飛翔的鳥兒，有著相當美麗的水藍色羽毛；在草原上四處彈跳的青蛙，身上是帶著透明感的綠色。

隔了一段距離觀察著我們的兔子，有著粉紅色的可愛毛色；在小溪裡徜徉的魚兒則是黃色。世界裡的背景明明是灰色，其中的生物卻帶有繽紛的色彩。

銀次先生、亂丸與我三個人啞口無言，在原地呆站了一會兒。

「這裡是……森林？」

「與其說森林，應該是山裡吧。我從縫陰殿下那邊拿到掛軸內部地圖的謄本，他說如果要找到蓬萊玉枝，應該先往山頂前進，沿路依循彩虹色的靈力，應該就會指引我們前往蓬萊玉枝的所在位置吧。」

「彩虹色的靈力？這空間裡有那樣的東西嗎？」

「沒錯。那位白夜殿下也說過，這空間受到蓬萊玉枝的影響，各種動植物自然湧現並棲息於其中，就是指那些富有色彩的東西吧。他說什麼蓬萊靈樹是孕育生命的傳說之樹，所以會持續散落彩虹色的靈力之類的。雖然聽不懂他在說啥，不過總之他說見到靈樹我們就會明白一切了。」

「……」

「這裡的生物或植物似乎都可以食用。聽說縫陰夫婦也常來這裡遊山玩水，摘取山菜或是垂釣，享受一下健行樂趣。有時候玩到迷路，最後得靠白夜殿下來把兩人接回去……」

「白夜先生也真是辛苦了……」

亂丸與銀次先生雙雙望向遠方。然而他們似乎現在才發現彼此自然而然地對話著，互相「哼」了一聲便撇過頭去。

「你們兩個，這種時候就把兄弟間的爭執拋諸腦後啦。」
「我們並沒有爭執。」
「哈！全都怪銀次自己太孩子氣。都過了這麼久還這副牛脾氣，害我也吃了不少苦。」
「亂丸，你才是死不反省自己蠻橫的態度，我也很無奈。」
犬狐之間的戰火彷彿擦出了電流，啪滋啪滋作響。
「好了好了，你們乖……果然不能把這次任務安心託付給你們倆。」
我有跟過來似乎是正確的選擇，畢竟他們根本毫無齊心協力的打算。
「這次的目的是蓬萊玉枝沒錯吧？不找到怎麼行。」
「輪不到妳來發號施令，津場木葵。走啦，要開始爬山囉，你們這兩個僕人。」
自我中心的亂丸把我們稱為僕人，大步大步往前邁進。
我與銀次先生面面相覷，發出了誇張的嘆息。
「啊，銀次先生你看，有香菇。」
「哇！真的耶。這個是蜜環菌菇！可以做為食材。」
然而我們還是老樣子。
我們發現倒下的巨大古木上長滿了數量驚人的蜜環菇菌，一朵朵開著亮褐色的傘帽，於是急忙開始採集起香菇。
「喂，你們在幹什麼？不快點跟上我就不管你們了！」

想當然，不耐煩的亂丸開始怒吼。

即使嘴上如此說著，他還是在稍前方停下腳步，盤起雙臂仰著上半身，一副臭屁的姿勢等我們從後頭趕上。

接著，只能用多災多難來形容接下來的旅途。

在爬著漫長的上坡路時，突然開始降下傾盆大雨。

前方道路被坍塌的土石阻塞，於是我們便先跑進了偶然發現的老舊石造小屋裡避難。

才剛出發就遇上這種事，接下來的旅程令人擔憂，用盡手段也得在明天日落前找到蓬萊玉枝回去才行啊……

「幸好這邊剛好有個建築物……」

「這裡是……哪裡？」

小屋裡非常昏暗，銀次先生便點起狐火來照明。

「哇……這裡全放滿了書。」

這間小屋以整面牆為書櫃，可謂汗牛充棟。

「說到這，縫陰大人與律子夫人的興趣就是閱讀呢。記得兩人也是在書店邂逅的。」

「看起來全是古書呢，總之恕我們暫時借用來躲雨囉。」

我卸下行李，從竹簍中取出長手巾，各自擦拭著被雨沾濕的臉跟手臂。

旁邊就緊鄰著架高的客廳與地爐，於是我們便點火取暖，在這休息片刻。

「我做了烤牛肉的烤三明治帶來當便當，就當成午餐稍微填個肚子吧。」

「啊，真不錯呢。」

「喂，你們打算在這裡吃飯嗎！就算下雨我也要繼續前進。」

然而亂丸不顧外頭下著豪雨，獨自把行李擱在小屋內便打算離去。

「啊！等等啦，亂丸！」

我急急忙忙追往門口，卻只來得及目睹他化身為一身亮麗褐色皮毛的犬神，英勇地蹬著雨水往山上奔馳的背影。

「……跑掉了。」

「您不用擔心。亂丸如果化身為那副姿態，根本不會把這點雨放在眼裡吧。他是打算先找到通往山頂的其他路徑，待會兒雨停後才能馬上動身前進。」

「……銀次先生真的很清楚亂丸的一舉一動耶。」

這番話讓銀次先生露出為難的表情，然後笑了出來。

接著他搖了搖頭。

「不，我認為自己從未了解過他。」

「……」

凝聚於銀次先生睫毛上的雨滴，在他低頭時滑落而下。

銀次先生的雙耳垂得低低的，我輕拍了拍他的背。

他對於亂丸的所作所為，應該某方面有刮目相看了吧。不，銀次先生打從一開始就深深信賴著亂丸吧——除了在對方面前以外。

只是面對本人時他就無法變得坦率，因為彼此是最親近的兄弟。

想必亂丸也是同樣的心情……

「那不然這樣，我先做點什麼熱騰騰的東西，讓亂丸等會兒回來就能馬上享用。我想他待會兒一定會累壞吧。試吃的工作……就拜託你囉。」

「……好的！」

銀次先生幹勁十足的回應讓我感到安心。我翻找著扛來的行李，取出裝滿烤牛肉三明治的竹盒。由於盒蓋上貼了用冰柱女產的冰片所製成的保冷劑，在現在這種季節也能讓食物常保新鮮。

「哇！昨天的烤牛肉搖身一變，成了這麼豐盛的三明治。」

「對吧？雖然不是來野餐的，但三明治是最經典的戶外午餐呀。幸好有先烤吐司。」

「裡頭除了夾有滿滿的烤牛肉，還有豐富的蔬菜耶。」

「嗯嗯，洋蔥絲跟蔥花之類的本來是用來佐烤牛肉的配料，就這樣直接夾進麵包裡一起吃，醬料則用了烤牛肉的醬汁加上美乃滋來調味。」

幾乎全數使用昨天剩餘的食材來加以變化，完成這道厚度驚人的烤牛肉三明治。

烤牛肉原本是發祥自英國的傳統料理，也是星期日才會上桌的大餐。使用一整塊的大肉塊來製作，想當然無法一餐吃完，因此剩餘的份就留待隔天做成三明治或是牛肉燴飯。是就算到了隔天依然能享用美味的變化版料理，甚至可以說隔天吃更入味。

「這就做為午餐的主食吧。如果能再配個熱飲也許不錯。」

「熱飲是嗎？」

「呵呵，我帶了個好東西來。」

我從行囊裡拿出某個懷念的東西。

現世風格的外包裝非常好認——就是可可粉。

「這、這是……那次的可可粉。」

「沒錯，就是那次的可可粉——吩咐去現世出差的大老闆買巧克力，結果他買錯的東西。」

銀次先生當時也調侃了大老闆一番，所以似乎記憶猶新。

先前喬裝成魚舖店員的大老闆為我送來一大堆行李，最底層就塞著這個可可粉。我心想應該總有一天能派上用場，沒想到……竟然會在這地方用到呢。

「身子要是著涼了也不好，而且可可含有豐富的營養。我還順便帶了一罐椰奶過來，想說跟烤三明治一定很搭。」

「嗯！嗯！可可聽起來真不錯呢，我還沒有喝過這種飲品。」

「是喔？熱可可很美味的喔。我推薦的做法是使用無加糖的純可可粉加上蜂蜜，好好地用鍋子來慢煮。」

通稱為鍋煮熱可可。

首先在鍋底放入可可粉，還有分裝成小瓶帶來的蜂蜜，攪拌均勻。

打開罐裝椰奶倒入少許至鍋中。雖然一開始呈現凝固狀，看起來很像優格，不過下鍋加熱便會化開來，再一邊視狀況酌量添加。

椰奶不同於一般鮮奶，特色在於富含椰子的獨特香氣，口味也比較清爽。記得這也是跟喬裝成茶館店員的大老闆買來的呢……

不過話說回來，在和式的地爐煮著熱可可……

「嗯～～真是神祕的東西文化融合呢……」

鍋子裡的可可呈現淡淡的褐色，煮得冒泡。

香甜的氣味馬上瀰漫整個空間，讓我不禁發出「哈～～」的讚嘆聲。

「你聞你聞，這種可可特有的香味，總覺得讓人十分懷念呢。而且還加了椰奶，所以同時帶有南國情調。」

「等不及想嘗嘗呢。」

「別急別急，我先把帶來的碗拿出來擺好。」

用碗來盛裝可可——而且還是加了椰奶的，雖然有點詭異，不過現有的容器也只有這個了，心情簡直就像在喝紅豆湯……

「喂。」

「啊，亂丸。你回來得比想像中還早呢……」

正當我拿著湯勺盛裝熱可可時，傳來亂丸的聲音，於是我便望向門口。

「……呃，是說——你是亂丸沒錯吧？」

然而站在那兒的並不是離開時所看到的巨大犬神，而是隻被雨淋濕，看起來狼狽可憐的幼犬。

「哇，沒想到你這麼快就耗盡靈力啦，亂丸～」

銀次先生伸手拄著自己的下巴，露出了冷笑。

這就是被葉鳥先生稱為黑銀次的模式嗎？

「銀次你少囉嗦！化為獸型本來就很消耗靈力！」

幼犬發出尖銳的吠叫，總之我先拿著乾手巾過去，大動作地擦乾他身上的毛皮。真沒想到堂堂的亂丸也會化身為這麼小巧又毛茸茸的可愛傢伙……

「哎呀，真可愛。這不是豆柴犬嗎？」

「妳這傢伙！竟然對我說什麼可愛！」

「嗯，真是可愛滴小狗先生，比起信長可愛多惹，長得就像布偶呢。」

「你這隻小不拉嘰的河童！這世上不可能有比信長更可愛的狗！」

亂丸揮舞著四隻腳掙扎，連小不點也罵了一頓。

他似乎是對於自己以這副模樣示人感到相當難為情，便咬著手巾一邊拖地一邊前進，走到地爐旁把身子縮成一球。

這樣的態度又讓人覺得更可愛了。

「成了這副模樣，亂丸也形象盡失了呢。」

「獸系的妖怪只要一弱化，都會變得那麼落魄的……」

銀次先生似乎因為自己也有過相同經驗，所以露出苦悶的表情。

亂丸從手巾中微微露出鼻頭，一邊抖動一邊嗅著氣味。

應該是發現眼前地爐上所垂掛的鍋子正散發出香甜氣息吧。

「喔喔，這是熱可可喔，加了之前在港口買的椰奶所煮成的。」

「加了……椰奶？」

「沒錯。亂丸，你資助了椰子食品加工業對吧？像椰果現在也蔚為一股流行，成了港口茶館的人氣商品喔。」

「……」

亂丸一語不發。不過銀次先生聽完我提供的這項情報之後雙耳一抖，驚訝地望向亂丸。

我將裝好熱可可的碗擺到亂丸面前。

「喝點熱的暖暖身子吧，還有烤牛肉三明治喔，用昨天剩下的材料所做成的。」

「真是偷懶的料理啊。」

「少囉嗦，小心我把你三明治裡的烤牛肉全抽掉喔。」

我用來程路上所摘取的蜂斗菜葉片當盤子，裝了一份烤牛肉三明治擺在亂丸面前。

「來，銀次先生也快嘗嘗熱可可跟三明治……只是把昨天做的烤牛肉夾麵包，所以我想味道應該沒問題。可可的甜度我調得比較低，可以依照個人口味加一點蜂蜜。」

「……可可這飲品，喝起來有股令人放鬆的感覺，我喜歡這樣恰到好處的甜度。現在正嫌身子有點冷，有這杯熱飲實在謝天謝地。」

銀次先生端起碗啜飲著熱可可，露出一臉暖烘烘的表情。接著他拿起烤牛肉三明治，一臉興奮難耐的表情大口咬下。

「嗯！我……這是第一次吃到烤牛肉這道料理，感覺會成為我的最愛，基本上我是喜歡生肉的。」

銀次先生不知為何一本正經地看著我。

「不愧是肉食性動物呢。」

「裡頭雖然夾了滿滿的肉，不過搭配佐料一起入口，吃起來不會覺得太過負擔，反而很健康，配上烤吐司更是一絕呢。比起軟綿綿的吐司，這種酥脆的口感跟柔嫩多汁的烤牛肉更搭。」

「的確沒錯。烤過的吐司不會吸入太多肉汁與醬汁，而使口感變差。這次用烤吐司也許是正確的選擇，而且吃起來也方便。」

正當我跟銀次先生閒話家常的同時，在場另一隻肉食性動物又將鼻頭鑽出手巾外，一邊抖動一邊嗅著香味。

「亂丸如果吃得下也嘗嘗看吧。如果不好吃也不用勉強吃完，再給你烤香菇什麼的。」

「那樣也是滿讓人不爽的。」

「那不然你先喝喝看熱可可嘛，能讓你恢復元氣喔。」

「……」

「這是用你賦予期待所投資的椰奶所製成的飲品，你總不會嫌棄了吧？」

「哼。」

亂丸站起蜷縮的身子，伸出舌頭朝碗裡的熱可可舔了一口。

「……好可愛。」

豆柴犬在喝熱可可耶，讓我忍不住猛觀察他的一舉一動。

「喂！妳這傢伙，緊盯著別人的臉看什麼看！」

「嘴邊還沾著可可，這樣威嚇人也只會覺得你更可愛囉，亂丸。」

「嘖！」

亂丸雖然一副不耐煩，不過還是朝擺在峰斗菜葉上的烤牛肉三明治，豪邁地大口咬下。他一句感想也沒發表，好像已經放棄掙扎似地大口大口吃著。

吃相雖然頗為狂野，不過由於仍是豆柴犬的身型，看起來依然好可愛……

「……嗯？」

結果不出所料，「砰」地一聲，亂丸被一陣煙霧所包圍，隨後變回原本的人樣。

他整個人還處於半淋濕的狀態，一頭亮麗的長髮帶著水氣……食物沾得滿嘴都是……

現在的他變回成年男性的模樣，長有犬耳跟尾巴。基本上已經算是平常的亂丸了。

「太好了，料理的功效有確實發揮呢。」

我鬆了一口氣。雖然嘗不出味道，不過對料理本身的療效似乎沒有影響。

「喔喔……原來如此，這就是妳擁有的力量啊。」

「嗯？你說料理嗎？」

亂丸拿起剛才裹在身上的手巾，一邊冷靜地擦著嘴一邊說道。

「我可不是在誇獎妳，不過光是吃下妳做的料理就能如此快速恢復，從這一點來看，妳的力量真不是蓋的。至於口味……馬馬虎虎囉，不過對我來說有點不夠甜。而且我是米飯派的。」

他還順便若無其事挑剔了一番，隨後在熱可可裡加了滿滿的蜂蜜後一飲而盡。

可、可惡啊……亂丸這傢伙乍看明明走狂野路線，竟然意外嗜甜。

「……難不成，是我調味失手了嗎？銀次先生。」

「不，只是亂丸他極度偏愛甜食罷了。應該說，南方大地是全隱世裡調味最為偏甜的地區，亂丸的口味自然也就被這片土地同化了。」

「原、原來如此……」

在現世的日本也有一樣的傾向——越往南走口味就越偏甜，醬油口味的差異也是相同道理。

隱世的妖怪普遍來說本來就喜歡偏甜的口味，不過原來其中也是有地域性的差異呢。

「下次我一定要做出更合他胃口的好東西，讓他心服口服……」

我暗暗下定決心，大口大口吃著對我而言沒有味道的三明治，享受加了椰奶的熱可可所散發的香氣，再一口口啜飲。

好了，現在肚子也填飽了，我一邊收拾善後，一邊等待雨停。

銀次先生與亂丸則各自沉浸於屋內的書本之中。

「銀次先生，你在看什麼書呀？」

「葵小姐，實在不得了，這裡的藏書全是平常難以入手的珍貴書籍。像這本竟然是來自常世的書，裡面記載了海巨人的資訊，也就是所謂的海坊主。」

「海坊主的資訊？」

書裡使用漢字與片假名，附有海坊主的圖像與說明文字。

裡頭所描繪的海巨人從海面露出黑色的頭部，看起來果真如巨人般龐大。

海巨人——

生於常世之妖怪，

誕生於人類與妖魔的戰爭之中。

掌管不淨之物。

常世之人視其為棘手之物，

封印於大海彼端的間隙之中。

「？」

上頭寫的說明看得我一頭霧水。

只不過配上外頭的暴雨，以及室內昏暗微涼的氛圍之下，讓我感到背脊一陣惡寒。

海巨人……海坊主……

來自與常世相連的大海彼端，他的真實身分究竟是什麼？

位於書庫深處的亂丸也一臉嚴肅。

「咿咦咦咦咦咦咦！」

原本在門口的水坑玩著水的小不點突然發出怪叫，讓我們三個嚇得一抖。

「怎、怎麼啦？發生什麼事？」

「葵小姐，請快看看天空，不得了惹！」

小不點伸手指往上空，於是我們趕緊跑出屋外。

「那、那究竟……是……」

我嚇呆了，因為下著雨的灰色天空中，出現一整片閃耀著蛋白石般霓彩的大型結晶，像雲彩一樣流動著。

「恐怕那就是彩虹色的靈力。」

「咦！就是那個嗎？」

「快追上去！」

亂丸一聲令下，我們便匆匆忙忙背起行囊，離開了這間小屋。

我們在雨中追著那片雲彩的軌跡奔跑著，但流動的速度比想像中來得快，最後融入遠方的空中，消失無蹤。

我們在雨中淋得全身濕透，失落地垂下了肩膀。

「嘖！跟丟了嗎？」

「下次由我追上去吧。」

銀次先生自告奮勇，然而亂丸卻搖了搖頭。

「不，在這空間裡獸化會消耗異常大量的靈力。因為這是由現世妖怪所打造出的結界，所以應該最適合維持人形吧……總之只能先繼續往山頂前進了。畢竟現在可以確定的一點就是玉枝位於山頂。」

接下來仍持續下了一陣子的小雨，而我們用附近一帶所生長的蜂斗菜葉片做為雨傘，繼續在山路之中前行。

雖然感覺有在往上爬，不過也不清楚究竟爬到了多高。

途中，雨停了。

銀次先生幫忙下溪捕了魚……半路上也採集到新鮮翠綠的醋橙……

不久之後，這片灰色的世界也來到夕陽西下的時刻。

原本像是陰天般的昏暗天空瞬間轉為黑夜，我們依靠狐火與小愛的鬼火為照明，繼續行走在山路之中。

途中我們踏入一片巨木森林，景色與先前完全不同。

咕……咕……

貓頭鷹的叫聲傳來，一雙雙色彩繽紛的眼珠浮現於黑暗中閃爍著光芒，讓人感到戰慄。

牠們低頭俯視著，目送我們前進的身影。

在夜色之中走了好一段路的我們，完全感覺不到這片漆黑的森林有盡頭。

「今晚就先到此為止如何？再繼續前進可能有危險。我們就在這邊歇息，等天色亮一點再出發吧。」

沒有任何線索的我們，只能一個勁兒往山頂爬，而且連自己的所在位置都毫無頭緒。

正因如此，才不能亂消耗體力……

「嘖！距離山頂到底還有多遠啊。」

「心急可是大忌，畢竟明天才是關鍵。」

「不需要你來對我說教，銀次。」

「……」

亂丸與銀次先生靜靜地怒瞪彼此。

真是的，你們兩個已經不是小孩了耶。

「咿！」

一陣近在身旁的拍翅聲突然出現，我還沒能看清楚是什麼東西就先嚇得整個人彈了起來，頭撞上一旁銀次先生的肩膀。

「葵小姐！您沒事吧！」

「剛才旁邊有……嗯？這什麼東西？」

我發現到一旁的樹上結著一顆顆圓滾滾的果實，便請鬼火小愛幫忙照明，仔細端詳了一番。

「啊啊啊！這個是無花果！欸欸，是無花果耶！」

「吵死了，無花果又怎麼了。」

「今晚的甜點有著落啦。」

亂丸淨說些「這種東西又填不飽肚子」的話來挖苦我，背對著樹幹一屁股坐了下來。

銀次先生則回我：「這裡還有櫻鱒魚、蕈菇跟峰斗菜喔。」

他從竹簍裡拿出傍晚捕到的淡水魚「櫻鱒」，還有白天採集到的蜜環蕈菇。

「中午吃的烤牛肉三明治感覺老早就消化完了，現在肚子非常餓呢。」

「我也是。」

總之我們倆餓得不得了，我想亂丸一定也是。一部分也是因為爬了一整天山路，大量運動所以餓得快。不過我想主要原因還是在於這地方對妖怪來說，靈力消耗得特別快。

我喊了聲「好！」打起精神，便從行囊裡拿出鍋子，馬上準備烹煮料理。

亂丸手拿著這片水墨畫世界的地圖謄本，不知道在沉思些什麼。同一時間，我則跟銀次先生一起生好了篝火。

「您打算做什麼料理呢？」

「這個嘛……用櫻鱒做炊飯，搭配串烤蕈菇怎麼樣？我有把剩餘的培根與起司帶過來，跟蕈菇一起串一串拿去火烤……」

「喔喔，那一定非常美味。」

「啊，對了對了。其實在出發前啊，我從時彥先生那邊拿到了小番茄，他說這營養價值可是非常高喔。把小番茄用培根捲起來，一起串上竹籤豪邁地下火烤吧。就決定做起司培根、蕈菇還有培根小番茄這三種口味了。」

我一邊說明，一邊快速準備好串烤用的材料，用雨水洗過擦拭乾淨，串在特別帶來的竹籤上。依照培根小番茄、蕈菇、培根起司捲的順序一一串起，擺放在先前用來擋雨的蜂斗菜葉上。

櫻鱒也抹上鹽插上竹籤，一同擺著備用。

「炊飯要用到的櫻鱒也先串起來火烤一遍喔，因為會用到一整條。」

「一整條櫻鱒？」

「呵呵，成品看起來會很豪華喔。啊，對了。既然機會難得，把蜂斗菜也一起放進去好了。必須先燙過去筋才行。」

「啊，這就讓我來幫忙吧。」

銀次先生勤快地幫忙處理蜂斗菜，挑除纖維。

我想他一定會成為一位好老公的……

「哪像亂丸……感覺就很大男人。」

「妳有什麼意見？不是妳自告奮勇要做菜，才一起跟來的嗎？」

「沒有呀，我從來也沒抱怨過任何一句吧？」

「……」

蜂斗菜燙完起鍋之後，馬上用同一把鍋子洗好米，泡水靜置片刻。

在等待的空檔，便把剛才準備好的食材串插在篝火周圍，放著烤熟。

「……噢噢，串烤蕈菇看起來好好吃。」

培根的油脂精華被火逼出，滴滴答答地落下……

小番茄也烤到軟透，果汁往下滴落……

而包在培根內融化成黏稠狀的起司也開始溢出，無法抗拒地心引力往下滴落，由下方的蕈菇承接住……

所有食材的滋味由一根竹籤傳承，大火炙烤之下各種美味交互融合，散發陣陣香氣……

嗯，總覺得已經超過言語能形容的範圍了。

我跟銀次先生兩人緊緊注視著串烤，就像在迎接某種新生物孵化的珍貴瞬間。我想我大概還是嘗不出味道，所以希望至少能大飽眼福……

「櫻鱒也烤得很棒呢。」

「這直接整串拿來啃一定也很好吃。」

不過這是要做成炊飯的材料。

等櫻鱒的表皮烤得焦黃之後便拿起來，直接在剛才泡水的米鍋裡擺上三條，再把切成碎末的蜂斗菜與蜜環蕈菇也一起放進去，用醬油與薑調味。不知道是誰把酒也帶來了，所以也一起加進去吧……唔唔，酒精啊……

「料理不敢放酒還得了，我真是的！以前明明用得很順手啊。」

我向對酒產生陰影的自己吐嘈了一番。

說起來到底是誰帶酒上路的啊！

「真是等不及了呢。」

「銀次先生，再忍耐一下。待會兒只要把米鍋放到火上加熱，蓋上鍋蓋等飯煮好就大功告成了……話說銀次先生，酒是你帶來的對吧。」

「……我想說也許會有派上用場的時候。」

銀次先生臉上依舊掛著笑容，大言不慚地回答我。果然犯人就是你啊。
接下來就靠鬼火小愛加熱，煮飯不用五分鐘就能搞定，不過現在連五分鐘都覺得漫長無比。
於是我們拿起篝火旁的串烤蕈菇，先來墊墊胃。
「哇～看起來很不錯呢！」
「銀次先生，可以幫我試一下味道嗎？我想這都是食材原味，應該不至於難吃就是了。」
但我還是充滿不安，所以偷偷拜託銀次先生。
他拿起竹串坐在樹下，把串烤稍微吹涼之後，一口把培根起司捲還有蜜環蕈菇吃下肚。
看他雙眼一眨一眨，害我緊張得全身僵硬。
「怎麼樣？銀次，很難吃是吧？」
「才、才沒有這回事！你在胡說什麼啊，亂丸！」
亂丸壞心眼的舉動讓我心裡很是焦急，銀次先生則接著對我說：
「葵小姐，非常美味喔！剛採下的新鮮蕈菇經過火烤之後口感多汁又富有彈性，重點是味道跟手工燻培根還有起司都非常搭。另外……原來小番茄用培根捲起來是如此美味，滿溢而出的酸甜汁液讓人無法招架。夾在口味濃郁的食材裡更顯清爽多汁，十分畫龍點睛！」
「唔唔！光聽你形容就覺得好美味，真恨我自己現在沒有味覺……」
「這串烤入口與咀嚼的口感非常精彩，我想葵小姐也能充分享受這道料理的樂趣。」
「……這、這樣啊。」

我也拿起一串蕈菇串烤，在銀次先生身旁坐下。

一口咬下，燙燙燙！不過……果然還是嘗不到味道。

能體會的只有舌面感知到的熱度與嚼起來的口感，於是我將注意力聚焦於這兩個方向，一邊想像著滋味。

「唔！燙燙燙。烤小番茄一咬下去就噴汁，好燙！」

「您還好嗎？請小心享用……」

銀次先生慌慌張張把裝滿水的水壺遞給我。

我大口大口灌著冷水，吐了一口氣冷靜下來。

「亂丸也吃吃看……咦，啊啊！根本已經吃光了嘛！」

我還想問問亂丸的感想，結果他早已把蕈菇串全部吃光，望著旁邊放空。可、可惡……

「呵呵，不過我還有一道沒上桌……這道你可要好好品嘗了。」

在鍋內蒸煮完畢，總算大功告成的炊飯。

鍋蓋打開的瞬間便團團冒出熱氣，散發醬油跟薑的香味。

終於能拜見炊飯的尊容。三條飽滿肥美的櫻鱒併排在米飯上，看起來相當美味。

「這什麼東西，看起來像自暴自棄亂煮一通。」

然而亂丸卻這麼說。

「啊，過分耶，雖然看起來可能的確很像『飯上擺了魚』而已啦。」

說起來在山上野炊的醍醐味本來就在於簡簡單單——不需要太多繁複步驟，盡量節省容器的大雜燴。應該說這種料理反而才是看起來最讓人食指大動的吧。

再加上如果還是使用在山裡幸運獲得的食材，那就更讚了。

這次用了自己摘來的蕈菇跟蜂斗菜，用一句話來形容，就是一百分。

……至於味道如何，就請銀次先生來確認吧。

「上頭擠上醋橙汁，再把魚肉撥散之後配飯享用，是最棒的吃法了。」

「……」

「你說過自己比起麵包更喜歡米飯對吧？」

聽完我的說明，應該也能大致想像滋味了吧？

亂丸很明顯嚥了一口口水，應該不是故意的吧。

「那就趕緊來開動吧。」

炊飯上的櫻鱒先經過炙烤才跟米飯一起炊熟，所以魚刺也變得柔軟，可以一起下肚。重點是烤過的香味真不是蓋的。

我小心地把炊飯拌勻，保留完整魚身，分別盛在人家的飯碗裡。

分裝到飯碗之後，看起來真的就只是「飯上擺了條魚」耶……

兩人接過了賣相看起來充滿自暴自棄感的料理，在魚上擠了醋橙汁。

一邊把魚肉撥鬆，一邊與熱騰騰的什錦炊飯一起入口……

「嗯……果然我還是吃不出味道。」

滿懷期待來到現在，最後入口還是食之無味，這讓我感到自己可悲至極。明明能感受到香氣，聞得到卻吃不到，好想哭……

至於小不點與鬼火小愛的份，我則捏成飯糰分給他們。

銀次先生與亂丸則各自沉醉於手裡的那碗炊飯，不發一語地埋頭猛吃。

大家應該都餓很久了吧。

而且總覺得這兩個長著獸耳的男人大口大口嗑著櫻鱒炊飯的景象有點像幅畫，是因為料理剛好也充滿野性嗎？

「味、味道……怎麼樣？會很怪嗎？」

只要知道白米的分量，自然也能斟酌調味料該放多少，我想關於這點應該是不會有問題。不過……還是有點擔心的我，開口問了他們。

「怎麼會！一點都不怪！」

銀次先生提高音量強調著。

「天啊，這道料理實在了得，在空腹時吃起來最對味了。」

「嗯……這的確……算好吃。」

「對吧！您看看，就連那個頑固的亂丸都認同了！」

「哼，我只是餓壞了而已，俗話不是說空腹就是最佳的調味料嗎？」

「呵！亂丸，再繼續嘴硬就難看囉……這鬆軟又充滿香氣的魚肉，與炊飯的調味簡直是大作之合。其中帶有淡淡的薑味這一點最棒。」

「……真囉嗦啊。」

亂丸無視銀次先生，擅自添了第二碗炊飯繼續吃起來。

「呵呵……或許也要歸功於野炊的美味吧。你想想，之前不是也在後山吃過鹽烤香魚嗎？也是格外好吃，果然這些料理就是要在戶外享用最對味。」

「沒錯。而且櫻鱒是新鮮現捕的，連內臟吃起來都很美味。請看看，亂丸還直接從魚頭大口咬下。」

「銀次你真的很吵耶，是什麼轉播員嗎？」

「因為葵小姐現在嘗不到味道。我不詳細描述滋味，未來怎麼替夕顏的營運盡一份心力。」

「……銀次先生。」

就連這種時候，他的心裡也總是以我跟夕顏為優先考量。

對我而言，銀次先生的話語就是最佳的調味料。

即使嘗不出滋味，他的這份心意也能讓我覺得嘴裡的食物好像美味了千百倍。

「……」

然而銀次先生這番話卻讓亂丸微微垂低了視線。

他在想些什麼呢？雖然一語不發……但他露出了彆扭的表情。

「……我去附近一帶探勘一下。」

亂丸將飯碗擱在一旁站起身。碗裡空空如也，別說櫻鱒的頭或骨頭了，就連一粒米也不剩。

「在這麼漆黑的天色下行動很危險的，白夜先生也說過起霧時不要輕舉妄動。而且因為下過雨的關係，路面也不好走。」

「但是現在時間緊迫，我可沒辦法像你們兩個一樣悠哉。」

「既然如此，那這次換我行動。亂丸你有點急過頭了。」

「哈！銀次你確定？讓我跟那女人獨處真的沒問題？我肚子可還沒填飽，等你回來時，那女人也許已經少了一條腿囉。」

亂丸伸手把瀏海往後一撥，露出討厭的笑容俯視著我跟銀次先生。

「你還餓喔？我有帶鬆餅粉來，要不然煎點鬆餅給你吃？淋上蜂蜜做成你愛的甜點。」

「喂！津場木葵，妳給我表現得更害怕一點啊！」

因為我只在意亂丸「還沒吃飽」那句話，其餘威脅一律沒放在心上嘛。結果他丟下我們，大步大步離開了。

「……走掉了。」

「唉……葵小姐，非常抱歉，那傢伙開口就是恐怖的威脅。」

「嗯……如果被吃掉的確很傷腦筋啦，不過……我不覺得亂丸會做這種事喔。如果那句話出自雷獸口中，應該就是認真的吧……我就會有點抖了。」

「……」

上次差點成為雷獸食物時所感受到的恐懼，完全是無法比擬的另一個層級。到現在似乎還無法忘卻。

光是回想他懷有的殺意，以及把我鎖定為獵物的那道視線，就讓我毛骨悚然。

「葵小姐，您還好嗎？」

「呃，嗯嗯……哈哈。只不過稍微被抓住了弱點，就變得這麼軟弱，我這樣怎麼行呢。」

「不，我也有跟您相同的體驗，所以深有同感。畢竟雷獸大人他……跟我們完全不同，是相當高等的妖怪。」

「……說到這，他曾說過三百年前也發生過一些事對吧？」

銀次先生露出苦笑，然而那嘴角上揚的彎度瞬間便消失。

「在三百年前的那場儀式上，蓬萊玉枝也列入必要的寶物之一。雷獸大人雖然幫忙牽線，找到入手的管道，然而那是他設下的陷阱。在儀式舉行前一刻，他才輕易地背叛我們的期待，消失無蹤。」

篝火的餘燼發出啪滋啪滋的燃燒聲，只剩濃濃煙霧。

「一切……一切都怪我，因為我觸怒了雷獸大人。」

銀次先生以虛無的眼神望向遠方某處。

我靜靜不語，繼續聽他說。

「當時的我們還天真懵懂，堅信只要行得正坐得端，用對的方法做對的事就會一切順利……真是愚昧啊。正因為如此，當雷獸大人對磯姬大人口出惡言，踐踏她的尊嚴時，我便不假思索頂撞了回去。他當時露出愉悅的表情，彷彿完全正中下懷。」

銀次先生似乎相當自責。

自責著自己如果當時不要忤逆雷獸，也許磯姬大人的命運就會大不相同了。

「但是……我都明白。雷獸大人打從一開始就從未打算幫我們找到蓬萊玉枝，想必他恨不得目睹儀式失敗吧。」

「……他從以前就是個可惡的邪妖耶，無法原諒他的作為。」

為什麼那種傢伙可以當上妖都的達官貴人呢？

「我認為亂丸會性情大變，也都是受那件事所影響。以前的他，明明比我還更加穩重又認真多了……不，正是因為他一絲不苟，為了保護這片土地才不得不逼自己變了一個人吧。我明明都了解，卻無法認同……原本應該並肩作戰，在身旁支持他的我，最後卻選擇了逃避。獨自背負起這片土地的他，肩膀上承受的責任與壓力有多重，我想是無法估算的。」

「難道你……對當初轉職天神屋的決定感到後悔嗎嗎？」

銀次先生暫時陷入沉默。我一直等待著他的回答。

「……不，這倒是沒有。」

銀次先生臉上突然浮現微笑。

「正因為我來到天神屋，才得到許多對我而言相當珍貴的經驗與邂逅。我深信這些將會是讓本次儀式順利舉行的要素。」

「……」

「不過……我還成長得不夠，依然是當初那個愚昧的妖怪。心裡明明想好好跟亂丸面對面，但總是找不到機會。直到現在才明白他一切作為背後的真正含意……即使如此，只要在他面前，我還是忍不住變得情緒化。到頭來，一直依賴對方的是我吧。」

「銀次先生……」

沒想到銀次先生竟然說出這麼多喪氣話，應該是至今為止第一次吧？

原來他也背負著許多煩惱活過了這段漫長的歲月，聽完之後的我有了深刻感受。

「銀次先生，你想跟亂丸回到原本的兄弟關係嗎？」

「如果亂丸願意的話，不過我想這應該不太可能吧。」

是嗎？我是不太清楚……兄弟之間形同陌路是什麼感覺。

不過我相信重修舊好的機會確實是存在的。

因為手上的珊瑚手鍊正傳來陣陣熱度，像是生命的脈動。

這一定是磯姬大人給我的某種催促，是她所賦予的「指引」。

可是……

如果他們兩人的關係成功修復了，銀次先生是否會選擇就此留在折尾屋了？

「唔唔！」

我用力晃了晃頭，屏除所有雜念。

未來的問題到時候再說。如果這是銀次先生所選擇的路，我哪有資格置喙。

「對、對了，銀次先生，無花果！我們來吃剛才發現的無花果吧。畢竟難得找到了。」

「說得也是呢。」

銀次先生輕輕發出笑聲，幫忙把摘下的無花果端到我面前。

我從上端輕鬆地把皮剝下，就跟剝香蕉一樣的道理。嗯，非常順手。

白色的果肉隨之探出了頭，直接大口咬下就可享用。

裡頭熟透的部分呈現紅色，飽含滿滿的種籽。我一邊享受充滿顆粒感與多汁的口感，一邊將柔軟滑嫩的果肉塞滿雙頰。

每一次咀嚼便湧現滿滿的果液，同時滋潤了我的喉嚨與乾涸的心。

「不過還是吃不出味道……」

「啊哈哈，吃起來酸中帶甜，頗為美味喔。」

「更讓人打擊了。」

唉……這舌頭究竟何時才能恢復味覺呢？

會不會永遠都得這樣了？

「葵小姐，您放心。」

是因為我露出不安的表情嗎？

銀次先生抬頭仰望夜空，用不同於剛才的沉著嗓音對我說：

「葵小姐怎麼可能永遠嘗不出味道，我不會允許這種事發生的。」

「銀次先生……」

「您還得嘗遍山珍海味，享受飽足感的幸福才行……而您今後也一定會繼續為餓肚子的妖怪們張羅美味飯菜，將這份幸福分享給他們吧。」

「……」

我抱膝的雙手變得更用力了。

銀次先生、銀次先生，你果然就是……

「欸，銀次先生……我們以前曾見過彼此嗎？」

「……咦？」

「在我還小的時候，我們見過面嗎？」

聽見我的質問，銀次先生的雙眼浮現一抹驚訝之色，一眨也不眨。

啊啊……

這瞬間我便明白了——果然沒錯。

「呃，這……葵小姐……」

「銀次先生，我……」

心中的悸動不受控制，我伸手按著喘不過氣的胸口，長久以來放在心裡的問題就快脫口而出。然而……

「咦？」

「起霧了？」

回過神來才發現，周遭的霧已變得異常地濃。

而這片霧的另一端浮現出一個晃動的人影。

「那是……磯姬……大人。」

銀次先生想也沒想，衝動地猛站起身子。

因為在前方晃動的人影，正是磯姬大人的容貌。

「這……該不會就是白夜先生所說的幻象？」

「……」

「銀次先生？」

然而銀次先生被那身影與笑容所吸引，沉浸於感傷的他不自覺一步一步朝彼端前進。

那是他一直以來想念的人……銀次先生彷彿想緊抓住那道身影與笑容。

磯姬大人身上薄如絲的羽衣飄逸，她帶著微笑翩翩離去，消失在濃霧深處。

「磯姬大人……」

「銀次先生，等等！」

銀次先生呼喚著對方的名字，彷彿下一秒就要追上前去。
然而一被我抓住手，他才猛然回神，停下了腳步。
珊瑚手鍊正垂掛在我的手腕上，散發著微微的溫度，就像在傾訴著什麼。
銀次先生似乎接收到這股訊息，看了手鍊一眼。
「剛才那……並不是磯姬大人。」
然後他如此告訴自己。
「明明早就知道的……」
卻還是不禁追尋著那存在於遙遠往昔的已逝之人，銀次先生對自己的行為感到可笑，臉上浮現苦澀的笑容。
「非常抱歉，葵小姐。我剛才在霧的另一端……看見了磯姬大人的身影。」
「嗯嗯，我知道。因為我也跟她有過一面之緣。」
「……」
「但真正的磯姬大人已經離去了，我親眼目睹她前往大海的彼端，剛才那個不是她。」
「……對。」
我想銀次先生應該完全無法理解我這番話的意思。不過，裝飾在我手腕上的珊瑚手鍊似乎已代替我道盡一切，他好像有所領悟，沒再過問我任何問題。
「……這就是蓬萊玉枝的力量嗎？」

白夜先生曾提過，蓬萊玉枝已在此扎根，對這個空間產生影響。

意思是它也許能讀取我們心中的願望，或是想見的人，轉換成幻象展現於我們的眼前？可是，如果真是這樣……

「亂丸不會有事吧？」

銀次先生剛才及時停下了腳步。

但若是亂丸的話……

「葵小姐，我去把亂丸找回來。如果幻象是由心底的願望所具現化，那亂丸的想望……一定比我還更加強烈，我有一種不祥的預感。」

「的確……我也一起去。」

我們馬上收拾行囊準備即刻離開此地，結果剛才剝好還沒吃完的無花果掉在地上，我便全數塞進圍裙口袋裡。

「葵小姐，要是在路上走散可就危險了，請緊緊跟在我身旁喔。」

「嗯嗯。」

於是我們趕緊出發，尋找亂丸的下落。

插曲【一】

森林裡濃霧重重，就算我的夜視能力再怎麼好，前方依然伸手不見五指。

「……真是的，這種時候還有空吃什麼飯啊。」

我當然很清楚身處這種環境難以行動，但面對在這種緊要關頭還堅持好好做頓飯、享受美味的那些傢伙，還是忍不住挖苦了一番。

我也不是認為那是什麼壞事，畢竟我也吃了，所以一樣有責任。

但我身為折尾屋大老闆「亂丸」，該有的樣子還是要有，不能怪我。

「……」

我的責任就是讓儀式順利進行。

蓬萊玉枝是必備的條件。

這樣才得以弔慰為此喪命的磯姬大人。

也才能一圓過去沒能入手這項寶物，而失去無可取代之人的我所立下的誓願。

我必須讓這場百年一度必然降臨的災厄，從此遠離南方大地。

百年，千年……只要我還有一口氣在，這就是我永遠背負的宿命。

這份責任我無法推諉給任何人，也無從逃避。

因為我的生命永遠與這片南方大地互相束縛著，直到最後一刻。

「哈！這樣優柔寡斷地煩惱真不像我會幹的事，又不是銀次。」

我諷刺著自己，順便補銀次一刀。

「不過話說回來，銀次對那女人的犧牲奉獻還真不是蓋的，是因為對方是那個大老闆的未婚妻？還是他愛上人家了？眼光有夠糟的傢伙……」

總覺得各方面都難以理解。

銀次確實很會做人，對周遭人表現得和藹可親。

雖然多少有點腹黑，也因為如此，我從未見過他對任何一個人如此全心全意投入。

況且他也不是花花公子或是女性主義者……

「是因為那女人做的料理？的確……以恢復靈力來說，是擁有不可取代的高效率。」

妖怪要補充靈力的手段，一是攝取含有高靈力的食物，二是補充睡眠。但一般食物攝取後能恢復的量是固定的，而睡眠則是很耗時間。

從這點來說，那女人所做的料理，吃一口所能攝取的靈力量是相當驚人的。

雖然味道也還算不錯，不過重點是身心也能得到相當的療癒。

這真是……很具威脅性啊。對於妖怪來說，這能力具有十二萬分的價值。

銀次也許是發現到其中的可能性，畢竟那小子這方面的嗅覺最敏銳。而反觀津場木葵，也有可能是為了達到「以能力換取還債的金錢」這目的，所以放心把自己託付給了銀次。

雖然聽說那女人經營的小食堂現在還是滿滿的赤字就是了。

生意慘澹到如果我是老闆，絕對馬上勒令關門大吉。

「……」

銀次每次都是這樣子。

只要一旦發現其中的可能性，即使無法馬上看到成果，他也絕對不會放棄。

簡單來說，他常常必須原地踏步，與想法相左的同伴溝通，也需要時間成本。

但是我無法停止前進。

正因為這一點，所以我們分道揚鑣了，因為他對於我不顧一切向前的速度感到憂心。

再多一點沉著，好好觀察周遭，相信同伴，按部就班地前進——這些是他的優勢同時也是弱點。然而在我身上，並不存在。

有時我會對員工們提出無理要求，只要有人不服從，我就輕易割捨掉他。

我可沒有餘裕像蝸牛一樣徐徐前進……

「……磯姬……大人？」

我一向義無反顧的腳步，卻在此刻佇足了，原因就在於前方那位大人的身影。

她出現在森林彼端的霧中。

全身圍繞著淡淡的水藍色光芒，美麗的姿態一如當年，絲毫沒變。身上的羽衣翩翩搖曳著。

我們的眼神一度交會，隨後她仍保持那張我長年想念的溫柔笑容，就這樣消失在森林深處。

腦海深處早已明白那是之前所說的幻象。

「磯姬大人！」

也就是沉睡在我內心深處的宿願——好想再見她一面。

心裡明明都清楚，但身體卻不受控制。

希望她多停留在視線範圍一秒，想跟她說話，想永遠不再放開她……彷彿她就是唯一救世主，能讓我從那些拉扯得似乎無法再忍耐的情感之中得到解脫……

「亂丸！」

「亂丸，等等！」

然而身後傳來呼喚我名字的聲音。

是銀次……還有那個女的？我指的是津場木葵。

除了做菜以外一無是處的弱小女人，在那個名為現世的軟弱世界所長大的人類。

想法很天真又充滿破綻，討人厭的丫頭。現在還被雷獸大人封印了味覺。

「……」

然而她的聲音卻充滿難以形容的熱度。

那是一種勾起我無盡懷念的熟悉感，於是我停下腳步。

猛然回過神來，我感到身體微微發寒。

眼前就是這片森林的盡頭。因為濃霧的關係剛才沒能查覺，不過我似乎剛好停在懸崖前。

「亂丸，還好有找到你。」

「……」

銀次跟那個女人朝我跑了過來。

那女人伸手撫著胸口鬆了一口氣。我的眼神停留在她手腕上的珊瑚手鍊，遲遲無法移開。

那是在我還小時，親手做給磯姬大人的禮物。

現在在這女人的手上，是表示……

「你有沒有看見什麼？就是類似人影的……」

「……人影，是吧？」

銀次的臉色還真慘白。雖然這小子氣色本來就不太好，不過看他這副模樣，我想他也遇見了那個神似磯姬大人的身影……

不過話說回來，那小子幹嘛擔心我？

他應該早對我恨之入骨了才對啊。

一心執著於讓儀式成功的我，某方面來說等同於被這片南方大地的詛咒所附身。他不就正是對這樣的我感到灰心才離開折尾屋的嗎？

「哈！銀次你是怎樣，表情好像見鬼似的。明明要我別輕舉妄動，你們兩個又跑來幹嘛。」

「你啊，雖然想用冷靜的態度掩飾，但也露出一臉發現自己被騙的茫然表情啊。」

「？」

用這番話回嗆我的是那個女人，津場木葵。

不過的確，我感到自己的身體……微微發冷。

「從現在開始請別再輕舉妄動？要是分散了更危險。畢竟這裡可不是一般的空間。」

銀次如此提議。被他們呼喚而停下腳步得救的我，已經沒有立場否決他了。

我邁出一步，打算往他們的方向前進。就在此時——

「！」

一股踩空的感覺讓我身子猛然一晃。

可能是因為大雨讓地面變得泥濘的關係，我們所站立的地方開始坍塌，沒一個人能站穩。

「……嘖！」

我率先抓住快跌出去的津場木葵，一把將她朝自己拉近。

然後我用另一隻手把距離懸崖最遠的銀次推了回去。

然而視線在濃霧之中也變得模糊，我跟津場木葵無法找回重心，就這樣往懸崖墜下。

「葵小姐！亂丸！」

銀次被獨自留在懸崖之上。

視野裡逐漸拉遠的懸崖上方，能看見那傢伙伸出手拚命喊叫的模樣。

第六話

蓬萊玉枝生存戰（下）

在腳下的地面崩塌時，我感受到一股發涼的恐懼。

下一秒，我已經墜下懸崖。

沒想到在這水墨畫世界，也會遇到大雨坍方這種狀況……

「疼疼疼……」

我還活著。雖然身體有一半泡在墨色的水坑裡，不過性命還在。

我猶記得在墜落時的騰空感消失後，身體受到強烈的撞擊而著地……不過無法理解自己為什麼沒死。

過於昏暗的視野讓我伸手不見五指，所以我對著棲息於胸口項鍊裡的小愛呼喚：「小愛，拜託了。」搖曳的綠色鬼火便替我照亮了四周。

啊啊，好暖和……

「……亂丸？」

一隻嬌小的幼犬躺在我旁邊。

對了，當時是亂丸伸手拉住了我。

就在我即將墜崖，緊緊閉起眼皮的那瞬間，似乎微微瞥見了那頭鮮豔的火橘色毛髮，想必就是亂丸化為獸姿救了我。

所以他先墜往地面，才會變得如此虛弱……

「亂丸！亂丸！」

我將幼犬抱入懷中，確認他的脈搏。有在呼吸，還活著。

畢竟他是妖怪，也許本來就沒這麼容易死掉，不過確實非常虛弱。因為在這個空間內獸化會大幅消耗妖怪的靈力。

有沒有什麼吃的東西可以……

如此心想的我環顧四周，然而肩上竹簍所裝的食物似乎在墜崖時就噴光了，幾乎所剩無幾。不過先前放在圍裙口袋裡保存的無花果平安無事，我便剝好皮遞給他。

由於沒有經過我的調理步驟，所以並不具有特殊功效。不過現在有總比沒有好。

「亂丸，這個給你吃。」

亂丸孱弱地啃著無花果，這是我……第一次看見他成了這副模樣。

「亂丸……抱歉，對不起。都是為了保護我，才害你……」

我完全沒料想到亂丸會對我做出那種舉動。

但是我很清楚，反射性的動作正能看出一個人的本質。

亂丸並不是那種本性邪惡的妖怪。

「嘖！妳那是什麼臉啦！」

外表惹人疼愛的豆柴犬，說起話卻粗聲粗氣。

「這種小事哭什麼啊！又不是有人死了。唉……不過還好先前吃了妳做的那頓飯，否則應該馬上斃命了吧。」

「亂丸……」

「這副慘樣被妳看見，真是奇恥大辱。」

幼犬從我的懷裡掙脫，抖了抖身子。

小不點剛才似乎緊抓著亂丸的尾巴，現在跟著跌落在地上滾了幾圈。

「真是……生死關頭呢……」

他指的是墜崖當時嗎？

看小不點一屁股坐在地上，淚眼汪汪地咬著手指渾身打顫，我便用手心包住他。他輕輕咬了咬我的手。

「看起來似乎掉進滿深的地方呢。」

抬頭往上看，峭壁一路向上聳立，最頂端已被濃霧包圍而無法看清，當然也看不見銀次先生的身影。

「……銀次先生不會有事吧？」

「他應該是我們之中最平安的不是嗎？應該已經正在四處搜尋我們的下落了吧。但在視線這麼差的情況下，要會合應該頗費工夫……不過現在可沒空去找他了。」
「可是……」
「我們的時間有限，最要緊的是必須在儀式開始前將蓬萊玉枝帶回去……不如想成現在是兵分二路尋找，更加有利。」
「可是……銀次先生一定很擔心，正在尋找我們的下落吧。」
「哈！妳的話他應該的確很擔心吧。至於我呢，他應該恨不得我就這樣摔死吧。」
「事到如今還說這些鬧彆扭的話幹嘛！他就是很掛念你才向我提議來找你的，因為他……看見磯姬大人的幻影之後便心亂如麻的。」
「……」
「他首先擔心的就是你，怕你會被那幻象給迷惑……磯姬大人的回憶被勾起之後，他聯想到的就是你——這就是你們身為一家人的牽絆啊！」
不知何時開始，我已緊緊握著手上的珊瑚手鍊，亂丸看了一眼手鍊，用低沉的聲音問：
「喂……妳那條手鍊是當初在那座洞窟裡撿到的？」
果然他對這東西有印象。
「這是……磯姬大人送給我的。」
「……」
「是真正的磯姬大人，不是像剛才見到的幻象。即使肉體已逝，她的靈魂仍待在那裡。」

亂丸就只是沉默不語。

他的表情既不驚訝也不惱怒，就只是一隻小小的豆柴犬。

「磯姬大人非常放心不下你們兩個，因為知道你們理念相左而分道揚鑣了。所以她才要我幫助你們，並把儀式酒席的任務交給我……」

我一直想告訴亂丸，畢竟這是磯姬大人親自託付給我的。

雖然我已經……失去準備酒席的能力……

總覺得一股情緒莫名湧上心情，眼淚就快奪眶而出。

因為沒辦法負責酒席了，所以來這裡尋找蓬萊玉枝，結果卻掉下懸崖……都是這一連串的打擊，讓我的情緒變得不穩定。

「對不起、對不起，磯姬大人……」

「……」

也許到頭來，我根本無力替她實現任何一個心願吧。

不但無法做料理，來到這裡後我也覺得自己成為幫不上忙的拖油瓶。

還害亂丸跟銀次先生走散了。

「真難搞耶，哭什麼哭啦。」

我對磯姬大人的這番懺悔，看在亂丸眼裡又代表著什麼意義呢？

化為豆柴犬的他，圓滾滾的眼珠子閃爍著光芒，滴下了一顆淚珠。

我不小心目睹了那一刻。嚇得我眼淚都縮回去了。

「咦，呃……你也在哭？」

「啥～～誰在哭啊！」

亂丸大吼大叫地否認，一個轉身背對我，打算開始前進。

「差不多該動身了，如果妳走不了路的話就乖乖給我待在原地。」

「……我也要去，而且這裡霧這麼濃，有我的小愛幫忙照明比較好。」

的確，現在可不是哭的時候。

我伸手擦了擦眼眶，站起身子。

豆柴犬亂丸腳步堅毅地前進，我則在他後頭走著。

「喂，妳看。」

「啊！」

漆黑的夜空中出現一道彩虹，像銀河般流動著。

「那就是……彩虹色的靈力。」

追尋著那道光流加快腳步前進，結果我們遇見一片不可思議的光景。

我跟亂丸似乎跑到一處寬闊的空間，這裡完全被彩虹色的光芒所籠罩。

亂丸用前腳挖了挖地面，結果挖出閃耀著七彩光芒的物體。

他便用鼻子嗅起味道，不愧是狗。

「這是虹櫻貝呢。」
「咦！虹櫻貝？」
定睛一看，的確是虹櫻貝沒有錯。
跟大老闆給我的一樣……
不過這是完整的一顆貝類，不是空殼，而是活生生的貝類。
似乎是因為被亂丸用前腳一踩，虹櫻貝在我們眼前打開殼，裡頭掉出一顆珍珠似的小珠子。
「為什麼這裡會出現虹櫻貝？我記得那是常世的物種吧？」
「這點我不清楚……不過蓬萊靈樹本來也是常世的產物，也許其中有什麼關聯。」
夜色逐漸泛白，黑白的世界也開始微亮。
在視野漸漸清晰之下，眼前七彩的光輝也更加明確了。
我一時失語，因為這片光景實在太過動人。
前方有座小山丘，地面滿滿覆蓋著虹櫻貝。
「哇，閃亮亮滴～～」
小不點輕巧地跳了下來，繞著小山丘跑來跑去，撿起散落地上的珍珠收進殼裡，他的龜甲簡直媲美百寶袋，什麼都塞得下……
「喂，看看那邊。」
亂丸伸手指向這片由虹櫻貝鋪蓋而成的場所正中央。

以魚肚白的黎明天空為背景，在那平緩的小山丘上，浮現出一棵小樹的輪廓。

我們被一股無法言喻的預感所指引，一口氣衝上小丘的頂端。

「這……這該不會……就是蓬萊玉枝……所長成的樹？」

「是呀，看起來恐怕沒錯了。」

「可是，不是聽說長在山頂才對嗎？這裡是懸崖底下耶。」

「我想這裡原本是山頂，在陷落之後成了盆地吧。本來應該找不到的。」

小樹的樹幹表面布滿虹櫻貝。

我望向樹梢，一顆顆由水凝聚而成的晶瑩玉珠正垂掛在上頭。

裡頭流動著七彩光粒像星團般閃耀，充滿這個異度空間的神祕感，讓人看著看著也產生無法言喻的奇妙心境。

難怪白夜先生會說那個贗品擺飾完全不對。

「那就是……蓬萊玉枝。」

亂丸仰望著渴望許久的寶物，皺起了眉。

這畫面實在美得令人心痛，就在這瞬間——

我伸出手觸碰那水晶球般的果實，果實表面一陣波動，水滴隨之溢出。

灑落而下的水滴一觸及地面，便發出水琴鈴般的純淨鈴鐺聲。

水球破裂之後，便化身為小巧的虹櫻貝。

「亂丸！葵小姐！」

此時從天而降的，是一隻九尾大銀狐。

「銀次先生！」

發現我跟亂丸的銀次先生此刻趕到了現場。

降落在地面之後，他便馬上變回人形。

獸化果然會消耗大量靈力吧。銀次先生一臉疲態，單膝跪在地面上，不過卻……

「太好了……太好了，兩位都平安無事。」

「喂，銀次，看我變成這副樣子哪裡像沒事了……可惡。」

幼犬又發出高分貝的吠叫。

不過銀次先生仍然安心地吐了一口氣，彷彿在說人平安最重要。

我們倆應該害他急得像熱鍋上的螞蟻吧。我跑向銀次先生，跟他一樣單膝跪地。

「葵小姐，幸好您無恙。要是有個什麼萬一，我真的不知道該如何是好了。」

銀次先生緊緊地握起我的手，我感受到微微的顫抖傳了過來。

「別擔心，我毫髮無傷喔。因為亂丸化為巨大的犬神，當墊背救了我。不過也因為這樣，現在他變成小小的豆柴犬，如你所見。」

「亂丸……」

銀次先生低頭看著豆柴犬模樣的亂丸，表情顯得五味雜陳。

他張開口卻又閉上，欲言又止的。真不像銀次先生平常的作風……

「哼！求之不得的寶物現在近在眼前，你還在那邊發什麼愣，銀次。」

「咦？」

亂丸依然故我，維持帶刺的態度用鼻尖指往那棵樹。

銀次先生剛才應該真的完全沒發現靈樹的存在吧。他現在才抬頭往上望，然後目瞪口呆。

水潤飽滿的透明果實落下，落地迸裂之後，散落而出的是七彩的貝殼。

「亂丸……這是……」

「是呀，沒錯。這確確實實就是蓬萊玉枝……所長成的靈樹。妖王夫婦倆說可以折枝帶回去沒問題，總歸來說就是……總算拿到手了。」

「……」

被灰色所籠罩的這片天空之下，仍射進了幾道微光。

這個世界除了我們以外別無他人，然而在這幽靜而肅穆的氛圍之中，靈樹確實散發生生不息的生機，孕育著滿滿的透明果實。

銀次先生的雙眼濕潤，嘴角顫抖著。

我想他現在內心應該百感交集吧。

只要有寶物，便能讓儀式成功舉行。

如果早點找到，那麼磯姬大人當時也不用犧牲生命了……

「唔？」

銀次先生緊緊抱著亂丸的身子，將臉埋在對方鬆軟的皮毛裡。

「幹得好……亂丸。」

「銀、銀次。」

維持幼犬姿態的亂丸並沒有再多說什麼，雖然身上的毛全豎起來就是了。

不過他的緊繃感沒多久之後也平復了下來，緩緩低垂著那雙豆柴犬的耳朵。就我的角度所見，他那小巧的背影正顫抖著。

銀次先生的心與亂丸的心，終於有了交集。

在漫長的過往之中，兩人僅為了完成唯一目的而分道揚鑣、反目成仇。

但是再怎麼樣，他們還是兄弟。

兩人的心意確實在一瞬間相通了。

他們從來不是平行線，只是一直在等待交集點的到來。

就像靜奈跟時彥先生，還有葉鳥先生與松葉大人一樣——只要心裡確實有對方存在。

我暫時在一旁以眼神守護著這對兄弟沉默的交心時刻。

「啊！」

不過似乎也來到了極限啊。銀次先生也冒出陣陣煙霧，外型變成可愛的小狐狸。這代表靈力又耗盡了。

「啊哈哈！噗呵呵！」

「津場木葵，妳笑什麼笑！」

「因為，這畫面就真的很可愛嘛。你們倆變成小狗跟小狐狸耶，好像布偶。」

「……在這麼重要的時候，真是讓您見笑了。」

銀次先生顯得相當難為情，然而亂丸卻一如往常地怒吼：「妳說誰可愛！」

順帶一提，小不點也不甘示弱地叫囂著：「我也很可愛滴！」

這和樂融融的情景究竟是怎麼回事。

「好啦，就由我來折下樹枝囉。」

樹的高度正好比我高了一個頭。

啪嚓一聲，我折下結實纍纍的樹枝。

水珠般的果實隨之搖曳，水滴與七彩鱗片灑在我的身上。

我彷彿沐浴在祝福之中，又像是某種覺醒的瞬間。

「……」

亂丸與銀次先生就只是在旁邊注視著這樣的我，臉上露出奇怪的表情……

「你們兩個在發什麼呆呀？蓬萊玉枝好不容易才到手的耶。」

「呃，沒有。」

銀次先生不知為何垂低著臉，亂丸則「嘖」了一聲。真搞不懂他們的態度是什麼意思。

「玉枝到手……該回去了。」

「……說得也是呢。」

「白夜先生說過要回去時得用聯絡符通知他對吧？」

我取出夾在腰帶裡的小袋子。

裡頭裝的是白夜先生交給我的聯絡符，還有……

「啊，這是……虹櫻貝。」

是之前大老闆說要給我當護身符的禮物。手中的貝殼似乎和蓬萊靈樹產生共鳴，散發強烈的光芒，不知怎麼地讓我想舉往空中仔細端詳。

大老闆，我算不算有派上用場了呢？

雖然沒辦法負責海寶珍饈的任務了……

「喂，妳在那邊慢吞吞摸什麼？快點用聯絡符通知他啊。」

「啊！抱歉。」

「喂，亂丸！不許對葵小姐出言不遜！」

「銀次你少囉嗦。」

小狗與小狐狸又開始往常的鬥嘴，於是我一邊「好了好了」、「乖啦乖啦」地安撫他們，一邊把虹櫻貝收好。隨後我將聯絡符舉往空中。

符咒瞬間綻放出眩目的光芒，周遭景物開始變色。

「……咦？」

正當我想在最後參拜一次靈樹而轉過身之時……

我看見樹幹旁佇立著一個人影，身上的長外褂悠悠然地隨風飄盪。

……大老闆？

那是……那棵靈樹依照我的心願所顯現出的幻象還是什麼嗎？

不是魚鋪小伙子也不是茶館店員，而是穿著黑色長外褂的「天神屋」大老闆——他面對我說了些什麼，然後舉起食指輕放在唇前。

「加油，我等妳回來。」

妳應該還有未完成的任務。

「哦？成功把玉枝帶回來了是嗎？不過弄成這副狼狽樣還真難看。」

唔唔……

沒想到最先迎接我們的是白夜先生刻薄的言詞攻擊……

我跟銀次先生還有亂丸才一回來，就直接累趴在地上。

尤其是他們兩個，因為靈力消耗過度而維持幼獸的模樣直接睡著了。

「這副狼狽樣來得及參加儀式嗎？你們還得負責夜神樂的獻舞耶。」

白夜先生用摺扇戳著兩隻小動物。呃，饒了他們啦！

「唔唔……我來幫銀次先生跟亂丸做飯。」

「噢噢，葵，妳醒著啊？而且這種時候還惦記著要做飯，果然不辜負愛料理成癡的稱號，真令人佩服啊，前些日子那副垂頭喪氣的樣子簡直像假的。」

白夜先生甩開摺扇掩口，發出輕笑聲。怎麼覺得他心情特別好。

我們所在位置似乎是白夜先生下榻的客房，他身上果然還是穿著旅館提供的浴衣。

「白夜大人他呀，一整天都在泡溫泉、吃美食、打桌球，享盡旅館裡所有服務，所以精神好得很喔。」

「啊！你！在在在、在胡說些什麼呀這個笨蛋！誰會在敵方陣營玩得流連忘返啊！」

管子貓毫不留情地爆料讓白夜先生徹底慌了。沒關係的，在場只有我聽見。

不過完全無法想像白夜先生打桌球的畫面……

「亂丸大人！」

「亂丸、銀次！」

「小姐妳平安無事啊！」

「……嗷呼嗷呼！」

一大群人殺到客房前，直接衝進房內——是折尾屋的員工們。

分別有小老闆秀吉、寧寧、還有抱著信長的時彥先生再加上葉鳥先生。

大家看起來滿臉疲態，似乎都沒睡。似乎是一直擔心著我們的安危。

明明還有儀式前的最終調整要忙，應該各方面都忙得不可開交……

「啊啊！亂丸大人，竟然成了這不堪的模樣！」

尤其是秀吉，平常臭屁的態度消失無蹤，他一發現亂丸有氣無力的模樣便激動地狂掉淚。

「欸，秀吉你別哭啦。你這傢伙真的熱血到讓人受不了耶。」

「混帳！我才沒在哭！」

「明明就在哭，把你的眼淚留到儀式順利結束再來哭啦。」

這種時候反而是寧寧顯得比較冷靜沉著呢。

而時彥先生則戳了戳我的肩膀。我回過頭去，結果臉被他懷裡抱著的信長舔了一口。

「亂丸跟銀次就由我負責帶往醫務室休養吧。我打算讓他們服用能恢復靈力的藥，不過效果還是遠不及津場木葵妳所做的料理，我希望晚點妳能準備點吃的給他們。目前手邊有什麼料理嗎？比如說先前試吃會所剩下的菜餚……」

「啊，抱歉。試吃會的剩菜我昨晚已經吃光了！番茄燉鮭魚真是最棒的一餐消夜呢。」

葉鳥先生拋了個媚眼並豎起大拇指，大言不慚地說道。時彥先生則相當傷腦筋。

不過站在我的立場，那桌料理沒有浪費掉已經是萬幸了。

「我現在馬上做點什麼吧？」

「不、不用了！說什麼傻話，妳也必須稍作休養才行，看看妳如此狼狽。」

狼狽……

正如時彥先生所說，映照在玻璃窗上的我簡直蓬頭垢面，全身沾滿了泥巴。

加上一整晚沒睡覺的關係，臉色也相當難看。眼下的黑眼圈好驚人。

「煙火大會是黃昏才開始……雖然時間不算太充裕，不過稍微休息片刻比較好。畢竟你們已經順利趕回來了。」

「時彥先生說得沒錯。葵，妳也去洗個澡睡一下才行。我幫妳準備一間客房，不要再窩在那個地牢了。」

寧寧攙扶起我，為我設想了一切。

「謝謝。不過我住那間地牢就行啦，其實還滿舒適的。」

「妳這人真的是到哪都能生存的粗神經耶。」

我拖著站不穩的身子，被寧寧帶著一起離開了客房。

「……欸，津場木葵。」

「抱歉在妳這麼累的時候打擾。」

此時，站在走廊盡頭處的雙胞胎正靜靜地窺探著我們。

「怎麼了？躲在那種地方。不去跟大家會合嗎？」

「嗯……」

「這個嘛……」

他們倆的回應相當曖昧，一臉難以言喻的表情。

「我們現在還不夠格，不能去找大家。」

「我們在旅館的資歷還很淺，而且也沒什麼貢獻。」

「噢？原來你們的心思也細膩到會顧慮這些喔。」

「……」

這對雙胞胎原本還看似對這間旅館沒什麼特殊感情的……

「有什麼事找我嗎？」

「……嗯，沒錯。」

「有事情想跟妳商量。」

雙胞胎緩緩走了過來，彼此望了一下對方的臉，並互相點頭。

以他們倆來說，現在的表情可說是相當嚴肅又有神。

……儀式也終於近在眼前了。

第七話 煙火大會

從一早回到折尾屋後熟睡到現在，起床時已經來到下午三點。

雖然時間有點不早不晚，不過整個人神清氣爽，精神也恢復了。

我馬上起床梳洗整裝，離開地牢之後與雙胞胎偷偷會合，前往他們房內借用私人廚房，又開始做起料理。

至於我在做什麼，那就是——「炸豬排飯套餐」。

現在正好剛把裹滿麵包粉的豬排炸好起鍋。

「聽說亂丸大人跟銀次先生已經醒來了。」

「不過兩位都還是孩子的外貌。」

「原來光靠藥效只能恢復到那樣的程度啊。」

「一般來說必須徹底睡個一晚甚至兩晚才能完全恢復，畢竟靈力都耗光了。」

雙胞胎一邊動手製作柚香蕪菁清湯跟燙茄子做為小菜，一邊如此說道。

「……所以我們才要做飯呀，得讓他們明天恢復精神才行。」

「煙火大會今晚也要開始了呢。」

「欸，話說炸豬排飯是什麼？要用到那個炸好的豬肉嗎？」

「沒錯。再用蛋汁把炸豬排封起來，佐以甜甜鹹鹹的醬油口味醬汁，所完成的丼飯料理。在現世是大考等重要關卡之前母親一定會幫孩子做的料理喔。取『勝利』的諧音，帶有『戰勝考驗』的意味。（註5）」

「……」

「……」

「啊，你們幹嘛一臉傻眼！我只是陳述事實而已喔！」

雙胞胎冷淡的視線刺得我好痛，就像講完冷笑話之後的氣氛一樣冷場。

這、這在現世可算是主流的祈願方式耶……

「鍋子裡的東西已經煮軟囉。」

「啊！」

我剛才正把水、醬油、味醂、酒還有砂糖等調味料混合，用來煮洋蔥。煮得冒出香氣的這款醬汁，是妖怪絕對無法抗拒的經典口味。

先在大碗公裡盛好飯，接著就要完成最後步驟。

將瀝乾油的酥脆豬排切成方便入口的大小，擺入剛才煮洋蔥的鍋內。打好的蛋汁從上頭畫圓淋上一半的分量，蓋上鍋蓋煮一會兒。

「等蛋汁呈現恰到好處的半熟狀態，再把剩下的半份畫圓淋上去。」

這麼一來就能保留雞蛋漂亮的黃色。等蛋汁均勻裹住豬排，煮得蓬鬆軟綿之後便可熄火，小心地傾斜鍋子，讓鍋內食材完美滑到白飯上。就是這麼簡單。

「哇……」

雙胞胎不禁發出讚嘆，吞了一口口水。

「裹麵包粉油炸的炸物，雖然麵衣比使用麵糊的天婦羅厚重了些，不過跟這種滑蛋類的做法是絕配，原因就在於麵包粉能吸飽醬汁。豬排丼步驟又簡單，你們應該看完馬上就能學會了吧。畢竟調味方式基本上跟親子丼一樣。」

「這樣啊。那晚點來挑戰看看好了。」

「反正炸豬排也還有剩，試做的份就當作伙食請折尾屋的大家享用吧。」

今晚開始到明天的這段時間，將是折尾屋的決勝時刻。

必須戰勝這場考驗，所以才做炸豬排丼。

希望大家吃完之後勇敢上陣。

我們端著炸豬排飯套餐走在外廊上，朝著銀次先生與亂丸所在的房間前進。

據說他們一醒來還維持著孩子的外形，就馬上開始著手確認公事、四處奔走，所以才覺得不

註5：「炸豬排」與「勝利」的日語發音相同。

妙——必須趕快讓他們吃飽才行。

然而雙胞胎途中卻停下腳步，隔著玻璃窗凝望外頭的大海。

「怎麼了？」

「……好安靜喔，而且一點浪也沒有。」

「聽說海坊主到來前都是一片風平浪靜。」

天空明明是那麼晴朗，卻給人一種不祥的預感。

看來一望向大海彼端就感到心亂如麻的，並不只有我一個吧。

「今晚的煙火大會啊，聽說就是代表著歡迎海坊主的到來。」

「所以越盛大越好，因此才把活動安排在這種旺季。攤販也都出來做生意了……」

雙胞胎凝視著我，突然切入今早找我商量過的話題。

「欸。」

「妳願意考慮我們的提議嗎？」

那兩雙單純的眼神清澈得彷彿能見底。

我沉默了一會兒，然後緩緩點了頭。

「嗯……老實說，我現在依然懷疑自己真的能做料理嗎？」

我也直率地告訴他們我現在的心情。

「海寶珍饈這項任務，是我自己向亂丸提出要求，交給我全權負責的。無論這份責任多重大，我都不能逃避才對……這次害你們也吃了不少苦。」

「才沒有——」

「——這回事。」

雙胞胎皺眉露出笑容。

沒錯，他們今早來找我商量的事情，就是希望由我重新接下儀式酒席的任務。

「畢竟，這原本就是妳被賦予的使命。」

「所以，我們倆打從一開始就打算把主導權歸還給妳。」

「……戒、明。」

「要是換作我們喪失了味覺，」

「一定會放棄這項服務客人的職業，但是……」

他們抬起視線，異口同聲地說——

「以妳的能力，應該不會到此為止。」

這句話讓我的眼頭一陣灼熱。

想必是因為出自掌廚資歷比我豐富太多的這對雙胞胎廚師口中，所以才如此具有說服力，比其他任何人都更觸動我的內心。

不知道如何形容現在的心境，我感覺自己真是……不勝感激。

他們倆真有辦法，一瞬間便掃去長久以來縈繞我心中的煩惱。

「謝、謝謝你們……」

我忍住想哭的衝動，低頭表達感謝。

「雖然交還給妳主導——」

「但我們也會好好從旁協助，幫忙確認味道的。」

「所以妳不需要擔心。」

「放心，沒問題的。」

雙胞胎用一如往常的散漫口吻說著，輕拍了我的肩。

該說這就是他們倆的一貫作風嗎？

一切騷動從我被抓來這間旅館開始，一路又演變成這樣的局面。不過……也許，我來到這裡是對的。

畢竟遇見了如此溫柔又單純的料理人。

煙火大會的最終確認會議，正在亂丸的辦公室裡召開。

我和雙胞胎一把飯端進去，全體幹部的氣勢與視線便嚇得我心生退意，因為就連我從未打過照面的幹部們也都集合於此。

不過坐在中央椅子上的亂丸卻頂著十歲左右的稚嫩外貌，有別於往常粗獷的形象。感覺就像個努力裝大人的孩子……

「噢，你這身模樣也好可愛喔，亂丸。」

所以我不小心把內心話說出來了。

「不許妳說我可愛！」

亂丸雖然一如往常地回罵我，不過可能因為蓬萊玉枝現在已安心入手，他心平氣和地抱著膝上的信長。

「抱歉在重要時刻打擾了。我做了飯過來，先放在這裡。」

「不……調整事項已經搞定了。我們繼續維持這副模樣也不好，現在就趕快吃一吃吧……大家可以解散了。到明天結束前，各自都要好好集中精神。」

幹部們急促地離開辦公室。

大家的表情雖然很嚴峻，不過為了跨越今、明兩天的挑戰，現在的他們只專注於前方，對我完全沒有展現任何敵意。

寧寧和秀吉也一臉堅定，感覺不到任何一絲軟弱。

只有葉鳥先生一個人在踏出辦公室之際對我拋了個媚眼。

折尾屋員工們在我心中的印象也改變許多，一開始與他們對峙時，還以為全是壞蛋……

「葵小姐，非常抱歉。今早才剛回來，又讓妳操勞了。」

縮小版的銀次先生來到我身旁，用可愛的稚嫩眼神仰望著我。

「不會，能幫上忙我就很開心了，在這種緊要關頭，我怎麼能呼呼大睡呢。」

然後我把餐盤遞給銀次先生。

「哇——這是炸豬排丼呢！我剛才就一直覺得香氣陣陣。」

「小菜和湯是雙胞胎幫忙做的唷。因為從昨天就沒吃到什麼蔬菜，所以我還榨了特製的蔬果汁。也喝喝看吧。」

戒幫忙把亂丸的份端過去，明則把蔬果汁端到兩人面前。

銀次先生正激動地擺著那毛茸茸的九尾。

亂丸則一臉滿不在乎的表情，但是低垂的橘色尾巴卻似乎微微搖擺著……

「嗯嗯……果然美味。葵小姐做的這一類丼飯我都很喜歡，不過這炸豬排丼分量紮實，正是現在最想大口大口吃的料理。能補充滿滿精力，讓身體湧現氣力。」

「嗯嗯，而且還有祈福的意味！要『戰勝難關』喔！」

「……」

「……」

「哎呀，這招在隱世行不通，真是尷尬耶。」

氣氛又變得像講了沒人聽得懂的冷笑話一樣……

「哼！只要是肉我都好。雙胞胎做的湯跟小菜也依然充滿高雅精緻的風味。」

「嗯嗯，真好啊，我也好想吃。」

失去味覺真是討厭，我恨透食之無味了！

「哦？」「啊。」

結果銀次先生與亂丸手中的飯才吃到一半，就變回大人的模樣。

這也就代表靈力已經大幅恢復。

「……亂丸大人——」

「我們有事想跟您商量。」

雙胞胎從剛才就一臉正經，安靜地待在一旁。

他們應該是看亂丸恢復了過來，所以打算切入要題。

「怎麼？你們倆竟然也會擺出如此嚴肅的表情。」

「亂丸大人，您心裡也明白的吧？」

「……」

亂丸似乎馬上便意會到雙胞胎想說什麼。

「憑我們倆是辦不到的。」

「這不是手藝或責任的問題。」

「又是老樣子，露出一臉看開的表情跟我說這些。」

亂丸將炸豬排丼大口大口掃入嘴裡，一口氣嚥下之後，用往常的銳利眼神望向我。

「所以，妳怎麼決定？」

「我要負責做海寶珍饈，我不會再逃避了。」

我果斷地回答，先前的膽怯與躊躇已不復在。

「……葵小姐。」

銀次先生站起身，往我身旁靠近。我繼續說了下去——

「我一直很害怕。味覺被雷獸封印之後，我真的感覺自己無能為力。對我來說，『料理』一直都是我用來跟妖怪打交道的武器。因為我的舌頭熟知妖怪喜歡什麼樣的調味，我的味蕾是鑽研廚藝時最可靠的搭檔。」

「……」

「但是現在我失去了。於是我開始害怕……現在的自己就只是個等待被獵食的人類姑娘。但是，我錯了。即使舌頭已經失去用處，我還有銀次先生跟雙胞胎……這些值得信賴的夥伴。」

我抬頭望向站在身旁的銀次先生，露出笑容。雖然有點難為情，但這是我的肺腑之言。

銀次先生露出感動至極的表情，握起我的手。

「葵小姐……您已經具備了一路掌廚到現在所累積的手感、經驗與知識。從您失去味覺以來所做的料理，在我口中嘗起來確實仍是熟悉的過往味道，屬於葵小姐的味道。」

「……銀次先生。」

「在這個隱世裡，就屬我嘗過最多您的料理。老實說，我也希望在儀式為您確認味道，但我必須負責表演夜神樂。所以，請您相信我的話——您一定辦得到的。」

「……」

「我……一直都相信葵小姐您的料理。」

謝謝你。這番充滿熱度的言語比一切都更讓我感到踏實與喜悅。

我也握緊銀次先生的手。

而銀次先生轉頭面向亂丸。

「亂丸，磯姬大人將這份任務託付給了葵小姐。從那一刻開始，就已經註定如此。你應該也不會懷疑磯姬大人的『指引』吧。」

「……」

銀次先生與亂丸的視線靜靜地擦出火花。

看起來像是互相敵視，又像是確認彼此的想法。

亂丸朝我手上的珊瑚手鍊瞥了一眼之後——

「……我可不允許妳搞砸喔。」

他站起身，「咚」一聲把手心撐在桌面上。

「津場木葵，妳負責包辦海寶珍饈，這是我的命令。」

「……亂丸。」

雖然亂丸的態度乍看高高在上，但是我都明白。

他這次用長官命令的形式把這件工作託付給我，也就是選擇跟我共同分擔這份責任。即使他並沒有說出口。

我深深低頭行禮。

身旁的銀次先生也是，甚至連雙胞胎也做出一樣的動作。

「亂丸大人！秀吉大人有事找您！他正在屋頂！」

衝進辦公室的是名叫太一的夜雀。我們一行人急忙離開現場，趕往折尾屋的屋頂。

來到目的地後，我看到秀吉正拿著大大的望遠鏡注視著大海的彼端。

「……亂丸大人，是海坊主。」

「他來了是吧。比預期來得早呢……看來今晚午夜零時就會登陸常島了。」

「我們也該出發了吧。」

「準備已經萬全，只剩下行動了。」

海的彼端？已經看得見蹤影了嗎？

在接近完全入夜的昏暗天色之中，我再怎麼定睛凝望，也無法從大海彼端看見任何東西。

「雖然時間有點早，不過差不多該發射煙火了。盡量弄得盛大一點，讓海坊主不會迷失方向。煙火大會跟儀式兩者都需要順利舉行，缺一不可。」

「亂丸大人！亂丸大人！」

慌慌張張趕來現場的是寧寧。

「寧寧，怎麼了？」

「這次煙火大會比往年受到更多矚目，今年的來客數超乎預期得多，人手嚴重不足。無論是海面還是待會兒要施放煙火的高空，都出現了大量飛船！」

「嘖！明明呼籲過在煙火大會期間，飛船不許通行劃定範圍以外的地方！」

據說由於經過妖都週刊報的報導，加上雷獸昨天在妖都大肆宣傳，因此不只當地居民，就連外地來的觀光客也蜂擁而至。

所以現在才演變成滿天都是空中飛船的狀況。

「這是雷獸大人最後的找碴是吧。那位大人也真是幼稚，都來到最後關頭了，還企圖用這種老套技倆引發混亂……」

「亂丸大人，現在該怎麼辦好？飛船陸續出現，似乎也會妨礙煙火的施放。」

以亂丸的立場來說，應該很想把旅館的事全交給折尾屋員工處理，現在馬上前往常島吧……但事態演變至此，他也很難說走就走。

「亂、亂亂、亂丸～～」

「這次又怎麼啦！」

接著來到現場的是葉鳥先生。然而，就在我們抬頭看見降臨上空的巨大飛船之後，便立刻明白他如此焦急的原因了。

「那是……天神屋的『天神丸』……」

銀次先生喊出了船名。

巨大的船身拖曳著連綿的鬼火來到此地，高掛於船上的船帆，印著「天」字的圓形家徽。那正是……天神屋的空中飛船。

「……大老闆。」

我瞪大雙眼，仰望著那個身穿黑色長外褂，站在船頭的鬼男。

啊啊，那是大老闆。不知為何他的身影讓我感到稍微鬆了一口氣。

「嘖……為什麼天神屋會在這個局面有所動作。」

亂丸感到相當混亂，在場所有人也跟他一樣。

因為，眼前的狀況跟上次完全相同。

——折尾屋的空中飛船出現在天神屋後山的那一次。

空中飛船開始下降。大老闆無視船身與地面的距離，飛身躍下，降落在折尾屋的屋頂上。

緊接著跳下來的是曉跟白夜先生，就連阿涼也跟進。

話說白夜先生是何時上船的……還有阿涼，明明現在不是幹部，卻擺出幹部的架勢。

「折尾屋的各位，晚上好。」

大老闆露出充滿可疑氣息的微笑。

「我們是天神屋，此行目的是來帶回這段時間承蒙各位照顧的敝館員工。不過……看來各位遭遇困境呢。」

那雙紅色的瞳眸閃著詭譎的光芒，登場的台詞有別於上次的折尾屋。

「喂，天神屋的！現在我們可沒空理你們，滾回去！」

秀吉大吼大叫威嚇著對方，然而大老闆臉上的笑容依舊。

「蓬萊玉枝一事已經順利解決了不是嗎？那我就要把我們家員工討回來了。」

「……欸，等等，大老闆！」

我跑往大老闆面前。

「你這是什麼意思？儀式還沒有結束耶。」

「嗯？噢，葵呀。自從妳被擄走之後，已經睽違兩星期沒見到妳了呢。我聽說了，妳的味覺遭到封印。想必苦了妳吧？憔悴成這副模樣……真讓人心疼。我這就帶妳回天神屋。」

「等一下，大老闆！」

現在是在裝什麼傻！你明明喬裝成賣魚的來找我不是嗎？

而且……在那幅水墨畫的世界裡，你也對我說了「加油」……

「葵，妳的表情怎麼變個不停？」

「我現在很困惑啊！」

在大家面前也不方便說太多，我只好揪著大老闆的衣領搖了搖他。然而這招攻擊對他完全無效，反而還「啊哈哈」地笑了，看起來樂得很。

大老闆到底在打什麼算盤？

「關於出借葵的約定，契約上本來就說好只要蓬萊玉枝入手後就放人，況且她的身體狀況也令人擔心。亂丸殿下，必須請你履行契約。」

「白、白夜先生……」

「還有，葉鳥先生！你上次把『天狗羽翼保養組』忘在我們旅館沒帶走！真是的，個性永遠都這麼丟三落四。拿去！」

曉的態度依然故我，還把那組什麼保養品來著的東西，朝前上司葉鳥先生扔了過去。

葉鳥先生吐了一下舌，說了聲：「啊，真是犯糊塗了。」在這緊張的氣氛之中，只有他一個人如此悠哉……

「欸，大老闆。我拜託你，讓我暫時繼續留在這裡一陣子。因為我還有任務沒完成。」

我向大老闆提出要求，手還緊緊抓著他的領口。

大老闆抱著我的肩膀，疑惑地回了一聲：「哦？」不，他這表情絕對是明知一切……

「我必須準備儀式的酒席。」

「……這個擔子對現在的妳來說，不會過重了嗎？」

「嗯。現在的我的確沒有味覺。儀式的酒席將左右這片土地的未來，交給我實在太不可靠了。我知道自己這個決定很不負責任又愚蠢……」

「……」

「但是我必須完成。因為這是磯姬大人……不，這是亂丸託付給我的任務！」
亂丸聽見自己的名字從我口中出現，露出些許的驚訝。
不過他仍馬上來到我身邊，而且做出驚人之舉——他在大老闆面前深深低下了頭。
「欸！亂丸？」
沒想到他竟然會向大老闆擺出低姿態……
「只要一天就好，我想借用津場木葵的力量。」
「……哦？真沒想到你會有求於我。」
大老闆手拄著下巴，不知在沉思些什麼。
那雙冰冷的紅色視線正俯視著還沒抬起頭的亂丸。
「關於折尾屋一連串的作為，等事情結束之後我會好好做個了斷。所以，拜託……」
「這樣啊？既然如此，那你願意收留我們吧？」
「啥？」
咦？大老闆又在說什麼鬼話？
「好像是昨天吧，都是因為南方大地要舉辦煙火大會一事在妖都成了熱門新聞，我們旅館的客人全往你這邊跑了，一個也沒剩。站在我們旅館的立場，當然希望能阻止客源流失，所以才出動了具有住宿機能的天神丸。如果可以的話，我想和折尾屋合作這筆生意。」
「……大老闆。」

「況且……你不是也對於受中央高官擺布這點很不是滋味嗎？昨日的敵人是今日的朋友，敵人的敵人就是朋友——俗話是這樣說的對吧？水火不容的我們攜手合作，想必能讓那群傢伙嚇一跳吧。」

大老闆壓低聲調，臉上浮現耐人尋味的笑容，很像鬼的作風。

亂丸驚訝得啞口無言。他應該明白了大老闆真正的意圖吧。

然而只有秀吉一個人一臉「你在說什麼鬼話」的表情，依然想開口嗆聲。

不過他被寧寧拉住了袖子，兩人開始耳語。

「嘖！寧寧，妳這傢伙沒有尊嚴嗎！」

「尊嚴在這種時候又不能當飯吃！秀吉你心裡也很清楚，現在要以什麼為重吧。」

「這我當然是明白……但是寧寧，妳真的能接受嗎？」

「……嗯。」

兩人互相點了點頭。

秀吉勇敢對大老闆提出了一項提案。

「喂，天神屋的大老闆，你說要攜手合作是吧。能借用你們天神屋的人力嗎？」

「那當然……我們的船跟員工都會提供協助的。」

大老闆爽快地答應。

「呃，不好意思，亂丸大人，未經同意就擅自向對手提議借用人力……請問您覺得行嗎？」

「秀吉，就照你的想法進行。」

得到亂丸允許之後，秀吉沉思了一會兒便對天神屋下達指示。

「我想拜託你們協助替來到此地的空中飛船引導航線。再這樣下去，飛船將會干擾煙火的施放。我們旅館已經沒有多餘時間派船進行引導了。」

「我明白了，就由我來負責吧。」

曉馬上接下了這個擔子，往天神丸的方向而去。

「阿涼小姐，我們也希望能借助妳的力量。」

這次換寧寧跟阿涼面對面了。阿涼回答：「啥？我也要？」表情似乎有點嫌麻煩。

「女接待員的人手不足。如果有妳的幫忙，我想會是一劑強心針。」

「咦？是、是喔？既然妳都這麼開口，我也不是不能行個好啦。」

阿涼一邊咕噥著一邊用手玩弄頭髮，看起來心情似乎很好。

她還是一樣這麼單純，反而是寧寧奸笑而不語，相較之下她真是擅長操控人心啊。

「亂丸大人，請您帶大家趕快出發吧！這裡就交給我們。」

「請務必，讓儀式順利結束。」

「秀吉……寧寧……」

秀吉與寧寧露出相當可靠的表情，正要送亂丸出發。

「事情就是這樣囉，亂丸。煙火大會交給我們，你快點帶銀次跟小姐去款待海坊主吧。」

「葉鳥。」

葉鳥先生最後從亂丸的背後推了他一把。

我們急忙轉身背對屋頂打算啟程，前往常島。

「葵！」

然而大老闆呼喚我的聲音讓我回過了頭。

他扔了一個袋子過來，我用雙手接住，確認內容物之後我大吃一驚。

「這是……」

「餞別禮，如果派得上用場就用吧。」

「……大老闆。」

「加油，我等妳回來……妳無須擔心。」

「……」

——加油，我等妳回來。

只是這麼短短一句話，就讓我彷彿受到無數次鼓舞。

「謝謝你！大老闆！我會加油的！」

他用眼神目送我的背影，並且支持著我前進的路。

那我又該如何回應他的期待呢……

坐上船的前一刻，我感受到另一股視線，回頭一看——

……是雷獸。

他站在距離稍遠的岬角上，看著我們並露出得意的笑容。

「……」

然而我只朝他的方向瞥了一眼。我沒有怒瞪他，也沒有表現出膽怯。

我相信大老闆的那句「無須擔心」，所以根本不覺得害怕。

於是我邁出堅定的腳步，坐上空中飛船。

因為我已清楚，自己現在的任務是什麼。

第八話

海坊主與儀式酒席

「哇！你們倆都好美喔！」

在朝著常島行駛的飛船上，銀次先生與亂丸已經換好表演夜神樂時所要穿的服裝。

特別是負責旦角的銀次先生，以女性之姿換上美麗的巫女裝扮，並以優雅的羽衣加上光彩奪目的飾品加以妝點。

簡直就像磯姬大人一樣……

我情不自禁地看他看得入迷，而銀次先生也不好意思地染紅了雙頰。

「總覺得好難為情。這身女性的幻化姿態，其實原本就是為了進行夜神樂所存在的。」

「原來是這樣。可是你真的很美喔，銀次先生。雖然平常也很美。」

「呃，啊哈哈。」

而亂丸則是身穿男性用的服裝，很適合原本就雄壯威武的他。

他從剛才就一直望著海面的另一端，不時抖動著雙耳。

「葵小姐，您看。」

「……啊。」

銀次先生從竹籃裡拿出來給我的，是我在夕顏工作時所穿的抹茶色和服，還有大老闆給我的山茶花苞造型的髮簪。

「亂丸說要把這髮簪還給您。方便的話請收下吧。」

「……」

「和服則是大老闆拿來的，聽說是為了今天而特別新訂製的一套。雖然大老闆嘴上那麼說，不過我想他應該早知道葵小姐決定負責酒席吧。」

對於不久以前的我來說，每天理所當然存在的貼身物品，現在總算重回到我手中了。

我接過這兩樣東西，心裡感受到有別於以往的分量。

「儀式酒席雖然是個重擔子，不過以我的立場來說，把這想成是夕顏的分店，由葵小姐來張羅料理，就覺得開心。我想這個選擇一定是正確的。」

「銀次先生。」

我用力地向他點頭。

「其實我呀，也一直在思考。試喝過酒，經歷了無數次錯誤的組合與嘗試……結果發現自己好像太拘泥於酒了，只想著做出配得上酒的菜，反而越來越偏離對方真正想吃的東西。喝想喝的酒，吃想吃的東西，度過一段放鬆心靈的時光——我想也許這才是最令人感到幸福的方式吧。雖然說出這番話，之前的努力也等於前功盡棄了……」

「不，我認為這樣才對。海坊主對於上次酒席的滿意度相當低，我想主要原因就是太過注重料理與酒的搭配，結果忽略了他真正的需求。」

「可是磯姬大人也曾說過，海坊主對於南方大地這裡的傳統菜色已經有點膩了，所以想嘗試新東西，但同時又要讓他感受到親和的家常美味。」

「這不正是葵小姐的強項嗎？」

「呵呵，你也對我這麼有信心嗎？既然如此，只要遵循最初的宗旨……也就是磯姬大人的『指引』，一定沒問題的。」

我拿著從銀次先生手中接過的和服與髮簪。

在隔壁房間換上和服，用髮簪盤好頭髮。

「……準備就緒。」

我對鏡子裡的自己加油打氣。

這裡是夕顏，屬於我的食堂。

好了……招待貴客的時間已經到來。

搭乘航行速度最快的最新型空中飛船，三十分鐘後便抵達常島。

這裡是一片平坦的無人島，除了舉行儀式以外幾乎無人登陸。

飛船並沒有停靠在海濱，而是降落在森林深處的某個專用停泊廣場，據說是為了避免海坊主現身時掀起駭浪把船隻沖走。

「我想您先看過一次舉行儀式的神社社殿比較好。葵小姐，請往這。」

下船之後，我跟著銀次先生穿越森林。

眼前是一片寬闊的白色沙灘。

「啊……是煙火耶。」

本島沿海地帶正好開始施放煙火，還有滿天飛行船所伴隨的妖火，這裡都看得一清二楚。

煙火在昏暗的天空中大朵大朵綻開，燃盡的火星灑往大海。

連海面都映照出綻放於高空的繽紛色彩，這一片光景美得難以用言語形容。從這座孤島靜靜地遠望煙火也別有另一種風情。

原來如此，煙火大會跟儀式是同時舉行的。

據銀次先生所說，來自大海彼端的海坊主被熱鬧煙火所吸引，於是來到此地。

「海坊主從這海濱登陸之後，便會鑽過鳥居，行經參拜道路之後前往社殿。」

「鳥居？」

在寬闊的海灘一路延綿往松林的位置，正好有座巨大鳥居。

我們為了事先確認海坊主的行經路線，於是也試著穿過鳥居。

「哇……」

走過橫貫松林的參拜道路，便來到了神社境內。

神樂殿與社殿充滿遠古遺產的風情，正好面對面。

「我跟亂丸將會在這個舞台獻上夜神樂，海坊主則會坐在社殿的垂簾後方觀賞。按照慣例，夜神樂總共會獻上十三段舞，中間將穿插休息時間。傳說夜神樂具有淨化與祓禊的作用，能保護這片土地不受降臨的災厄所影響。夜神樂從海坊主到來以前便先開始表演，結束時也就是他回到大海的時刻。」

「原來是這樣啊。也就是說他會在夜神樂舉行的時間內享受美酒佳餚囉。」

「是的。海坊主將會獨自靜靜享用酒席。」

「那我要把料理端到哪裡才好？」

「上菜的方式，就是微微掀起這道垂簾，將料理遞往裡頭。上次負責的大廚說過，只要這麼做，對方就會自己伸手接過去。」

「這樣子喔，原來海坊主也有手。」

不過這樣也代表，果然還是無從得知對方長什麼模樣吧？

從遠古以來，「目睹海坊主真面目」就被視為一大禁忌。

觸犯者將會引災厄上身……

「葵小姐，這裡就是您料理用的廚房。」

接下來銀次先生帶我前往社殿旁一間不起眼的小屋。

裡頭的廚房空間雖然老舊但相當氣派，看起來有經過妥善的整頓。

「廚房本身雖然不夠現代化，不過備有我們帶來的最新型烹飪器具與鍋具。我想用起來的手感應該跟舊館廚房差不多。不，也許還更便利多了。」

「嗯嗯，工具這麼齊全就沒問題了。雙胞胎似乎也準備了一整套食材，做什麼料理都不愁沒材料。」

此時，身著黑色日式工作服的健壯員工們正好把行囊全運來這裡，他們也是折尾屋的人。

「夜神樂將於午夜零時舉行。依照目前狀況看來，海坊主應該在表演開始不久後就會馬上登陸了。確認他登陸並藏身於社殿之後，就請您開始從開胃菜上菜。因為海坊主他……不露面也不說話……不過他確實存在。」

「海坊主……連話也不說嗎？」

「是的。從沒有人聽過他的聲音。」

「那湊齊的寶物要怎麼辦？」

「將先行擺放於神社內的祭壇前做為供品。他會拿其中的祕酒來飲用，不過除此以外的寶物他不會帶走，重點在於形式上的祭祀。這些是為了讓儀式成功的靈寶。」

「原來如此……不是，其實我根本不太懂。」

「我也是。直到現在，對於海坊主究竟是何方神聖，這場儀式的真相又是什麼……實在沒什麼頭緒。」

銀次先生走出廚房，抬頭仰望天空。

神聖的氣息沉澱於這座寂靜的孤島之上。

圍繞在社殿外的篝火發出啪滋啪滋的火花聲。

空氣中瀰漫著為迎接儀式而焚燒的線香氣味……

「喂，銀次，來到最後階段了。快上來神樂殿……還有，津場木葵。妳要是有什麼需要提前準備的前置工作，就快點先搞定喔。不過對於妳要怎麼安排菜色，我不會再過問就是了。」

「我知道啦，放心交給我。」

「……交給妳了。」

亂丸難得說出這種話。

然而在我為此愣了一下的同時，他馬上掉頭離開，往神樂殿的方向走掉了。

「欸，津場木葵。」

「妳真的要那樣做嗎？」

雙胞胎不知何時已站在我身旁。

「當然。先準備好的有開胃菜、甜點還有給他帶回去的紀念禮。剩下的菜色呢……就事先做好萬全的準備工作，讓海坊主自己點菜了。」

「……這招好。」

「是一場賭注呢。」

雙胞胎露出惡作劇般的笑容。

「要算你們一份嗎？」

「當然。」

他們一齊點了頭。於是我們三人「耶～～」了一聲，互相碰了碰彼此的拳頭，用專屬於我們的方式提高士氣。

討論後的結果，開胃菜就交給雙胞胎負責。

他們倆比我更擅長這方面，種類也變化豐富。

「開胃菜用長碟來裝盤，一次提供三種菜色。」

「我想說分量少一點，提供豐富的種類讓他不會吃到膩。」

「要做些什麼？」

雙胞胎面面相覷，開始變得扭扭捏捏。嗯？是怎麼了？

「我們擅自拿了妳放在冰箱裡保存的豬肉條，燻製成培根了……」

「我們想借用一點培根肉。」

「咦！你們幫我燻好了嗎？」

那塊豬肉我原本只抹好調味料放在冰箱保存備用，結果雙胞胎好像自作主張幫我完成了。因為他們曾看過我燻培根，所以學會了。

他們倆取下蓋在培根上的布，讓我看看成品。肉塊兩端有切過的痕跡，看來已經先拿了一點去用了，嗯，色澤也恰到好處，看起來沒什麼問題。

「原來是這樣啊，太好了，因為現在也沒空燻培根，我還早就打算放棄那塊肉了。」

「因為上次嘗過真的覺得很美味，」

「要是不拿來用也太可惜了吧？」

雙胞胎豎起拇指，這份堅持美味的意志讓我不禁佩服地雙手奉上培根。

「第一道就是南瓜煮培根。」

「之前曾試做過，覺得很好吃所以決定採用。」

「再來是生豆皮與鮮海膽的冷盤。把甘甜濃醇的鮮海膽擺在口感滑嫩細緻的生豆皮上……再灑上鮭魚卵。」

「這道就用醋橙調配醬油為沾醬，沾一點來享用更能提味。」

「……噢，感覺很不錯，光聽就覺得口水直流。」

「最後是招牌的花枝燒賣。」

「是我們倆打響名號的招牌作品，不讓他嘗嘗怎麼行。」

「越來越恨自己無法試味道了。」

其中我特別好奇的就是「南瓜煮培根」這一道了，因為我從沒想過這兩樣東西可以這樣兜在一塊兒。果然是雙胞胎才有的創意。

冷盤小菜一定也是他們倆的強項吧。竟然選用海膽與豆皮這兩種食材，光是想像就覺得吃起來一定氣派。

至於花枝燒賣呢，畢竟是大人小孩都喜歡的人氣料理。
雙胞胎的這道招牌作品絕對沒問題。
「啊，對了。南瓜煮培根這一道，方便的話可以多做一點嗎？」
「嗯，為什麼？」
「我想運用在其他菜色上。」
「是沒問題。」
「要拿南瓜的燉煮料理來運用？」
雙胞胎露出詫異的表情，不過關於這道料理還得先保密。
「那開胃菜就交給你們倆了。我趁這段時間……稍微準備個甜點。」
我翻找著行李，取出一罐之前在茶館買的椰奶。
「啊，我知道這東西。」
「最近在港口那邊正流行的一種椰子加工食品。」
「這叫椰奶喔，我打算用這個來做冰淇淋。」
「冰淇淋這東西，我只有在妖都嘗過一次……」
「椰奶這東西，也只有跟亂丸大人一起試喝過一次……」
「兩樣加在一起……」
「味道又更難以想像了。」

雙胞胎看著兩樣不熟悉的玩意兒擺在面前，眼睛一眨一眨的。

「……對於妖怪來說，如果只使用這兩樣不常見的食材，確實難以想像味道，也許會很難敞開心胸嘗鮮呢。」

除了罕見的新鮮感以外，還得營造出「好像很好吃」的感覺才能吸引人嘗試。我必須拿捏其中的平衡點才行。

「所以呢，我決定在椰奶冰淇淋裡頭加入黑芝麻，讓口味偏向大眾熟悉的滋味。然後將這冰淇淋跟炸湯圓一起夾入最中餅（註6）裡頭，簡單來說就是……『冰淇淋最中餅』。」

「冰淇淋……」

「最中餅……」

這樣的甜品應該多少能想像出滋味了吧？他們倆豎起了拇指回答：「聽起來很不錯。」

雙胞胎馬上開始著手進行開胃菜。專注於料理時的他們，那凜然有神的架勢與操刀的技術，總是讓我看得如癡如醉。

「好……那我也得加把勁了。」

我打算製作的是——以椰奶與黑芝麻為基底的日式南國風味冰淇淋。

說起椰奶這東西，被譽為具有減肥與護膚效果的健康食材。在現世也能見到許多以椰奶做成的甜點，特別是夏天最常見。

我所做的椰奶冰淇淋，步驟相當簡單。

將椰奶、黑糖、鮮奶油與芝麻全倒入金魚缸造型的調理機裡，攪拌攪拌再攪拌……然後倒入容器內凝固成形，就這樣。放入冰箱冷藏再享用，風味更佳。

按照我的計畫，成品外觀會帶著微微的黑色，口感吃起來則是有點沙沙的，風味濃醇卻又清爽不膩口。

「再來要先做好白玉湯圓、把派皮放入烤模裡，還要把肉先醃過。啊！對了，紙紙紙……」

接下來我依然在有限的時間內，忙著完成其他前置作業與酒席的準備。

抵達這裡時明明才不過晚上八點，一陣手忙腳亂之後時間轉眼即逝，關鍵的時刻終於到來。

「來了呢……那就是海坊主。」

現在時間距離午夜零時還有十五分鐘。

亂丸、銀次先生、雙胞胎還有我一起來到海濱。

眼前直逼而來的龐大存在讓我為之震懾，吞了一口口水。

「好……好巨大。」

那是一片龐大的黑色物體，大得讓我必須仰頭。

註6：日本傳統點心，由兩片糯米製成的餅殼夾入紅豆餡而成。

那對紅色的雙眼閃著微弱的光芒。
除此之外，我已不知該如何形容眼前的景象。
總之對方是個黑色的巨人，頭與身體露在海面上，正往這裡前進。
一陣刺骨的涼意傳來。我回想起在水墨畫世界的藏書中，曾看過海坊主的畫像跟說明。
果然對方也是妖怪的一種嗎？一股未知的神祕妖氣乘著海風朝我們飄盪過來。
不祥的冷汗滑過臉頰，滴落在海灘上。
來了……海坊主終於要來了……
「所有人各自就定位，海坊主要駕到了！」
亂丸一聲令下，大家各自回到自己的崗位上。
煙火同時也從這座常島上發射，往高空升去，彷彿早算準了時機。
我則躲在廚房裡，跟雙胞胎一起透過門縫窺探著外頭的狀況。
橫笛與太鼓的演奏聲傳來，宣告夜神樂的開始。
「……」
不過整體來說，這地方還是相當寧靜。吹拂松林的風聲聽在耳裡格外令人心煩。
然而……
沙沙……沙沙……

不一會兒，從海風的彼端傳來陣陣拖曳的聲響，我感覺到有什麼動靜。

是海坊主正朝著這座社殿而來。

他是以什麼模樣、又是以什麼姿態來到這個地方，我毫無頭緒。

在海上望見的那個身影，明明巨大得像是能毫不費力把這間小神社踩扁。

「啊……」

此時社殿上方點亮了妖火。

這是海坊主已經隱身於神社內的信號。

「我、我去把開胃菜端過去喔。」

「加油～～」

雙胞胎輕聲細語地目送我出發。渾身打哆嗦的我端起了料理，別緊張，別緊張……

熱騰騰的夏南瓜煮培根。

軟嫩又閃耀著光澤的生豆皮佐海膽冷盤。

剛從蒸籠裡出爐，還冒著煙的特選花枝燒賣。

雙胞胎幫忙精心製作的開胃前菜三選，光是賣相就十分動人。看著看著，我緊張的心情竟然也變得平靜了些，真神奇。

「啊……」

在前往神社的途中，能瞥見神樂殿的狀況。

……是白色的能劇面具。

在金色屏風所包圍的空間之中，銀次先生與亂丸正戴著那白色能劇面具，優雅地表演著自古流傳的夜神樂。

屏風上描繪有美麗的人魚與磯妖，以及現在已化為廢墟的龍宮城等遠古南方大地的往昔繁榮景色。

在屏風內舞動的，是亂丸那一頭紅如火的長髮，以及銀次先生壯麗得宛若一道雲彩的九尾。

兩人配合著笛音與太鼓節奏跳著動作相反的舞蹈，呈現出神祕的氛圍，為他們的姿態更添神聖氣勢。

「好美……」

而我卻覺得胸口一陣揪痛。

會這麼痛苦，是因為那白色能面令我忍不住回想起曾對我有恩的妖怪。

……不，現在必須專注於儀式。

對方要是不滿意菜色，那麼這場儀式，這些妖怪至今所付出的努力，將全數化為泡影。

「為您送上開胃菜。」

在垂簾前低頭行禮的瞬間，這緊繃的詭譎氣氛讓我為之屏息。

這股恐懼彷彿令我全身的汗毛都豎起。

但是我不能發抖。裝作若無其事的我微微掀起垂簾，將開胃菜盤擺入方形高腳餐盤，遞往垂簾另一側。

「……」

一隻手瞬間就把餐盤拉了過去。

令我感到毛骨悚然的是，那雙手黑得像是燒焦一般，又瘦又小。

這就是……在海上見到的那個大巨人的手？

我不知道，不過真的黑漆漆的。

而送完菜的我並沒有就此退下，又遞了一張「紙」給他，同時還附上筆。

紙上分別寫著三道料理的名稱與介紹。

「請您從中選擇下一道料理。」

接下來經歷了一段短暫的沉默。

心跳激動得要命。如果他不做任何回應，那該怎麼辦……

「……」

然而剛才的紙，從垂簾底下的縫隙送回來了。

三道料理分別是……

・照燒鰤魚（選用南方大地特產的養殖鰤魚，裹上大量特製甜鹹醬汁做成照燒風味，特別適合搭配白蘿蔔泥享用。）

・味噌美乃滋炒鮮蝦（以新鮮的蝦子加上味噌以及名為「美乃滋」的現世濃厚風味調味料拌炒而成，是現世居酒屋的經典口味。）
・蒜香極赤牛牛排（選用南方大地高級品牌牛「極赤牛」，燒烤成帶有大蒜風味的牛排，並切成骰子狀以便享用。）

三個選項之中唯一畫上歪歪扭扭圓圈的，就是味噌美乃滋炒鮮蝦。

「噢，出乎意料。」

我的呢喃不小心脫口而出。

雖然依舊看不清位於垂簾另一側的身影，不過我確實感受到對面有人，而且正目不轉睛地觀察著我。

好像勉強看得見一團黑漆漆的模糊物體……不過，並不會讓人感到反感。

心裡的緊張也舒緩了一些，我隔著垂簾露出了微笑。

「這就馬上為您準備美味的味噌美乃滋炒鮮蝦，請稍候片刻。」

我就像在夕顏裡招呼客人一樣，表現得非常自然。

帶著平靜的腳步回到廚房，確認點單。

「一份味噌美乃滋炒鮮蝦喔。」

「啊，出乎意料。」

「還以為他一定會選極赤牛的。」

雙胞胎的反應跟我一樣。

沒錯，我們都猜錯了。

果然要像這樣提供複數選項由對方決定，才能知道對方的喜好與現在想吃的東西。正因如此，我才列舉了幾個現階段能馬上上桌的菜色讓對方圈選。

「話說這道味噌美乃滋炒鮮蝦是？」

「就跟菜名一樣，使用手做美乃滋加上味噌來拌炒蝦子，吃起來濃郁又鮮甜。」

「濃郁又鮮甜……」

美乃滋有先前做好的庫存可以使用。雙胞胎熟練地剝去蝦子外殼挑出沙腸，並且醃過以去除腥味。在他們處理蝦的同時，我就先調配好調味料。

使用到的主要有白味噌與美乃滋，還有少許番茄醬。

平底鍋倒入芝麻油熱鍋後，將新鮮蝦子劃一刀之後跟薑一起下鍋，利用半油炸的方式放著煎至兩面呈現焦黃色，淋入調好的醬料快速拌炒一下就可起鍋。

這樣就完成了，步驟十分簡單。

一旁擺上爽脆的水菜與水分飽滿的小黃瓜絲，就可以上菜了。

「唔哇！好好吃，白味噌很夠味耶。」

「滿滿裹上濃厚醬汁的蝦肉，吃起來確實濃郁又鮮甜。」

「蝦子一般裹上麵衣油炸再搭配美乃滋口味的醬汁，是最常見又好吃的做法，不過因為醬汁本身就很濃厚了，所以我都不裹麵衣直接下鍋，吃起來比較沒負擔。這道料理如果做太多沒吃完，剩下的份還可以隨意切碎拿來捏飯糰，也是超讚的喔。搭白米飯也很不錯呢……」

說到這，我記得阿涼最愛的就是美乃滋鮮蝦口味的飯糰來著？

雙胞胎又再試吃了一口，比出ＯＫ的手勢告訴我：「味道沒有問題。」

「那我就去上菜了。」

我雄糾糾氣昂昂地向雙胞胎立正敬禮，他們倆立刻回禮。

將料理放上餐盤，我便速速端著出發。想必海坊主現在正等著下道料理上桌吧。接下來的菜色候選名單，則妥善收在懷裡……

「久等了。」

我盡可能用明亮卻又沉穩的聲音，從垂簾外與他搭話。

「為您送上味噌美乃滋炒鮮蝦。這道料理非常下酒，敬請享受蝦子彈性十足的口感，以及濃郁醇厚的調味。」

再來順便要把寫好下一批候選菜單的紙遞過去。

我將紙條遞往垂簾另一側，希望對方能隨興選出自己喜歡的。結果……

「唔，有小黃瓜滴味道。」

就在此時，原本待在我圍裙口袋內睡覺的小不點探出頭，不知道是睡昏頭還怎樣，竟然鑽過垂簾的縫隙，進入社殿之中。

天、天啊啊啊啊啊啊啊啊啊！

我發出無聲的尖叫，臉色瞬間慘白。

這這這、這下該怎麼辦？我轉頭望向神樂殿，銀次先生跟亂丸似乎也發現有狀況發生，雖然不至於停下舞蹈動作，但神情明顯很慌張。

畢竟他們倆不時就往我這裡看，雖然舞還是跳得一絲不紊！

「啊，請問你是誰呢？」

他在發問，垂簾深處的小不點正在問些什麼。

「你吃滴東西看起來很不錯耶，請賞我一點小黃瓜，請賞我裹滿濃郁醇厚醬汁滴小黃瓜！」

「欸，小不點你！」

心臟撲通撲通狂跳。

難保那隻小不點不會做出失禮舉動，讓整場儀式前功盡棄！

「小黃瓜吃起來脆脆滴很美味，謝謝你。」

而且他好像討成功了，好像吃到小黃瓜了。

「啊哈哈！啊哈哈！請不要搔我滴肚肚～～」

而且還笑個不停耶！

現在是怎樣？什麼情況？

「啊，你下一道想吃這個是嗎？我來幫你跟葵小姐點菜吧！」

小不點蹦蹦跳跳地從垂簾底下回來了。

我一把緊抓住小不點，用非常嚇人的表情逼近他。

「你到底在想什麼啊！」

「葵小姐表情好可怕。來，這是點菜單。」

「！」

小不點手裡拿著的，是我剛才遞過去的下一輪候選菜單。

・日式炸雞腿塊佐甘夏橘醬（炸得酥嫩多汁的雞腿肉，裹上以當季的甘夏橘熬煮而成的甜果醬，營造酸酸甜甜的口味。）

・梅子紫蘇起司風味炸竹莢魚（選用南方大地的竹筴魚捲入梅肉、紫蘇葉與一種名叫「起司」的乳製發酵品，裹上「麵包粉」外皮油炸成酥脆口感，將能嘗到濃厚之中帶著一股清爽的全新體驗。）

・海鮮豆渣炸春捲（以蝦仁、花枝與章魚等海鮮搭配豆渣混合而成的內餡，用春捲皮包裹起來油炸。口感特別又健康。）

三個選項之中，被打了圈的是「日式炸雞腿塊佐甘夏橘醬」。

不過隔壁的「梅子紫蘇起司風味炸竹莢魚」似乎也讓他頗為心動，筆跡看起來一度想變心，最後還是回來圈了炸雞塊。原來如此……

我留下一句「馬上就幫您準備喔」便趕緊回到廚房。

「葵小姐，海坊主先生說蝦子ＱＱ滴很好吃喔～」

「你跟他說話了？」

「他滴聲音非常溫柔。」

「……」

小不點坐上我的肩膀。這小子雖然是我的眷屬，卻讓我覺得後生可畏。

大家長久以來避之唯恐不及的海坊主，在他口中竟然是這樣的人。而且還已經跟人家混得很熟了……

「不過你不許再跑進垂簾裡了。」

「這我辦不到。」

「為什麼？」

「因為他要我再過去，人家都開口惹，我怎麼好拒絕呢。」

……小不點，你果然不是個普通的角色啊。

感覺事情的發展開始有別於以往，讓我心裡七上八下的。

總之得先準備下一道料理，一回到廚房的我……

「一份日式炸雞腿塊佐甘夏橘醬！不過客人似乎對炸竹莢魚也很猶豫，所以我想說也一起做給他當特別招待的配菜吧。」

「原來如此，特別招待的。」

「這種特別招待也許滿令人開心呢。」

我跟雙胞胎一起馬上著手料理。

首先是炸雞腿塊這道，可說是最經典的下酒菜。

雞肉已經在備料階段以蒜泥、薑泥、醬油、酒與醋醃過了，現在躺在調理盆裡相當入味。

馬上來把醃好的雞肉抹上麵粉，鍋裡熱好芝麻油之後就下鍋炸。

第一遍先炸到表皮酥脆，起鍋瀝乾油分後再快速炸過第二遍。這樣的方式就能讓雞塊吃起來更加軟嫩多汁。炸油的部分仿效鬼門大地的「雞天」，選用了芝麻油，因此香氣更濃了。

目前的階段完成了基本款日式炸雞塊，直接吃就很好吃。

「現在要出場的就是……甘夏橘子醬。」

這是之前烤果醬派時一次煮好分裝成瓶的，現在能派上用場，替炸雞塊多增添一道風味。

加了橘皮一起熬煮的橘子果醬，口味酸中帶甜，搭配醬油跟醋調成醬汁。

「啊，不過再甜一點也許比較好。」

「多加一匙蜂蜜如何？這樣醬汁也比較好包覆在炸雞外皮上。」

雙胞胎幫我試了醬汁的味道，並且如此建議。

畢竟妖怪最愛的還是偏甜口味，光靠低糖版本的果醬可能還不足以讓他感到驚豔，於是我在醬汁內多加了一匙蜂蜜。

將調好的醬汁跟剛才做的炸雞塊快速拌勻，便大功告成。被醬汁包裹的炸雞帶有清爽的柑橘香氣與酸甜滋味，外皮保留酥脆口感，裡頭的肉依然鮮美多汁。

「這道也是無敵呢。」

「就是呀，跟剛才濃郁醇厚的口味不同，是止適合夏天的清爽美味。」

試吃完畢的雙胞胎兩人並肩行動，同時把另一道附贈的料理「梅子紫蘇起司風味炸竹莢魚」切成一口大小，擺在雞塊旁邊。

這道料理選用本土的新鮮竹筴魚，剖成三片後放上梅肉、紫蘇與起司捲成條狀，裹麵包粉油炸而成。對半切開之後，能看見溶化的起司從切面溢出，梅肉和紫蘇的香氣也十分迷人。

「嗯，這道的味道也沒問題。」

「因為是竹筴魚啊（註7）。」

雙胞胎又互相「耶」了一聲，還誇獎對方冷笑話說得真好。

「嗯？等一下，我的豬排丼諧音笑話你們都不接受，這個卻可以？互挺自家人喔。」

「津場木葵，妳不快點上菜沒問題嗎？」

「好不容易做好的美食要涼掉囉？」

唔，這對雙胞胎真是……

「不行不行，我要專心完成最後擺盤啊，葵。」

我沉住氣，將看起來相當可口的炸雞塊與炸竹筴魚放在鋪底的萵苣葉上，端著這一大盤料理前往海坊主那邊。這些炸物跟酒一定絕配。

此時的小不點正在我的圍裙口袋裡蠢蠢欲動著。有股不祥的預感。

「海坊主先生～～」

「啊！我就知道！」

在我掀起神社垂簾之前，小不點便乘隙鑽進了對面。

「葵小姐，快點上菜，海坊主先生在等惹。」

而且還在垂簾的對面對我頤指氣使。

「這道是外皮裹上甘夏橘子醬的日式炸雞腿塊，搭配特別招待您的梅子紫蘇起司風味炸竹莢魚。以南方大地盛產的甘夏橘，以及這片大海引以為傲的新鮮竹莢魚搭配創新的現世風調味所完成的這盤料理，還請您細細品味。」

我將寫好下一輪菜色選項的紙張取出，和料理一起從垂簾下方遞了過去。

接著我在原地等待了一會兒，結果……

「咿啊！海坊主先生，你怎麼惹……」

「！」

小不點發出誇張的怪叫聲，我馬上回問他：「怎麼了嗎？」並不假思索掀開了垂簾。

「……咦？」

在垂簾的對面，被滿滿的餐盤所包圍的身影是——

對方的模樣跟我原先所想像的「海坊主」有著頗大的差異。

的確非常地漆黑沒錯，不過……

「小朋友？你就是……海坊主……嗎？」

從身高看來，應該差不多是三歲的孩子吧？

對方的身形差不多是這個年紀的幼童，整個人像是影子直接立體化而成，黑得只剩輪廓。

一顆圓滾滾的頭配上瘦小得弱不禁風的軀幹，臉上只黏了兩隻圓滾滾的紅色眼睛，沒有口也沒有鼻。

一顆顆淚珠從海坊主那雙圓眼滴答滴答地落下，他抱著雙膝，整個人蜷縮得小小的。

他究竟為了什麼而如此難過，如此痛苦？

小不點在海坊主的膝上安慰著他，結果被對方緊緊抓住用臉頰蹭了蹭。

那動作看起來簡直就像孩子會對最珍愛的布偶所做的事。

「……」

我對這一切感到莫名其妙。不過……

「怎、怎麼了？不合胃口嗎？」

焦急的我急忙趕過去，輕輕觸碰那孩子的肩膀。

他的身體就像由濃霧所凝聚成人的輪廓，一伸手觸及就能感覺手受到壓力而反彈，好像真的

註7：「竹筴魚」與「味道」的日語發音相同。

有摸到東西。
「他」是一種冰冷、一種虛無，然而卻確確實實存在著。
『好寂寞、好寂寞。』
『……好好吃、好好吃。』
『可是我……還是好餓。』
我能感受到的，只有像這樣一陣陣微弱得幾乎聽不見的呢喃。
這孩子並沒有嘴，所以聲音就好像直接傳到腦袋裡，又像情感一樣自然流露。
「葵小姐，為什麼大家要這樣把海坊主先生圍起來，讓他一個人孤伶伶滴在這裡呢？」
「……咦？」
這、這是因為……他是災厄的象徵，而且不能出現在大家面前……
可是，這個看起來如此年幼的孩子，是災厄？
「海坊主先生雖然有點怕生，但是他更怕寂寞喔。我很能體會滴，因為我也被同伴排除在外，因為我很弱小，所以只能孤伶伶滴。」
「小不點……。」
小不點圓圓的眼珠與這位海坊主的紅色圓眼，某方面也許很相似。
餓著肚子孤獨生活的妖怪……
過去被拋棄在那漆黑的家裡，被黑暗禁錮的我。

我深受饑餓折磨，為孤獨所苦的身影，彷彿與他重疊為一。

「覺得孤單嗎？」

「……」

海坊主對我的問題輕點了一下頭，他似乎相當中意不害怕自己而主動靠近的小不點，從剛才就頻頻摸著對方的頭。

看在我眼裡，覺得這舉動同時也象徵這孩子有多寂寞，讓我胸口隱隱作痛。

儀式，款待海坊主。

然而卻永遠保持著一定距離……

「葵小姐，海坊主一直以來都很孤單，煙火很漂亮，飯菜很美味，夜神樂很精彩……但是沒有任何人願意過來，他很寂寞。」

「……是啊，說得沒有錯。」

「害怕是很難過滴。可是海坊主先生知道大家都怕他，所以他才不踏出這裡一步……他明明沒有做任何壞事。」

小不點拚了命地幫海坊主辯護，完全不像平常的他。

他應該是某方面相當感同身受吧……因為他的心情伴隨著一字一句，打在我的心上。

我深深吸了一口氣，然後吐氣。

一鼓作氣地用力拍響了雙頰，我立刻站起身。

然後伸手把絕對不能掀起來的垂簾捲到最上方收好。

「！」

海坊主身子一震，開始不停顫抖。

因為一切都攤在月光下了，不管是自己還是對方。

「別擔心，沒有任何人會懼怕你的，因為……你明明這麼可愛。」

「……」

「你也不想隔著一張簾子看夜神樂，而是希望好好仔細欣賞吧？至於酒席呢，也不需要一個人吃了。我會做滿桌子的菜端過來，跟大家一起享用吧？」

「……」

「其實我呀，肚子也好餓好餓喔。」

我在心裡提醒著自己，盡可能表現出讓對方能安心的笑容與舉止。

海坊主的身子總算停止顫抖，頻頻點頭回應我的話。

然後他又緊緊抱住小不點臉貼臉，像在表達感謝。

「啊，對了。下一道菜你喜歡哪個呢？」

我蹲在海坊主身旁，盡可能配合他的視線高度，詢問他的意見。

・白醬煮真鯛鮮菇（用整條真鯛與鴻禧菇，用豆乳燉煮而成，口味清淡溫醇。加上檸檬片更添清爽風味。）

・紅味噌燉豬腸（將新鮮有嚼勁的豬腸以濃厚的紅味噌燉煮，非常下酒。）
・壽喜燒風味「牛肉燉豆腐」（特別推薦。使用本土特產極赤牛。烤大蔥與烤豆腐充分吸收了牛肉釋放的鮮味，務必搭配享用。）

候選名單是這三樣。

海坊主雖然沒出聲，不過看起來相當興奮，伸出小巧的手指向牛肉燉豆腐。

然後他用那雙赤紅色的雙眼仰望著我，閃閃發亮的眼珠子就像紅寶石般動人。

「呵呵，這道跟我猜的一樣呢。因為聽說你喜歡吃壽喜燒。」

「！」

「我明白了。我準備了美味的極赤牛肉，再加上滿滿的大蔥與豆腐，燉煮得香噴噴的。而且還有其他驚喜菜色沒登場喔，先賣個關子。」

「！」

「下一道料理上菜前，你就先和小不點一起享用炸物吧。」

海坊主直點頭的模樣真的就像孩子般坦率。

「小不點，你負責陪在海坊主身邊喔。可不能讓人家寂寞了。」

「我明白滴～～」

我又露出親切的微笑，暫時離開現場。

「……」

……亂丸，別瞪我瞪得這麼兇啦。

我心裡也不是不知道自己幹了什麼好事。

不過……銀次先生，別擔心。

「好寂寞」、「好餓」。

海坊主的感受，我怎麼樣也沒辦法視若無睹呢。我想小不點一定也跟我一樣。

究竟是什麼原因，讓一身幼童模樣的膽怯妖怪，變成大家眼中那名為海坊主的駭人存在？

那孩子又是為何而生，生於何處，在哪裡度過漫長的歲月……

又為什麼每百年一次來到這片南方大地？

「咦！妳看見海坊主了？」

「怎麼可能，聽說他是災厄的化身耶。」

雙胞胎聽完我的敘述，想當然是嚇了一跳。

「我是不知道海坊主為什麼要將災難帶來這裡，不過那孩子本身只是個孤單的妖怪而已，完全不讓人覺得反感。我想他……一定是想找人說說話才來到這裡的。只是個性膽怯，至今仍拿不出勇氣在大家面前現身……」

也許突然衝進去的小不點是一個契機，理解他心裡的寂寞，讓他因此有了更強烈的渴望，促使他清楚表達自己的心情。

「好！那就開始製作牛肉燉豆腐啦！改用比預定計畫更大的鍋具，分量也加大。還有，同一時間順便來烤個特製法式鹹派好了。」

「牛肉燉豆腐這道我是聽過……」

「法式鹹派？」

雙胞胎一時沒能理解這道料理的名稱，看了看彼此的臉。

「就是用派皮烤成的一種時髦料理，常出現在咖啡廳之類的地方。不過聽說意外適合配酒喔。這次我想使用之前加了椰子油所製成的派皮，完成帶有初秋風情的口味。怎麼說呢……這道不是他自己選的，而是這場秋夜饗宴的驚喜提案。」

「啊，聽妳這麼一說，先前在準備前置作業時……」

「妳好像一邊露出奸笑一邊把派皮塞進圓模底，然後拿去烤了對吧。」

「哪有奸笑啦。」

接下來我跟雙胞胎分工合作的同時，先來著手準備烤鹹派。

首先把模具準備好，鋪上派皮後用竹籤刺上一個一個洞，先送進烤箱單烤。派皮單獨先烤過一次，就能營造出更酥脆的口感並且提升香氣。

我打算做的口味是和風咖哩雞——裡頭加入滿滿的南瓜、培根還有香菇。雙胞胎所做的開胃菜「南瓜煮培根」就是要在這裡再度派上用場。

鬆軟的南瓜充分吸收了以醬油為基底的醬汁，成為咖哩派的絕佳餡料，營造溫和淡雅又微甜的「秋日和風咖哩」滋味。

「咖哩粉是大老闆特地帶過來的。」

大老闆先前朝我扔過來的包裹，就是他之前去現世買回來的咖哩粉。為了方便我使用，他挑選了已調配好的混合咖哩粉。

咖哩是我的最愛，同時也是銀次先生的。

而且咖哩跟鹹派也很對味。

用平底鍋將大蒜、香菇與洋蔥末徹底炒透，再把南瓜煮培根也下鍋，並加入最關鍵的咖哩粉繼續拌炒。

用牛奶、雞蛋、咖哩粉與其他調味料調配好蛋奶液，倒入先烤過的派皮裡，再把剛才炒好的咖哩風味配料也放進去……

「最後灑上滿滿的起司，要是少了這步驟，就不算是道地的法式鹹派囉。」

接下來送入石窯烘烤到起司呈現焦黃色，而且派皮變得酥脆為止。借用小愛的力量，應該多少能縮短一些時間吧。

「好了，等鹹派烤好的這段時間，要來做牛肉燉豆腐囉。」

雙胞胎已經先幫我將豆腐與大蔥兩樣配料準備好了。

大蔥只取蔥白，豪邁切成長段，先下鍋乾烤一次逼出蔥的甜味，真是令人食指大動。

大蔥烤好後取出鍋外，空鍋裡放入一半的極赤牛薄片，稍微煎烤一下逼出肉汁的鮮味，這就是美味的祕訣所在。

此時把調好的高湯醬汁倒入鍋內，從牛肉開始燉煮。醬汁以醬油、味醂、酒、砂糖再加上最常見的昆布柴魚高湯。這就是妖怪最無法抗拒的美味。

「把烤過的蔥白……」

「還有烤過的豆腐，隨興扔進鍋裡。」

材料全數扔下鍋，用小火慢燉至入味便大功告成。

嗯……好棒的香氣。烤蔥白與豆腐吸收了牛肉釋放的鮮味，太美味了。牛肉燉豆腐真是刺激食欲的代表性料理。

配白飯一起吃雖然也超讚，不過祖父生前常做來當下酒菜，或許跟酒也很對味吧。

在雙胞胎的幫忙之下所完成的牛肉燉豆腐，看起來宛若高級日式料理店端出來的等級，不像我平常做的，看起來像鍋大雜燴。沒辦法嘗嘗味道真令我感到扼腕……

「我先把這道端過去，等鹹派烤好後，你們幫我連同分裝用的小盤子跟刀子一起帶去社殿。」

「咦！我們也要去？」

「對啊。」

雙胞胎分別伸手指著自己，問完之後臉色瞬間慘白。應該是很害怕海坊主吧。

然後他們重新整裝，確認著自己的儀容……不用這麼拘謹沒關係啦。

「海坊主不可怕啦。他很小隻，是個乖巧可愛的小朋友，只是很怕寂寞。」

「小、小隻？」

「小朋友？」

雙胞胎似乎完全無法想像。

「法式鹹派這道料理，就是要上桌之後大家一起切塊來分食，才是最大的樂趣。氣氛就像切蛋糕一樣。」

「知、知道了。」

「烤好之後會馬上端過去的。」

雙胞胎雖然還是一副膽怯的模樣，不過看我表現得意外鎮定，便露出有所覺悟的表情。

好。我端著鍋子再度去上菜，順便一起帶了小盤子與湯勺。

由於這次燉了一大鍋，搬起來有點沉。不過我還是小心並平穩地前進，以免灑出來。

「唔唔！亂丸果然還在瞪我。」

白色能面底下唯一能確認的，就是他那雙嚴厲的眼神。

就是隔著白色能面這一點，又讓我更緊張了。

不過我還是努力相信自己這麼做是對的。總之，我想亂丸應該也能體諒的吧。

畢竟如果苗頭真的不對，他大概會趁夜神樂的空檔跑過來。

表演也已經來到了第十段，即將接近尾聲……

「哇！你們在做什麼呀！」

小不點與海坊主待在垂簾的內側裡，正在把虹櫻貝當成門片來玩。

我在他們面前鋪好了鍋墊，擺上一鍋牛肉燉豆腐。

「那虹櫻貝是哪來的？」

「是祭壇上裝飾滴『蓬萊玉枝』上頭掉下來滴。本來是顆水珠狀果實，掉下來卻變成虹櫻貝，海坊主看得好開心。在等待下酒菜送來滴期間，我們一起玩惹遊戲～嗝！」

「你喝醉啦？」

小不點雙頰通紅，喝得醉醺醺。是海坊主把天狗祕酒分給了他嗎？

海坊主心情似乎相當好，單手拿起一升大小的酒瓶把祕酒灌下肚，卻又天真無邪地拍著雙手，像個孩子似的。看來很期待料理上桌呢。

「要吃牛肉燉豆腐嗎？我幫你裝喔。」

「！」

海坊主乖巧地在我旁邊坐下，湊近看著鍋內的牛肉燉豆腐。

他舉起食指放在嘴邊等著我幫他盛好，動作充滿了稚氣。

「來，請慢用。還很燙，小心別燙傷囉。」

「……」

「咦～～這是……給我的嗎？」

我將盛裝好的牛肉燉豆腐遞給海坊主後，他將祕酒倒入小酒杯，遞到我面前。
天、天狗祕酒……
我對這祕酒首先就沒有好的回憶，於是猶豫了一下。
但那雙紅寶石般的眼睛持續凝視著我。
這是海坊主的心意，不可拒絕。
雖然覺得害怕，不過我仍用顫抖的雙手握住酒杯，一鼓作氣灌了下去。
希望至少在儀式結束前別昏過去……

「……」

眼前是一片閃爍的星光。
彷彿整個人撲通一聲跳入蓬萊玉枝的果實之中，看著裡面那片流星群。

不一會兒，群星被烏雲所吞噬。
回過神來，我已站在無盡漆黑的海邊，這裡空無一物。
「這裡是……」
遠方傳來痛苦的呻吟聲，我不知道是誰發出的。
那悲戚的聲音聽起來深切而低沉，讓我忍不住抬起頭。
「咦……海坊主？」

一道漆黑的巨人身影，正漫無目的地徘徊在海的另一端。他就只是一直走，一直走。
只有那雙赤紅的瞳眸，像妖火一樣閃著微弱的光芒。晃動的目光之中帶著悲傷。
那裡是常世與隱世的間隙。
常世的穢物被放逐，被隔離於這片漆黑的海域。
被禁錮的海坊主忍受著孤獨與飢餓，只能永無止盡地徘徊。
心中夢想著那一天的到來——百年一度能離開這裡，享受美食的日子……

「……啊！」

眼前又是一片星光閃爍。
理所當然地，我人正在神社裡頭，酒杯還拿在手上，儀式也還在舉行中。
剛才那是，酒精帶來的幻覺？
還是海坊主透過靈酒的力量想讓我看的畫面？
剛才獲得的資訊讓我腦內一陣混亂，不過……
「你……一直以來都被關在某個地方對吧？」
因為是災厄的象徵？是不淨之物？
因為會帶來詛咒？
災害會降臨這片土地的原因，是因為那片黑海空間每百年會開啟一次。

從中傾瀉而出的穢物，便會漂流到此地。

但只要成功舉行儀式，海坊主就會將那些穢物趕回去，重新帶回那片黑海。海坊主擁有這樣的能力，但是……

說起來那片黑海……還有這個妖怪，原本究竟是從何而生？

現在的我毫無答案，心裡只是感到相當難受。

目睹他獨自在那片黑暗中忍受著孤獨與飢餓，這畫面對我來說太心痛了。

對海坊主而言，這場短暫的宴會宛如美好夢境。

在那片大海中徬徨的漫長歲月，才是現實。

他總是殷殷期盼著來到這裡的日子，這是他唯一的希望。

但是他認為自己不同於其他妖怪，是不淨之身，不會被大家所接納，所以一直以來偷偷躲在垂簾後方接受款待。

其實他心裡明明想著——若能坦蕩蕩地面對面，和大家一起享受這場饗宴會有多開心……

「……好吃嗎？」

海坊主輕點了點頭，現在的他一心只有牛肉燉豆腐。

即使沒有嘴，只要他將食物端到嘴邊，自然就會瞬間消失。分裝的小碗裡已經淨空。

不知道他是還想多吃點，還是想多親近人，從剛才就對我伸出手，猶疑了一下又縮回去。

於是我便主動伸手緊緊抱住了他。

「其實我呀，以前也曾經有段時間，被關在好暗好暗的地方。」

「……」

「不過，當時有個妖怪出現，分給我很好吃的食物，他救了我一命。因為當時有他在，我現在才能站在這裡……孤獨與飢餓，實在很難熬對吧？」

抱住海坊主時所感受到的無依無靠，讓我胸口又痛了起來。

海坊主全身放鬆，整個人挨著我。

這個乖巧又無害的妖怪，就只是個想要有人陪的可憐孩子……

「咦，這是什麼情況？」

「那個叫什麼法式鹹派的東西，已經烤好了。」

雙胞胎看著抱成一團的我們倆，露出無法言喻的表情。

飄送而來的陣陣香氣令人食指大動。帶著微微辛辣的咖哩鹹派，表面覆蓋了一層烤得焦香的起司，看起來烤得蓬鬆又軟綿。

裡頭的配料相當豐富，選用數種鮮菇加上南瓜煮培根，完成極具分量又帶有秋日風情的這一道料理。

前一刻明明還沉浸在悲戚的感傷之中，現在我的表情猛然一變，並且「哇啊啊啊啊」地大叫出聲，對於烤好的鹹派感到相當激動。

「來，大家一起享用吧！」

「！」

海坊主可愛地舉高雙手，看起來相當興高采烈。

一臉若無其事在旁邊觀察的雙胞胎，彼此面面相覷，隨後便興沖沖地跑了過來。他們用切蛋糕的方式拿刀切開了鹹派，幫忙分裝到小盤裡。

鹹派成了三角形，外觀也十分可愛。

海坊主接過盤子，向雙胞胎低頭致意。

他們倆似乎有點開心，原本的緊張感已不復在。

「我們也可以吃嗎？」

「肚子餓餓！」

雙胞胎和小不點都對這股充滿辛香料的咖哩香氣相當好奇，馬上咬下。

海坊主也用手拿了起來，享用香酥的口感。

大家都享用了這道加了南瓜的培根香菇鹹派。

「！」

「好吃嗎？」

海坊主用力點了頭，太好了……他似乎相當滿意。

我拿起手巾，替他擦去嘴邊沾到的派皮碎屑。

「外皮的口感酥脆，裡頭的餡料卻軟綿綿。」

「沒想到我們做的南瓜煮培根竟有這種運用方式。」

「雖然有聽過『咖哩』這東西，不過這是第一次吃到。」

「好希望有機會嘗嘗真正的咖哩飯呢。」

雙胞胎對於首次見到的料理也難掩興奮，開始想像從未見過的咖哩飯。果然是廚師的思維。

真開心，大家都吃得如此津津有味。

「嗯，怎麼了？」

「！」

海坊主頻頻拉著我的袖子。

「……要我也嘗嘗看的意思嗎？」

他一直將咖哩鹹派推到我的面前，像是在說著「妳嘗嘗」、「妳嘗嘗」。

「好、好啦，我吃就是了。」

由於失去了味覺，所以我本來打算仔細端詳大家的反應再嘗嘗。

海坊主應該是很想把這股美味的心情分享給我吧。

如果……我也能做到這一點，該有多好。

我抱著即使嘗不出味道，至少也能享受口感的心情，拿起咖哩鹹派，朝尖角處咬了一口。

「咦？」

結果我啞口無言。

我、我……吃出味道了。

「……」

怎麼會？雖然心裡充滿疑問，不過更強烈的是，停擺的感官睽違數日所帶來的這無可替代的味覺感受，令我嘴角顫抖。

好好吃、好好吃。

真的好好吃。

每一次的咀嚼，每一次的吞嚥都是更強烈的感動。我終於能實際體會。

啊啊！好鬆軟的口感。雙胞胎所做的南瓜煮培根，竟然跟鹹派如此對味。

在這個對我而言如此重要的一刻，重新感受到了我最愛的味道——咖哩。

將咖哩放在鹹派裡，雖然外觀跟滋味不難想像，但親自用味蕾確認的感動是無與倫比的。

「好好吃！」

在這種時刻，我想起了那段充滿孤獨與飢餓的年幼時光。

我一直渴望吃到的，就只是母親親手做的咖哩飯。

因為她曾經為我挽袖下廚做咖哩飯，所以我才會想念。

所以我才會寂寞。

不過最後我被拋下，一個人留在原地。來到這裡的妖怪對我說話，把食物分給了我。
從他手中得到的食物也非常好吃，美味得……令我感到心痛。
現在嘴裡吃的明明是截然不同的食物，心境卻與當時無異。
我仍記得死而復生般的感受。
現在的我，正全心全意品味著同一份感動。
「？」
海坊主明顯驚了一下。
「津場木葵──」
「妳、妳是怎麼了？」
雙胞胎手足無措。
「葵小姐，您在哭嗎？」
小不點朝我衝了過來，緊緊黏在我身邊。
……滴答滴答，滴答滴答……
我一邊流著淚，一邊只是一個勁兒品味料理，讓現場所有人都為我擔心。
「我……吃出味道了，味覺明明被封印了，怎麼會……」
難道是海坊主遞給我的那杯酒所帶來的功效？還是單純只是詛咒超過期限而解除？又或是因為我置身於這場儀式之中？

我不知道答案。不過答案是什麼，現在也已經無所謂。
我就只是一心感到慶幸。
「喂。」
亂丸不知何時已來到神社，站在我們前方。
他臉上依然戴著那張白色能劇面具，用威迫感十足的聲調說：
「你們這些傢伙，在別人忙著全力以赴表演夜神樂的同時，聚在這裡玩得很開心嘛。」
「啊，亂丸大人。」
「夜神樂跳完了嗎？」
不懂得看場合說話的雙胞胎發問。亂丸摘下面具，臉頰與雙眉氣得微微顫抖。
「還沒結束啦。還剩下最後三段『開海夜神樂』，是關鍵的重頭戲。」
「好了亂丸，別氣了。開海夜神樂要留待日出前一刻。剛才一連串的表演充其量只能算是淨化與祓禊的手續，為了迎接最後三段。」
銀次先生也來到現場，安撫著現在仍氣呼呼的亂丸。
「這些傢伙從途中就完全無視我們的表演。」
「好了好了，亂丸，別這麼暴躁。」
「！」
海坊主跑往這兩兄弟身邊，大大張開了雙臂比劃著，像是在說些什麼。

亂丸見到他這身幼小的姿態，露出了難以置信的表情。

然而，他看海坊主仍拚命想表達些什麼，便蹲下身把犬耳湊了過去。

海坊主似乎對著亂丸的犬耳偷偷耳語。

「唔！」

亂丸整張臉沒來由地瞬間紅透，猛然豎起了耳朵跟尾巴。

雖然不清楚他究竟聽到了什麼，不過原來那傢伙也會像這樣臉紅啊……

海坊主也跟銀次說了一段悄悄話。

不知道是否因為目前身著女裝的關係，銀次先生合起雙掌紅著臉，開心地拚命擺動著九尾，

海坊主到底說了些什麼啊……

「你們兩個聽我說。雖然我自作主張把垂簾掀了起來，讓大家一起享用酒席，不過……是基於一些很重要的理由才……」

接下來是我找藉口卸責的時間。

雖然早已作好被臭罵一頓的覺悟，不過哭完之後就冷汗直流。

然而亂丸卻瞇起眼，冷冷地瞪著我，最後只發出一聲誇張的嘆息。

「我知道妳做出這些舉動的理由。畢竟垂簾一拉起來，看見海坊主身影時就能明白了。」

「……咦？」

我看往銀次先生，他也以恭敬有禮的態度點頭。

「在跳夜神樂時，我們靈力達到最高峰。不知道是神樂舞本身的作用，還是長久以來負責儀式的關係……葵小姐所見的那片位於南海盡頭的黑暗光景……我們也同時看到了。」

「原來是這樣……」

回想剛才的幻象，我微微感到一股涼意。結果這次換雙胞胎拉著我的衣袖，在這種時刻依然用天真無邪的表情「欸欸」地呼喚我。

「剩下的料理全帶回去吧，晚點跟大家一起吃。反正分量做了特別多對吧？」

「亂丸大人，你們要不要也嘗一點？兩位一直跳舞應該很餓吧？」

「……嗯，是沒錯。」

亂丸與銀次先生面面相覷。

「亂丸，機會難得，我們也稍微先吃一點墊墊胃吧。我已經餓壞了。」

「銀次你這傢伙，重要關頭還想著吃飯，啊啊真是受不了！神聖莊嚴的氣氛都被打壞了。」

看銀次先生已經一屁股坐了下來，亂丸嘴上不停發著牢騷，最後還是盤腿坐下。

海坊主似乎因為大夥同聚餐桌前而特別開心，不停幫亂丸與銀次先生斟祕酒。

「這孩子真是乖……嗯？」

然而他正一派自然地摸著兩人的獸耳與尾巴，也許只是單純喜歡狗狗跟狐狸……或是對犬神狐妖特別嚮往……

「花枝燒賣、海膽生豆皮！」

「加一份味噌美乃滋蝦，還有橘醬炸雞腿！」

怎麼好像把所有菜色都加點了一輪，製作完追加的份，我將料理全端往神社擺好。

滿桌的料理與熱鬧的氣氛讓海坊主龍心大悅，把小不點擺在頭上玩鬧得很開心。雙胞胎則抓著海坊主不放，關於菜色口味的感想東問一句西問一句，還很好奇人家是怎麼吃東西，又是怎麼消化的。

一路表演夜神樂到剛才的亂丸跟銀次先生，一邊配著祕酒與佳餚，一邊看著海坊主跟小不點在神社奔跑玩耍的模樣，也各自露出了無奈或是欣慰的表情。

「哇……星星好美喔。」

敞開的垂簾外能望見一整片廣闊的夜空，群星閃爍的光芒實在太耀眼。

午夜時分，在這座孤島的神社社殿內，正舉行著小而巧的酒宴。

氣氛彷彿像平時分散各地的親朋好友所定期舉辦的聚會。

明明是莊嚴神聖的場所，現在卻飄蕩著樸實的家常氛圍。

這也許就是海坊主所夢想的宴會——不再寂寞的餐桌時間。

「好囉，大家。我把最後一道料理端來囉。這是醋橙比目魚芝麻茶泡飯，口味清爽溫和，最後用這道來解解酒吧。」

茶泡飯，負責擔任收尾的代表性菜色。

把醋橙比目魚用炒過的芝麻與高湯醬油事先醃過，緊密地排列於白飯上，淋上熱騰騰一比一的高湯與日式煎茶就可享用。

最後灑上散發高雅清香的芝麻，依照個人喜好添加海苔絲、鴨兒芹或是綠芥末泥。

一開始接近全生的比目魚片在熱湯浸泡之下，口感也隨之轉變。比目魚的味道比鰤魚更淡雅，正適合在酒後享用。

「我有聽說過醋橙比目魚，不過這是第一次吃到。真驚人呢，不但沒有腥味，肉身緊實有彈性，還帶著甘甜。」

「哈！這可是南方大這裡的高級品種，與養殖鰤魚齊名，現在人氣扶搖直上。畢竟這裡漁獲量不如東方大地，得打造出專屬這片土地的武器，讓水產業更加蓬勃才行。」

「……真佩服。在我毫不知情的同時，這片土地竟然孕育出這麼多新東西。」

兩人不知不覺間已能自然地進行對話。

自從在水墨畫世界同心協力找到蓬萊玉枝後，他們之間的氣氛似乎不再那樣針鋒相對了。

如果這對兄弟的關係能重新修復，我想磯姬大人也會很欣慰吧……

「最後的開海夜神樂都還沒表演，先吃最後一道菜幹什麼。按照往年慣例頂多喝喝酒提高靈氣，保持緊張感繼續完成表演，哪有空吃什麼飯。」

亂丸叨念個不停，卻還是用猛烈的氣勢把茶泡飯掃進嘴裡。

應該是跳了太久的夜神樂，肚子都餓了吧。

「不過，還真慶幸能在開海表演前嘗到葵小姐的料理。因為夜神樂相當消耗靈力，我有預感這一次有別於往年，能迎接滿意的結果。」

銀次先生臉頰泛著些許紅，似乎喝得微醺。

然而臉上出其不意浮現的笑容，卻相當平靜。

「銀次先生，雖然儀式還沒結束，不過先跟你說聲辛苦了。」

「呵呵。接下來才是最關鍵的部分喔。」

「嗯嗯，我知道。最後一段舞我也會仔細看著的。」

夜空開始微微泛起亮光，迎接黎明到來。

我在最後的最後，把甜點端來社殿內，滿足大家另一個胃。

是夾了黑芝麻椰奶口味冰淇淋的最中餅。

內餡的主角是兩顆油炸過的白玉湯圓，一顆原味一顆黑芝麻口味。

「唔哇！白玉湯圓炸過之後竟然這麼好吃！驚奇的美味……」

「酥脆又ＱＱ的口感，搭配香氣濃郁的冰品真是別出心裁。」

雙胞胎似乎沒看過這種吃法，對於炸得燙口的湯圓與冰淇淋這刺激感官的新組合相當震驚。

「炸湯圓配冰淇淋是我很喜歡的吃法，不過……要說缺點的話，就是湯圓的熱度會讓冰淇淋加速融化呢……」

海坊主咬下最中餅，冰淇淋融化的汁液便從中間的縫隙滴滴答答流了下來，我端著盤子在下方幫忙接。反觀小不點，則把上面那塊餅皮拿起來當盤子，分開來享用……還真懂得用腦袋。

「啊，最後一段表演要開始了。開海夜神樂……必須好好看到最後。」

今晚夜空掛著細細彎彎的新月。

在一連串象徵淨化、祓禊的舞蹈之後，最後要獻上的開海夜神樂帶有封印災厄的意味。

為了斬斷企圖降臨本地的災厄，亂丸勇猛地揮舞著劍。

銀次先生則搖響了手中的神樂鈴，發出宏亮的鈴聲，細緻的銀色微粒隨之灑落。

這將產生封印的作用。

兩人的動作沒有一絲紊亂，連呼吸也完全合拍。

聖潔的靈力疊合為一，產生共鳴，往明亮澄澈的月夜上昇而去。

就像當初在座落於松林中的老舊神社中所見到的景色。

他們倆果然是擁有不凡力量與命運的神獸使者……

「……」

我身旁的海坊主無聲地哭泣著。

一邊哭著的同時，仍一邊吃著冰淇淋最中餅。

我靜靜地拿著手巾替他擦嘴。

他抬頭望著我，接著又哭了一陣。

這樣啊……是因為他明白，這歡樂的時光即將接近尾聲了對吧。

小不點緊緊挨著海坊主，雙胞胎也模仿他的動作。

我們就像一群忍耐著嚴寒的企鵝互相依偎，用眼神關注著那莊嚴而唯美的夜神樂。

我在心裡獻上了祈願。

希望這片土地上的眾生，在往後百年能過著安穩的生活……

開海夜神樂的曲目結束，海坊主便給予響亮的掌聲。

他不停拍著手，不停地。

因為掌聲只要一結束，就代表這場宴會也將結束了。

照亮神樂殿的妖火已熄滅。隨之亮起的，是參拜道路上的石燈籠。

一會兒過後，海坊主停下了手，靜靜地抱著雙膝不動……

沒多久他便快速站起身，咚咚咚地走下神社的拜殿。

「啊！」

就在踏上地面的那一刻，他摔了一跤，不過馬上又站了起來。

我不知該跟他說些什麼才好，心底深處懷抱著一股苦悶，就這樣從後面追著他。

銀次先生與亂丸也跟過來送行，臉上還戴著表演時的面具。

通過了橫貫昏暗松林的參道，我們來到了白色的沙灘。

海面風平浪靜得不可思議。

黎明的海風微涼。

海坊主站在淺灘把腳浸入海水，獨自一人承受著這只有孤獨可言的景色。

我不假思索開口喊住了他。衝向前的我，把膝蓋以下全浸在海水裡，我朝他伸出手。

「等……等等。」

「你……可以留在我身邊嗎？」

我知道這番話實在太自作主張。但一想到要放這孩子再度回到那片黑海，就覺得一陣心煩意亂，哪裡過意不去。

海坊主回過頭來，同時眨了眨那雙紅色的圓眼……

他伸出手，但是還沒握住我便先縮了回去，然後用微弱至極的聲音細語。

『謝謝妳……可是，我不回去不行。』

我想我大概早已知道他的答案。

「……這樣呀。」

我知道就算再怎麼寂寞，再怎麼苦悶，海坊主依然要離開。

我掏著圍裙口袋，取出一包用紙包裝的無花果派與甘夏橘果醬派，是事前準備的紀念禮。

「這給你。要是肚子餓了就打開吃掉吧。無花果是我在水墨畫世界裡摘到的，因為發現圍裙裡剩了一顆，就拿來做成這甜點了……我想，一定能幫你補充剛才哭乾的水分。」

海坊主收下禮物，很開心似地輕輕點頭。一想到再也看不到他這樣的舉動，就覺得寂寞。

「海坊主先生，這個也送你，是代表我們友情滴信物。」

小不點也從甲殼中拿出虹櫻貝的珍珠，送給了海坊主，這也是在水墨畫世界中撿到的。真難得他會這麼慷慨。

「這是我滴寶物，請你帶在身上吧。下次再一起玩喔！」

「！」

海坊主摸了摸小不點的頭，再度頷首。然後……

『感謝你們的盛情招待——百年後再見了。』

這句話的含意深深刺進我的心。因為一百年對妖怪來說也許很短暫……但是下一次儀式時，我應該已經不存在了吧。

我舉起手緊緊按著胸口，跟大家一起目送海坊主回到海裡。

然後我低頭許下了心願：「請再大駕光臨。」我遲遲沒有抬起頭。

天色漸漸亮起。

旭日隱隱約約從水平線上升起一道光芒。

嗡　嗡　嗡　嗡　嗡

一陣低沉而響亮的怒吼聲隆隆作響，接著，遠海海面猛烈高漲起來，一塊黑色物體現身。

是巨大的海坊主。

「哇！」

「喂，快離開海邊！浪要打過來了！」

應該是海坊主從海裡現身所引起的衝擊力，讓海面掀起了大浪吧。

剛才還風平浪靜的海面突然波濤洶湧，就連亂丸的呼喊聲也被掩蓋過去。我被那高高的巨浪所席捲。

「葵小姐！」

前一秒所感受到的，就只有銀次先生向我伸出手，隨後我的身體被緊緊抱住。

然而被海浪吞噬是一瞬間的事，下一秒能聽見的，只剩下海浪聲以及……

被隔絕於海水外的模糊聲音——是亂丸在呼喚著我跟銀次先生。

黎明時分的大海是如此漆黑又深不見底。

儀式全程順利過關了，沒想到竟然在最後的最後被扔進海裡。

啊啊……不過，既然任務已經告終了……

有一件非常重要的事情，也該向銀次先生問清楚了。

插曲【三】

「噢噢……海坊主回去了呀，個頭還是一樣大得驚人。不得不獨自背負常世的黑暗與汙穢，這妖怪也真可憐啊……」

奉宮中妖王之命，我來到此地見證儀式的舉行過程。

沒錯，本大爺正是擁有「四仙」頭銜的高貴存在——人稱「雷獸」。我正拿著望遠鏡目送海坊主離開常島，回歸大海彼端。

「儀式順利結束啊，真無聊。不過話說回來，亂丸老弟與銀次老弟的靈力似乎提升了不少呢。夜神樂的獻舞所散發的靈氣，強烈得都飄到我這邊來了……是因為那丫頭做的料理？」

這什麼劇情走向呀？老套！無聊死了！

「……嗷呼嗷呼！」

嗯？身後傳來了奇怪的叫聲。

「你的預測落空了是嗎？雷獸。」

「噢，你是何時出現的呀？鬼神。」

不知何時，天神屋的大老闆已站在我的背後。

懷裡明明抱著折尾屋那隻醜狗，這鬼神卻還是依然裝模作樣呢。

「有何貴幹？我現在正忙耶。」

「嘴上說正忙，實際上是一邊喝酒一邊配著高級魷魚乾，隔岸觀火吧？正在計畫下一個餿主意嗎？我總覺得呀，你這妖怪算是個孤單的傢伙吧。」

「唉，你這種居高臨下的態度真的讓我不是很爽耶。」

我一邊以酒瓶就口，一邊咬著高級魷魚乾說道。

「嗯！哎呀呀？那個津場木小葵怎麼好像被大浪捲走了。這可真是意想不到的展開……話說鬼神啊，你好歹也是人家的準新郎，不如去英雄救美吧？順便快點自我眼前消失。」

「那邊有銀次在，不會有問題。」

「唔哇！唔哇！如此老神在在，把未婚妻丟給其他男人，還一副從容不迫的樣子！」

「畢竟我這裡也有該算的帳，要來好好做個了斷……沒錯吧？雷獸。」

「……」

啊啊，惹麻煩的傢伙生氣啦。

他的嘴角雖然掛著笑容，那雙紅瞳卻散發無盡的冰冷——紅得跟那個海坊主一樣，都是災厄的象徵。

「葵的味覺似乎被你封印了呢。不知道味覺對她多重要的你，竟幹出那種事。」

……真是受不了，現在感覺自己的雙腳就像浸泡在泥濘之中。

「難道說，你打算跟我作對嗎？」

不過我也露出毫無破綻的微笑，抬高下巴回頭望著他。

「我呀，覺得很掃興。本來以為能欣賞到她更痛苦的模樣，結果那丫頭竟然重新振作起來完成了酒席，而且還成功落幕了……該說真不愧是史郎的孫女嗎？真是打不死耶。」

「真蠢，葵跟史郎並不同。」

「……」

「她並不像史郎擁有毫無破綻的強韌與膽量，是個脆弱又飄渺的血肉之軀，跟妖怪打交道時只要有個閃失，就會輕易丟掉小命。但是她因為過往特殊的境遇，看到妖怪餓肚子就無法置之不理。她為妖怪做出美味飯菜，讓妖怪活下去的同時也讓自己保住性命……正是因為她如此纖細而脆弱，才能變得如此堅強。」

「……我看你陷得很深嘛。不過啊，鬼神。既然你都這麼讚賞有加了，果然我當初該把她吃掉的才對。」

會這麼說一半是想挑釁他，一半也是我的真心話沒錯。

反正他又會用難以捉摸的態度回敬我一句吧……原本我是如此預想的。

結果我被紅瞳的他抓住，徹底無法動彈。

「如果你吃了葵，到時我就把你啃得一乾二淨。從骨髓乃至靈魂，不留下任何殘渣，讓你從這世界徹底消失。」

「……」

「然後你也永遠無法再享受你所謂的『消遣娛樂』。」

他的靈力就像渾沌的泥濘，是我最吃不消的對手。

只要有一絲畏懼，瞬間就會遭到吞噬。

冷汗從額頭經過臉頰滑到下顎，無聲墜落地面。

會覺得每一秒都漫長得令人煎熬，要怪我自己強烈產生了「會被吃掉」的恐懼。

他相當平靜，同時卻散發著極度不祥之氣——可憎的邪鬼。

「呵、哈哈！噢噢真可怕，就算是我，也不想被鬼神大人無情地吃掉啊。不過……你才要給我好好記住，本大爺可是四仙之一——『雷獸』。」

從海岬一躍而下，我全身釋放出紫色的雷電，飄浮於半空中。

身上的金飾發出嘈雜的摩擦聲，驅使著我散發靈力。

「嗷呼嗷呼嗷呼！」

「噢，可愛的小醜狗別吠了，事情辦完，我已經沒有理由久留此地了。」

「你要回妖都了？」

「嗯哼，雖然這樣，不過這場戲其實還挺精彩的。是有點缺乏刺激感沒錯，這部分就……留待下次吧。」

「……」

「啊，對了對了……鬼神，妖王大人說想見你喔。」

鬼神露出些微的疑惑，不由自主卸下防備。

「那個黃金童子對於陳腐的中央體制很有意見，似乎正努力強化八葉勢力與鞏固地盤，不過妖都的許多達官貴人都不樂見她這番舉動。好啦……接下來局勢將會如何演變呢？可別忘了，你們已經是我劇本裡的戲偶了。」

操弄於股掌之間，結局是喜是悲全由我主宰，最後再通通將你們一把捏碎。

劇情最高潮的瞬間，即將到來。

「先告辭啦，鬼神……下次就是妖都見囉。」

「……」

「代我跟小葵問聲好喔，呵呵！」

面對冷冷瞪過來的鬼神，我還是很有原則地好好道別。

接著一道閃電將黎明的天空一分為二，我就此離開這片南方大地。

第九話　真實的所向之處

「你今天也來看我了嗎？」

這是發生在戴著白色能面面具的妖怪，最後一次來找我的那一天。

他無聲無息現身在黑暗中，俯視著躺在冰冷地板上的我。

『妳有什麼心願嗎？』

被他一問，我茫然地思考了一會兒。

「……那不然，你喊我的名字。」

否則我將再也不明白，自己出生的意義究竟何在了。

『……葵，妳是津場木葵。』

現在的我能清楚回想起，當時白色能面呼喚我名字的那瞬間。

有人呼喚我的名字，代表世上有人知道我的存在。

我不知道這究竟該喜還是悲。

因為我知道只要產生「活下去」的執念，人生這段苦難將延續下去。

『還有其他心願嗎？』

「……我肚子餓了。」

『想吃些什麼？』

「我想吃咖哩……」

『咖哩……嗯……那是什麼樣的料理？』

白色能面手拄著下巴思考，似乎不知道咖哩為何物。

他當初有露出這麼人性化的反應嗎？

我無意中回想起來了，莫名殘留著印象。

記憶中的面具漸漸有了具體的輪廓，清晰的聲調與言語、散發的氛圍，我都逐漸想起來了。

現在我知道……他果然跟某個我熟知的妖怪非常像。

「我想吃咖哩……我想吃媽媽做的咖哩。」

『關於這點……很抱歉，我沒辦法幫上忙。』

雖然看不見表情，不過他的語氣很悲傷，沮喪地垂下肩膀。

我知道對方是個善良的妖怪。

『雖然沒有咖哩……不過這個妳拿去吃吧。』

他將某個白色發光物體遞來我嘴邊。

看起來像個白白的飯糰或是饅頭。

但卻不屬於任何一種我所知的食物，像是未知的某種東西……

『這個拿去吃吧。』

他再一次用強烈要求的語氣重複一次，把那個東西遞給我。

我虛弱地張開嘴巴，像是對命運垂死掙扎的動物，咬下了一口。

我完全不明白自己究竟吃了什麼東西，一半也是因為意識處於恍惚狀態。

不過那確實讓我覺得是「美味的」食物。

美味得令我不顧一切埋頭狂吃。

潛意識告訴我如果停止進食，絕對必死無疑。

飢餓的痛苦與被母親拋棄的空虛感，也被全新的某些感受所覆蓋。

心臟送出新鮮血液的同時，原本黑白的世界彷彿開始有了色彩，出現了生機……

『好吃嗎？』

「嗯……嗯，非常好吃。」

『是嗎，太好了……那位大人一定也會感到欣慰的……』

「……」

那位大人？

他的言語之中流露出放心。

同時帶著難以言喻的悲傷與懊悔。

然後他伸出白皙纖細的手指擦去我眼周的淚水，並站起身。

「你要走了嗎？」

『我不會再來了，因為現在應該已沒這必要了。』

「……我們還會再見面吧？」

『……』

「我們，還會在某處再見面吧？」

我想見你。

我還想再見你一面。

如果跨越生死關頭的彼端有你存在，那我就要活下去。

在那一刻到來之前，我一定會在這個世界勇敢活下去。

『……好好吃飯，打起精神……活下去……』

在身影完全融入黑暗的前一刻，他轉過身摘下能面。

『等妳長大成人之後，必定還能相見。』

那張面孔，無庸置疑是帶著深切微笑的銀次先生。

○

「咳咳……咳咳咳咳！」

「葵小姐您還好嗎？」

「銀次……先生……」

這裡是常島另一面的海濱。

銀次先生下海拯救了被大浪捲走的我，把我拉上這裡。

他已變回往常的青年模樣，不再是表演夜神樂時的女角。

看我全身濕透還被海水嗆到，他擔心地撫了撫我的背。

但是我……

「銀次先生你聽我說……」

我緩緩開口說——

「在黑漆漆的海底，我……見到了以前的你。」

「……咦？」

面對我毫無脈絡的一番話，銀次先生不知該作何反應，這也當然了。我平復呼吸，抬起臉。

接著我直直面向銀次先生，不再猶豫地問出口。

「我問你……你就是以前救我一命的妖怪嗎？」

「……」

「你是不是戴著白色能劇面具，來找被關在昏暗房間的我，把食物分給我吃？」

「葵小姐……」

銀次先生用動搖的眼神凝視著我，然後垂低視線沉默了一會兒，緩緩點頭。

此時此刻我終於能確信。

「為什麼？」

我緊緊抓著銀次先生的手不放，用顫抖的聲音繼續追問他。

「為什麼至今為止都不告訴我？」

「……」

銀次先生抬起臉，但是仍緊皺著眉。

「當時我確實持續去找您，並且送食物過去，直到您被人類救出……」

盪漾的細波發出微微的浪聲，其中清楚傳遞而來的是……真相。

「但是，有一點我必須說明，您所見到的妖怪並不只有我。」

「……咦？」

「最重要的是，準備『最後一餐』給您，救了您一命的……不是我。」

「……」

這是……怎麼回事？

我一直以來斷定當時的妖怪都是同一個，原來事實並不是這樣嗎？

「在您小時候初次見到『戴著白色能面面具』的妖怪那一天以外，其他日子遇到的全都是我沒錯。總之……只有第一天不是我，而是另一位妖怪，只是我們都戴著同樣的面具。」

面具遺落在一旁，這是替這場儀式與我的過往牽起線的象徵。

銀次先生靜靜地拾起。

「我只不過是在那位大人為您準備『改變命運的最後一餐』的數日間，代替他去見您。」

……改變命運的最後一餐？

「是的，依照命運，您原本應該餓死在原地，這要歸因於罪孽深重的津場木史郎所背負的『詛咒』……」

「這是什麼意思？爺爺的詛咒？命運……我不就只是被母親拋棄，一個人餓死而已嗎？」

「這只不過是詛咒所引發的必然結果。我說的詛咒是……假設當時您及早被救出，吃到普通食物而得以維生，死亡依舊會以別的形式等著您，所以必須從根本重新改寫命運。」

銀次先生一點一點慢慢說著。

他困惑而委婉地說著。

而其中仍流露著一絲迷惘……猶豫著是否該現在告訴我真相。

眾多的事實令我一片混亂，現在仍無法理解。即使如此，我仍繼續聽銀次先生說下去。

「改寫您命運的最後一餐，對當下垂死的您來說，是刻不容緩的急救措施。但那樣食物非常難以入手，稀有程度遠高過本次儀式所必須準備的寶物。然而那位大人還是為您弄到了。」

「所以說……『他』是……」

難道……

「他就是……大老闆？」

「……」

這個名字突然就脫口而出。

不自覺說出口的我，自己也嚇了一跳。

「我無法回覆您這個問題。」

銀次先生的回應僅僅到此為止。

——『屆時我必將娶妳為妻，希望妳……願意愛我。』

「……」

我突然回想起這句話，胸口沒來由地難受。

垂低的視線正巧落在沙灘上，我就只是愣愣地望著。

我所吃到的最後一餐……到底是什麼？

而你又究竟……

「到頭來，我能做的也只有陪在葵小姐身旁，當您說話的對象……僅僅如此而已。在您痛苦與寂寞時，我只能無能為力地望著您。」

「怎、怎麼這樣說……才沒有那種事！」

銀次先生說的不對，對我來說並不是那樣。

所以我慌張地抬起頭，拚了命地告訴他。

「才不是那樣……那時候銀次先生每天來找我，不知道讓我得到多少安心感，得到多少救贖。就算媽媽再也沒回家，只要有你來見我，光是這一點……就讓我擁有了活下去的希望。」

「葵小姐。」

「別說什麼無能為力，對我來說你是恩人，一生的恩人。這點依然不變，永遠不變……」

傾訴出的言語讓我自己情緒激動了起來，忍不住哭了。

豆大的淚珠滴答滴答灑落在沙灘上。

我哭花了臉，緊抓著銀次先生的手頻頻顫抖。對你的感謝，早已數不清。

「謝謝你，銀次先生。謝謝你、謝謝……」

然後我將頭靠在他胸前，重複了無數次的謝謝。

銀次先生回我：「我怎麼敢當……」

然而他的語尾顫抖，再也說不出一字一句，他似乎也在按捺心裡洶湧的情緒。

「必須道謝的……是我才對。如果沒有葵小姐，這次儀式絕不可能成功。您在這片土地上所留下的東西，絕對比您想得更重要、更偉大。」

「我認為，您會來到這裡……一定是當時的相遇所交織而出的命運，是必然的巧合。」

「……」

我靜靜地抬起臉。

我看見銀次先生單手緊握著面具，任憑淚水流下。

然後他用另一隻手摸著我的頭，就像當時的妖怪常對我做出的舉動。

「而您再次出現在我面前。當時在那間大廳看見長大後的您，我都不知道自己有多歡喜，內心有多激昂……以前那麼嬌小的一個孩子，現在真的平安長大成人了。」

銀次先生一邊哭一邊對我微笑，他的溫柔我都感受得到。

「不過一開始真的苦了您呢。在天神屋得不到任何人的認同，還遭到敵視。然而您卻如此堅強地在妖怪的世界活出一片天……像這樣救了我，還有這片土地。彷彿我們最初的相遇就是為了這一天的到來。」

「銀……」

在我呼喚銀次先生的名字之前，他快速低下頭。

「謝謝您活下來，克服了難關來到這隱世，再度出現在我面前。真的謝謝您，葵小姐。」

嫌我剛才還哭不夠嗎？

淚水不停湧現，我無法控制。

我一心只想對救命恩人表達所有感謝，於是伸手緊抱住銀次先生，彷彿整個人包覆著他。

「銀次先生……銀次先生……」

謝謝。

謝謝你，銀次先生。

你從一開始就對來到隱世的我多加照顧，是因為你至今還記得那段年幼往事，所以對我特別放不下心吧。

然而我卻渾然不知，一直以來，什麼都不知道……

拂曉時分的天空，紅得似火。

位於天空下的我們，被海濱的白沙與溫柔的碎浪所包圍，緊緊抱著彼此哭泣，不發一語。

這是對彼此的感謝之情。

感謝你當時來見年幼的我。

感謝我現在有能力，能稍微分擔你肩上的重擔。

感謝我們的命運並不是偶然，而是一開始就註定相遇。

我們就只是一心感謝，身旁有彼此存在。

在這之後，我們與亂丸跟雙胞胎會合，離開了常島這個儀式順利告終的場地，回到折尾屋。

這時候大約是早上七點……

「哇！好多妖怪的活屍。」

一踏入折尾屋大廳，就被眼前詭異的光景嚇得花容失色。

折尾屋的員工們還在忙著替昨晚的煙火大會善後，個個簡直像殭屍一樣，拖著搖搖晃晃的腳步來來往往，還有一半的人像屍體一樣倒在地上。

「喂，你們先去休息了。善後工作不是決定交給另一家來幫忙了嗎？」

「啊……亂丸大人……」

其中有一隻猴子活屍（也就是秀吉）正四處徘徊，眼睛好像已經呈現充血狀態。亂丸用力抓住了活屍……不是，秀吉的肩膀，讓他停下腳步。

秀吉的腦袋好像當機了一會兒，隨後臉色才慢慢恢復生氣，大聲喊著：「亂丸大人！」

「儀式順利結束了對吧！」

「是啊，一切順利。你們……看起來也撐到最後一刻了呢。」

「是！今年的營業額遠遠超過往年成績！雖然暴增的來客量也導致各種突發狀況發生，但天神屋的員工是有多少幫上一點忙，勉為其難度過了難關。不過如您所見，大家都已經燃燒殆盡，全數陣亡就是了。」

「哈！這不是幹得很好嘛！」

亂丸也露出大功告成後的痛快表情。

「秀吉，你領導得很好，不愧是折尾屋的小老闆。」

「亂丸大人……」

秀吉感覺下一秒就要哭了，淚水在他的眼眶裡打轉，緊閉的嘴角像波浪般顫抖。

之前寧寧曾說過，秀吉覺得自己不如銀次先生。

但是自己全力以赴的成就感，與被亂丸親口認同為「折尾屋小老闆」，讓他過於感動而說不出半句話來。

寧寧站在稍遠的位置望著這樣的秀吉，她似乎露出欣慰的表情，輕輕地笑了。

「啊！小姐，還有銀次！你們兩個怎麼都一副泡完溫泉剛出浴的模樣，真是好命喔！」

大掌櫃葉鳥先生在這樣的狀況之下，依然頗有精神地碎碎念。

我馬上就知道他有精神的原因了，因為我看見曉倒在櫃檯內側，跟死了沒兩樣……大概是被這傢伙徹底奴役了吧。

「儀式結束後我被大浪捲走啦，不過銀次先生救了我。」

「回程的飛船裡有簡易的澡堂，所以我們就在上頭把海水洗掉，換了乾衣服。」
銀次先生穿著一如往常的服裝。
我則把夕顏的和服換回水藍色的那套。
「咦？咦？難不成是鴛鴦浴？」
「怎麼可能。」
「當然是輪流啊。」
我跟銀次先生互看，彼此附和：「對吧？」一舉一動彷彿理所當然。
葉鳥先生嘖了一聲，這傢伙原本到底在期待些什麼……
「啊，對了。說到澡堂，時彥他中途閃到了腰，可真是折騰他了，不過沒事。」
「不，怎麼聽都有事吧。」
於是我們便急忙趕往澡堂。不過到了現場才發現澡堂已被徹底打掃得一塵不染，年輕的員工們也精神飽滿地準備晨湯的作業，讓我百思不解。
往隔壁休息室走去時才發現……
「嗚嗚……對不起，靜奈。讓妳看見這副醜態……嗚嗚！」
「師傅太過拚命了，既然腰閃到了，現在必須好好靜養才行。」
「嗚嗚，抱歉、抱歉，靜奈。我太難看了……」
「師傅您已經重複第二遍了。」

休息室裡頭傳來熟悉的聲音。

一打開門，便看見躺在床被裡的時彥先生，與負責照顧他的天神屋溫泉師靜奈。

「靜奈？原來妳也來啦。」

「葵小姐，看到您平安無恙真是再好不過了。」

靜奈似乎是以天神丸內的溫泉監督長身分，來到這裡幫忙。

據她所言，天神屋本館的女性浴池則交給了能幹可靠的助理長和音。

「靜奈……」

不久前的她，也曾在這間折尾屋工作過。

亂丸看著眼前的前任員工，微微瞇起了眼。

靜奈則站起身靜靜低頭致意。

「亂丸大人看起來也別來無恙。折尾屋的澡堂和溫泉都煥然一新，看來時彥大人與這裡的溫泉師們，都竭盡心思打造出最棒的環境呢。」

「聽說妳在天神屋也被賦予研究藥泉的重大工作，靜奈。」

「是的，因此我也替閃到腰的師傅準備了添加藥泉的藥劑與祕傳貼布……量我多留了一點，這段時間就請拿來用吧。」

正當靜奈打算默默退場時，被時彥先生給叫住。

「靜奈，妳要走了嗎？」

「師傅，馬上就能再相見的。」

時彥先生將手伸出棉被，靜奈再次坐了下來，緊緊握住對方的手。

這對師徒給人的感覺，簡直就像分居兩地的祖父與孫女。

同時又像一對戀人。

「天神丸似乎已準備啟程了。」

靜奈只對我們留下這句話，便先回去船上了。

天神丸停靠在海岸邊，這裡也是折尾屋的停船場。

來看煙火的觀光客船已從空中撤離，現在安靜得彷彿昨日喧囂從未發生過一般。

「啊，大老闆。」

他佇立在天神丸的前頭凝望大海，身上那件黑色長外褂隨風飄動。

大老闆……

我將手緊緊按著胸口。

現在有些重要的問題，也必須向大老闆確認了。

「嗯？」

奇怪，大老闆懷裡好像抱著信長。

信長的脖子上還綁著手巾，上頭印著唐傘花紋。

說起來我記得大老闆明明討厭狗的啊？還是已經跟信長混熟了？

「葵，歡迎回來。」

「我、我回來了。」

「妳一臉疲倦呢，早點上船休息吧。」

「呃，嗯。」

我表現得相當不知所措。

大老闆好像有點詫異……不過我還是忍不住用有點懷疑的眼光盯著他看。都是因為今天早上從銀次先生那裡得知了那番事實。

「怎麼了？葵。這麼認真盯著我看，雙眼充血很嚇人耶。」

「真、真沒禮貌！」

因為整夜都沒睡啊！眼睛不充血也難啊。

然而大老闆依然以捉摸不定的態度，轉而面對銀次先生。

「銀次，這陣子你似乎也盡力了……能遵守我們之間的約定嗎？」

「……大老闆。」

銀次先生一臉堅定地向大老闆低下頭。

「大老闆，承蒙您諸多照顧了。」

這句開場白讓我心頭一震。

銀次先生他，該不會打算留在折尾屋吧……

「我希望能再次回到天神屋，即使無法回歸小老闆的位置，今後也希望能為天神屋繼續效力……」

然而銀次先生對大老闆提出的請求，是再次回到天神屋工作。

話雖如此，銀次先生的表情卻相當開朗，就像以前的他。

大老闆也滿意地頷首。

「說這什麼話。能勝任天神屋小老闆位置的，目前也非你莫屬了。所以我打算再次聘請你擔任小老闆一職。」

「大老闆……但是，這樣怎麼行，我自作主張的行為，給天神屋添了許多麻煩。這樣的我怎能復職繼續當小老闆。員工們……誰也不會服氣的。」

「是嗎？天神屋上下都苦苦哀求我，要我快點把你帶回去耶。你掌管的工作與部屬太多了，這也是當然的。」

「……」

「況且，最重要的是——這是葵所樂見的結果。夕顏隸屬於小老闆管轄，今後她也能與你一同經營。說起來她會待在這裡不回去，也是一心想帶你回天神屋。可真讓我傷透腦筋了……虧我之前還專程過來迎接，結果她完全不聽我的。」

「啊，大老闆你還真好意思講喔。你自己明明一下喬裝成賣魚的，一下又變身為茶館店員，淨是胡來。」

「啊哈哈！哎呀，真是段愉快的時光呢，有種與新婚妻子更加心連心的感覺。」

「是錯覺，不是感覺。」

「啊哈哈哈哈。」

眼看大老闆笑得很開心，我則氣得吱吱叫，銀次先生總算輕輕笑出了聲。看見大家露出笑容，我也忍不住跟著笑了。

「嗷呼！」

在這樣的氣氛之中，原本乖乖待在大老闆懷裡的信長，突然輕巧地跳下地面，踩著噠噠噠的腳步聲，跑往站在稍遠處看著我們的亂丸身邊。

「……這小子似乎受你照顧了啊，天神屋的大老闆。」

「哪有人一邊抱著狗狠瞪人家，一邊說謝謝的。」

「別在意，因為我也不會再說第二次了，快點帶這兩個傢伙一起滾回去。不過我應該會再擇日過去拜訪一趟就是了。」

「呵呵，知道了，話說……」

大老闆滿心歡喜地走向亂丸面前。正確來說，應該是走向亂丸所抱的信長面前，搔了搔他的下巴。

「是時候該說再見了呢，信長。你真是與眾不同，讓討厭狗的我也為你著迷。那條唐傘圖案的領巾就當作禮物送你吧。」

「哈！就連天神屋的鬼神也無法招架信長的可愛是吧。不愧是我們家的店狗，真不是蓋的……話說這條領巾也太可愛了。」

「嗷呼嗷呼……嗚嗚～～」

信長也擺出「真拿你們沒辦法」的樣子，搖著捲成一圈的尾巴撒嬌，讓大男人心花怒放。

這幅畫面……究竟是怎樣……

我跟銀次先生呆愣愣地望了一會兒，最後忍不住「噗」一聲笑了出來。我們笑著討論說，這畫面怎麼看都是奇景。

「亂丸……方便說句話嗎？」

在氣氛平緩的此刻，銀次先生走向亂丸面前。

大老闆則同時走了回來，輕拍我的肩催促：「上船吧。」

他應該是想為銀次先生與亂丸保留一段兄弟交心的時間吧。

「欸，大老闆。」

「……嗯？」

「……」

我剛踏上甲板，便再度直直盯著大老闆的臉看。
總覺得……這張臉似曾相識。
第一次看見照片裡的他時，我就這麼覺得了。
那股出於當下的直覺，現在已經完全記不得了。不過……到頭來，他究竟是……
「被葵如此注視著，果然對心臟不太好呢。」
「什麼意思啊，因為眼睛充血嗎？我已經想睡到不行，大老闆的臉在我眼裡看起來有一半是模糊的了。」
我不由自主地說了謊。
分明看得清清楚楚。
而且不知道為什麼，這張容貌現在近在身邊，讓我感到相當安心。
之前還覺得很可怕又難以接近……
「大概是因為看過賣魚郎的造型吧？」
「嗯？」
「沒事，自言自語。」
大老闆愣了一下。我仍盤著雙臂沉思。
「欸～～欸～～」
船下傳來了呼喊聲。

我從甲板往下一望，發現雙胞胎正仰著頭跳呀跳的。

「津場木葵，妳要回去了？」

「不再多留一陣子嗎？」

「啊哈哈，這可不行，因為夕顏遲遲沒開張啊。」

雙胞胎面面相覷，沉默了一會兒。

「我們還能再見面嗎？」

「妳願意再跟我們一起做菜嗎？」

看起來有點失落的兩人，微微歪著頭問道。

他們是兩個無比單純又率直的可愛料理長。

同時也是對料理感到自豪的實力派。他們先前給我的一番話，在我今後的料理路上具有相當重大的意義。

「當然囉！折尾屋跟天神屋雖然是對手，但似乎也有許多斬不斷的深厚緣分。下一次見面時，讓我好好品嘗你們倆的料理。我不但喜歡做菜，也最喜歡被招待了！」

「嗯！」

「當然好！」

雙胞胎張開雙手對我用力揮了揮。

於是我也向他們回揮，真可愛的兩個小子……

「喂！雙胞胎！你們倆在幹什麼，還不快點給我回去躺好睡覺，好好休息！」

不一會兒，兩人被站在後方不遠的秀吉給叫了回去，匆忙離開現場。

秀吉罵歸罵，到頭來還是擔心兩人身體，這一點實在很像他的作風。

「一開始我還很擔心……不過看起來妳跟折尾屋的員工們處得很好呢。」

大老闆也看著剛才所有經過。

「是呀。雖然最初覺得是群討厭的傢伙，不過在深入認識之後，才發現大家都是些善良的妖怪，抱持堅定的信念為這間旅館賣命。呵呵，跟天神屋的大家沒兩樣。」

但是這南方大地的旅館，卻背負著與天神屋截然不同的命運。

「這樣啊。那天神屋也不能掉以輕心了呢，否則總有一天會被他們逆轉形勢也不奇怪。畢竟他們眼光相當敏銳，找到許多新的賣點呢。」

「呵呵，如果保持良性競爭的關係那也不錯呀。我想……亂丸也不會像以前那樣胡來了。」

總歸到底，亂丸他也……

他也只是個死心眼的妖怪，打從心底深愛這片南方大地，一心想守護這裡罷了。

「葵。」

「嗯？幹嘛？大老闆。」

「辛苦妳了，葵。」

「……」

「在陌生的土地上，如此努力地堅持下去。」
乘著海風而來的這番話輕柔得像是耳語，出其不意打動了我的心。
我仰望著身旁大老闆的臉龐，無言以對了一會兒。
該怎麼形容呢……這股內心深處被緊緊揪住的感覺。
「葵，怎麼了？睏了嗎？想睡的話我已經準備好涼快的客房了。」
「不、不是啦！每次都這樣把我當孫女照料！」
「怎麼了？妳的臉很紅喔，難道是身體又不舒服了？」
大老闆慌張地輕觸我的額頭，我對他這種又把我當小孩的舉動感到不開心。
不過……還是很高興。對於他的那句「辛苦了」。
還有誇獎我努力的那句。
這兩星期的時間，我在自己能力範圍內保持全力以赴的緊繃狀態。
從沒有任何一刻放鬆下來……
「感覺微微發燒了耶，葵！」
大老闆像個傻瓜一樣慘白著臉。
由於他開始窮緊張了起來，我便拉著他那身黑色長外褂說：「大老闆，你冷靜點。」
「只是壓力瞬間釋放罷了，我沒事。等一下我會好好睡上一覺，不需要擔心。畢竟……睽違兩星期終於能回到天神屋啦。我整個人都放鬆了。」

能回到天神屋了。回到有大老闆在的天神屋，回到跟銀次先生一起打造的夕顏。那裡已經徹底成為能讓我安心的歸宿了。

「欸，大老闆……我……也許欠了你一些不得不還的恩情吧。」

即便用耐人尋味的話語試探他，大老闆也只是摸著下巴回我一聲：「嗯？」

「我做了什麼嗎？」

「你這個人真的很擅長裝傻耶……話說大老闆，你最喜歡吃的是什麼？」

「這個嘛……就是……開玩笑，我可不會告訴妳的喔，葵。」

「嘖！我還期待著照這個氣氛走你可能會不小心脫口而出。」

不過呢，算了，也罷。

我將在這裡找到的真相放在心中，其中所隱藏的另一個事實，就由我自己來抽絲剝繭。無論最後找到的會是什麼……

「不好意思，大老闆。拖延了一點時間。」

「銀次，跟義兄已經和好了嗎？」

「咦？啊哈哈，大概……吧。我想應該沒事了。」

銀次先生帶著羞澀的笑容抓了抓臉頰。

想必他們一定好好聊過了吧。

銀次先生也已經上船，於是空中飛船便悠悠地張開了船帆。

「那麼啟程吧，要回天神屋了。」

就這樣，天神丸開始發動。

辛苦了。

還有，謝謝你們。

再會了。

在眾多可敬對手目送之下，我總算要回到最重要的棲身之處了。

「……啊。」

南方大海的彼端。

緊逼而來的雲層縫隙之中，射下了無數道光線。

那畫面美得驚人，又帶著神祕的氛圍……

我最後盡情地吸了一大口這片土地所擁有的特殊氣息。

願這片南方大海以及生存其中的所有眾生，都能得到幸福。

終幕

我的軀體，將永遠禁錮於此地。
我的宿命，將永遠受這片大海搖籃所監視。
有時我會突然想回去某個歸宿。
我感覺自己能聽見，從那遙遠的大海彼端、從那位於盡頭的國度，有同胞在呼喚我。
然而我的身軀仍束縛於這片南方大地。
也許終有一天，我的靈魂能穿越風暴，回到那個國度。
可愛的孩子們，請原諒我的任性。

磯姬大人在自己的記事本上寫下這番話。
這是她在儀式失敗後，永眠於充滿汙穢的洞窟前一刻所留下的手札。

○

「亂丸，你恨我嗎？」
一邊遠望著南方大地磅礡的大海，銀次一邊問我。
我撫摸著懷裡信長的背，發出嗤笑聲。
「事到如今還問這幹嘛，你不是自己下定決心離開折尾屋了嗎？」
「可是……」
銀次那一頭銀色的髮絲隨風飄揚，臉上仍是殷切的神情。
「到頭來我只是逃避面對南方大地的宿命，把一切責任推給了你。」
「……」
「只有我得到了自由。然而亂丸你，一直在這裡……」
「哈！銀次，你還是一樣天真，我還以為你是用自己的方式來想辦法完成使命。」
「咦？」
這是什麼意思——銀次露出一臉呆愣的表情，臉上簡直像寫了這幾個字。
在做生意上明明那麼有本領，有時卻又如此天然，真讓人受不了。
「你離去的決意是一個轉機，就像這次一樣，最後牽起了一連串的緣分。單單是你重回此地這件事，就已經帶來許多附加的好事了。」
「附加的……是指葵小姐嗎？」
「不只那個女人。還有天神屋大老闆、縫陰夫婦、還有其他許多人也都是受你所牽動。多虧有他們，這次儀式以大成功收尾——我憑直覺就知道這次會成功，直到剛才接到信使的通知，說宮中的水鏡傳出吉兆，才終於確定……但這次的成功絕不只有表面上的意義。我也感覺到至今為止被困在死水中無法脫身的自己，終於邁出了一步。」

「……亂丸。」

這番不像我會說出來的話，讓銀次感到不知所措。

然而，事實上這次儀式除了獲得成功以外，在重新審視儀式的型態這一點上，更是得到了相當大的收穫。

雖然無從得知南方大地的儀式今後還要持續多久，不過對於如何接待海坊主，我們必須重新省思一下。

「款待」不該是過去那種被畏懼及寂靜所支配的儀式，而應該充滿溫度。

能找到這個連磯姬大人也未能察覺的著眼點，也許正是因為我們在名為「旅館」的場所做生意，才能找到這樣的答案吧。

「結果海坊主只是個被關在那片漆黑之中，過著寂寞生活的妖怪吧。」

「那地方……到頭來其實是常世的黑暗面嗎？」

「誰知道。能確定的只有，位於彼端的那片黑海百年將會開放一次，讓不淨之物傾瀉而出，引發災厄。但海坊主並不是汙穢的化身，我認為……他恐怕是為了管理那邊的穢物而存在的吧。」

「管理穢物的妖怪……」

假設寶物與夜神樂都是為了淨化汙穢而必須的手續，那麼「海寶珍饈」從一開始的功用就不一樣。

——僅為了滿足海坊主。

至於為什麼他不滿意酒席就會導致儀式失敗，其中的關鍵應該在於他有沒有儲備到足以把穢物擋回原地的「力量」吧。

這個力量某方面來說，指的也許就是吃得飽不飽、精神好不好吧。雖然聽起來很廉價，不過我想誰都能明白，若少了這場酒席，儀式也不可能成功。

就這點來看，這次津場木葵所完成的料理與款待，效果確實出奇得好。原因就在於，她所做的料理對於妖怪生存上所必需的「靈力」，有提升的作用。

「銀次，你當初離開這裡是正確的選擇。如果我們兩個繼續待在原地，也許現在仍看不清這番事實吧。是你引導這次儀式走向成功。」

「不……怎麼會，亂丸。我能盡的努力相當有限，一切果然還是歸功於葵小姐的幫助……」

「哈！也全靠你才有辦法促使她行動吧。那傢伙做這一切的目的，不就只為了把你帶回去嗎？」

「……」

銀次突然仰望著停靠在停船場的天神丸。

他的眼神所追隨的目標，是正從甲板上探出頭，與雙胞胎告別的津場木葵。

就連從小認識這小子的我，似乎也從未看過他蘊藏在那雙眼底的熱情。我心想，這可真是……

「哈哈！我深深覺得你也真是個淨挑難路走的傢伙啊。」

「什麼？」

「愛上那女人……到頭來苦的可是你喔。」

「……」

銀次的雙眼緩緩越瞪越大。

看這傢伙驚訝得啞口無言的模樣，我只有愉快可言。

「好了，快點回去吧。你的歸宿已經不是這裡了。」

我拍了一下銀次的肩膀，便離開他身邊，朝著松林前方走去，與前來送行的折尾屋其他幹部會合。

回頭瞥了銀次一眼，他一副若有所思的樣子，又再次凝望著這片大海。

不一會兒，他還是快步登上了天神丸。

「啊啊，沒錯，快點回去吧。只要好好珍惜現在心裡最重要的人事物就好了。好好保重，我的蠢弟弟。」

那一定將會改變我們今後的生存之道，為我們牽來良緣。

銀次所搭上的天神丸，沒多久便啟程出發，離開了這裡。
載著銀次與這次的功臣津場木葵，回去該去的地方。
「再見！」
「保重！」
「天空起雲了，小心下雨喔！」
折尾屋的幹部與天神屋的那兩人原本明明互為敵人，離去時已經成了互相揮手道別的關係。
我心想這真是奇怪的機緣，露出了苦笑。
「嗷呼！」
「怎麼了？信長。」
平常總是乖巧的信長開始用鼻頭蹭著我的胸口，頻頻發出叫聲，一臉不安地仰望天空，又吐出了舌。
你也想離開這裡嗎？
——他彷彿如此質問著我。
「哈！信長，說這什麼傻話。我對這片南方大地可中意呢……我，還有我的肉體將與折尾屋永遠共存於此。」

我的軀體，將永遠禁錮於此地。
我的宿命，將永遠受這片大海搖籃所監視。
有時這份重擔也會令我感到難以負荷，想起磯姬大人的那番話。
但是我從未想過遠走高飛，也沒有逃跑的念頭。
這片壯闊的南方大海賦予我恩澤，我將能繼續挑戰。我一心只有這份覺悟。
與這間折尾屋的同伴們一起。
從天空彼端射入海面的光柱，照亮了在烏雲中痛苦掙扎，最終突破重圍的我們。
就像我所敬愛的已故之人，磯姬大人所捎來的祝福。

後記

大家好，我是友麻碧。

「妖怪旅館營業中」系列已經來到了第五集。

Laruha 老師所繪製的封面依然美得令人敬佩。而本集封面主題呈現「猜猜大老闆在哪裡」的狀態，為書衣帶來一個有趣的哏，讓我跟編輯兩人也看得很樂。

在寫下本篇後記的同時，我本人正好在準備搬家作業。

由於要離開長年以來的地盤，所以從抽屜最深處挖出了許多「被封印之物」，忙著丟掉或是保管好。像這番大規模的整理工作，對於持續寫作而有點精神疲乏的我來說，是轉換心情的好機會。

關於封印物，指的就是學生時代的作品之類的。當時不自量力的我曾目標成為漫畫家，所以留有一些投稿給出版社，結果被原封不動退回的稿件什麼的……

然而回顧以前作品，雖然不夠成熟，卻能看到一些出奇有趣的題材，是現在的我絕對想不出來的。覺得美好的同時，也彷彿醍醐灌頂。於是我更有了想努力的念頭，希望有朝一日能成為把這些有趣題材寫成書的作家。

說到漫畫，由本作改編而成的漫畫單行本第一集，也與本集同時上市了！

唔噢噢！可喜可賀！對於曾目標成為漫畫家而挫敗的我來說，實在太欣慰了。

希望各位也務必支持衣丘わこ老師美麗動人的筆觸下所繪製而成的漫畫版。

另外，其實還有另一本作品——之前也曾輕描淡寫提過，在小說網站「カクヨム」中的富士見L文庫官方連載區，所進行連載的《浅草鬼嫁日記　あやかし夫婦は今世こそ幸せになりたい。》也出版成冊，竟然與《妖怪旅館營業中》第五集以及改編版漫畫，三本同時發售。（註7）

這部作品主要描寫「前世身為妖怪夫婦，今生投胎為平凡人類高中生」的一對情侶在現世的日常故事。以我而言，執筆同時也覺得這真是很有我個人風格的戀愛小說。作品內世界觀與《妖怪旅館營業中》相通，所以大老闆也會不時在此登場一下。還請各位務必也翻翻看這部作品，在這裡也尋找一下大老闆的蹤影吧！

最後要向協助本書出版製作的所有相關人士，以及各位讀者致上誠摯感謝。

下集一定會讓大老闆多多出場大顯身手。滿載秋季風味的故事，將在夕顏展開。

友麻碧

註7：以上指日本的出版狀況。

國家圖書館出版品預行編目資料

妖怪旅館營業中．五，敵營中的救世小廚娘 / 友麻碧作；蔡孟婷譯．-- 初版．-- 臺北市：臺灣角川，2018.02

面；　公分

譯自：かくりよの宿飯．5, あやかしお宿に美味しい肴あります。

ISBN 978-957-564-027-9(平裝)

861.57　　　106023589

輕文學 Light Literature

妖怪旅館營業中 五 敵營中的救世小廚娘

原著名＊かくりよの宿飯 五　あやかしお宿に美味しい肴あります。

作　　者＊友麻碧
插　　畫＊Laruha
譯　　者＊蔡孟婷

2018年2月6日　初版第1刷發行
2021年5月17日　初版第5刷發行

發 行 人＊岩崎剛人
總 編 輯＊呂慧君
編　　輯＊林毓珊
美術設計＊吳佳昀
印　　務＊李明修（主任）、張加恩（主任）、張凱棋

台灣角川

發 行 所＊台灣角川股份有限公司
地　　址＊105台北市光復北路11巷44號5樓
電　　話＊（02）2747-2433
傳　　真＊（02）2747-2558
網　　址＊http://www.kadokawa.com.tw
劃撥帳戶＊台灣角川股份有限公司
劃撥帳號＊19487412
法律顧問＊有澤法律事務所
製　　版＊尚騰印刷事業有限公司
I S B N＊978-957-564-027-9